諏訪《すわ》宗篤《むねあつ》

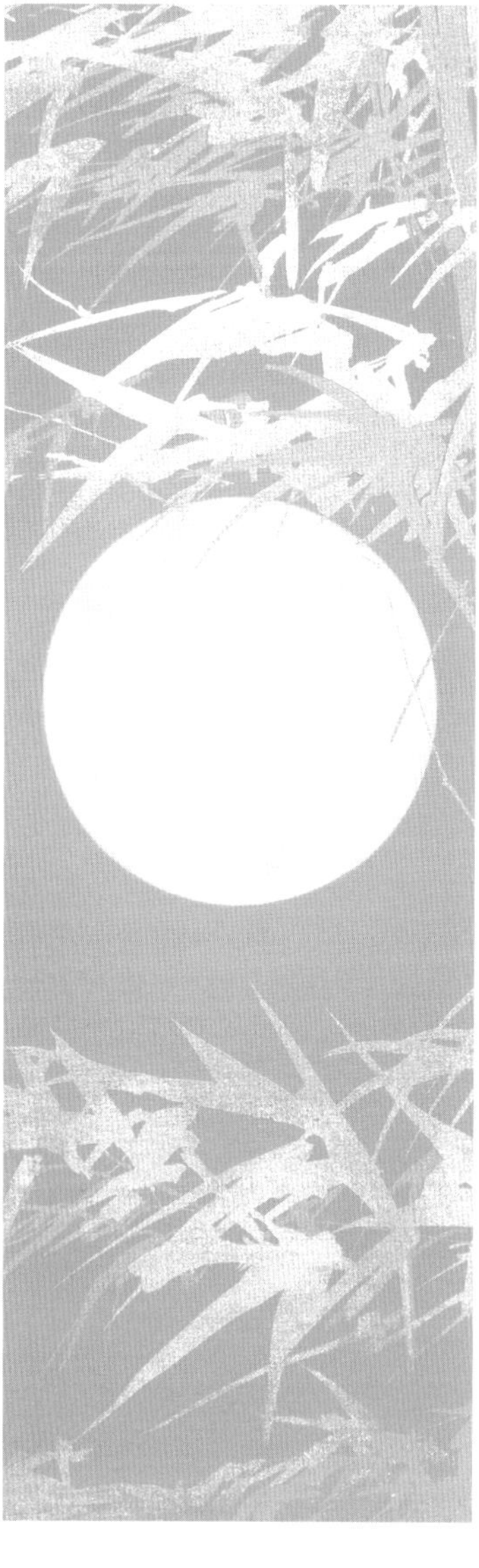

松《まつ》の露《つゆ》

宝暦《ほうれき》郡上《ぐじょう》一揆《いっき》異聞《いぶん》

早川書房

松の露

宝暦郡上一揆異聞

一

中秋十五夜の眩い月を、奥津慶四郎は足を留めて振り仰いだ。

渓流を渡る夜風が中山道鬼岩の峠道を吹き抜け、薄と落葉の間に座した鈴虫松虫が名月を讃える楽を奏でる。

そして風は、前方から伸びやかな唄声を運んできた。

郡上の八幡　出てゆくときは　雨も降らぬに　袖しぼる
泣いて別れて　いつ逢いましょか　愛しあなたは　旅の方
思い出いては　くれるか様も　わしも忘れる　ひまがない
散ると心に　合点はしても　花の色香に　つい迷う

姿の見えない唄い手も、ヤソーレンセと合いの手を入れる数人の声にも笑みが交じって、哀切な詞さえ脂下がった三枚目の惚気のように響く。

他に夜旅をする者があるとは思わなかったが、それでも月と風と見事な唄声が心地よい。慶四郎は腰瓢簞《こしひょうたん》の酒を一口呷ると歩調を合わせて歩いた。

だが、唄声は突如、喉を裂く悲鳴に変調した。

血錆びた夜風が吹き付ける中、峠道を駆け上がった慶四郎の眼前で名月が襲う者と襲われる者とを白く照らす。刃が眩く円弧を描き、噴き上がった赤黒い血飛沫が地を染めた。

「追い剥ぎ、いや辻斬りか。汚し」

慶四郎は柄袋を懐に収め、左親指を鍔にかけて更に進み出た。

鬼岩の地名は、古来この地に巣食って近隣の村や旅人を襲った鬼の伝承に由来する。だが慶四郎の目の前で襲うのは月代が薄野のように乱れた複数の浪人であり、倒れているのは案山子にも着せぬほどに古び汚れた単衣をまとった者たちだった。

「こ奴らは国法を破った大罪人だ。関わり無き者は引っ込んでおれ。余計な手出しをすれば容赦せぬぞ」

殺戮に高ぶった嗤《わら》いと共に血の滴る切先が向けられたが、慶四郎は歩みを止めることなく間合を詰めた。腰骨から踏み出しながら紙一枚分だけ両の踵を上げ、体軸の基点を足のほぼ中央の湧泉に移す。そして丹田を張って肩と腰とを繋げると、肩甲骨を動かして重みを丹田に落とした。

「世迷い言を」

手前に二人、奥に三人。

一瞥して浪人の位置を捉えた慶四郎の左親指が、鯉口を切る。

「いつから浪人が国法を執るようになった。まして街道上でなぶり殺しなど、たとえ国法であっても是とはできぬ。是は是、非は非」

「ぬかせ」

撃発した浪人が凶暴な喜びに口を歪めて刃を振り下ろすや、慶四郎は瞬時に左肘を引いた。鞘を発した剣光が垂直に跳ね上がって刃を打ち弾き、止まることなく弧を描いて首筋を斜めに一閃する。そして、右膝下まで振り切るや手の内で向きを変えた刃が、大きく踏み込みざまに二人目の脇から肩までを斬り上げた。

「次は、どいつだ」

一呼吸の間に死骸がふたつ左右に倒れ、その間を歩を進めた慶四郎が睥睨《へいげい》する。残った三人は喉を詰まらせたように声を上げて大きく後ずさった。

「仇を討たんと、死に物狂いで鍛えた業だ。血を厭いはせぬ」

棒のように細い男と相撲取り崩れのような身幅のある男、そして髭の濃い男の三人はすでに刀を抜いている。だが、どの切先も慶四郎を捉えておらず、互いを見交わして視線さえ外れたと見るや、慶四郎は渓流側に回り込んだ。崖のように深く切り立ち、巨石が連なった岩場を背にして切先を突きつける。

突然に対峙する形になった髭の濃い浪人は混乱を双眸に映して口許をわななかせたが、背に他の二人の刃があって引くに引けない。半狂乱の叫びと共に打ち下ろされた刃を慶四郎は右にかわした。空を切った両小手を斬り落とし、腹を薙ぐ。浪人は失った両手で腹を抱えるように前へとよろめき歩き、悲鳴を長く響かせて崖下に消えた。

慶四郎の切先はすぐさま次の相手を求めたが、二人の浪人はすでに街道を西へ、転がるように逃げ走っていた。

「糞が」

不意に礫《つぶて》のようにぶつけられた声に、慶四郎は刀身を顔の脇に引き寄せた。

もうひとつ、東の林の中に気配があった。

いつの間に現れたか、木立の落とす陰影で容貌も身の丈さえよくわからないものの、柄を握る手に力が入るほどの憎悪と殺気を慶四郎に叩きつける者がいる。

切っ先を高く、八相に構えたまま慶四郎は数歩踏み出したが、気配は唐突に消えた。

耳で、目で、全身で捜るが、闇は男の姿を包み隠して痕跡さえ追えそうにない。

ひとつ大きく息を吐きだして血振りし、慶四郎は刃を納めぬまま浪人の遺骸の傍らに引き返した。

改めて一瞥した二人の浪人は、どちらも帯の位置が臍より下にだらしなくずれていた。刀の鍔や柄頭に錆が浮いているだけでなく、刀身にも曇りや錆が見られる。懐紙などの手入れ道具は持ち合わせておらず、財布の中身も銭が数枚しかない。

「身を持ち崩した浪人の成れの果て、か。際も際だな」

貧困は犯罪を生む。

徳川九代将軍家重の治世下では家士や幕臣に取り立てられることもないままに、博打打ちの用心棒や切り取り強盗に零落した浪人の姿が珍しくなかった。

自尊心を保てぬ者がより立場の弱い者を故なく蔑視し、時には危害さえ加える様はどこででも見られたが、この浪人らも反撃を恐れることなく己が強者であることを感じられる手頃な相手と見たか、貧しい者を排除することが世のためになると歪んだ使命感に駆られたか、楽しそうに唄っているのが気に障ったか、あるいは理由など無くただ斬り殺して憂さを晴らそうとしたのかもしれない。

振り払うように小さく首を振った慶四郎は、続いて襲われていた者たちの遺骸に向かい、左手で片拝みして頭を下げた。

「何処の誰とも知らぬ唄の上手い者たちよ、さぞ無念であったろうな」

笠に杖、手甲脚絆といった旅装束からして名月に浮かれて出歩いた近住の者でないのは確かだが、腰に結わえた薦は幾度夜露に曝されたのか黒茶に変色して、所々向こうが透けるほどほつれている。財布にはいくらかの銭が入っていたが、擦り切れた繕いだらけの単衣は身に馴染んでおり、盗人避けの扮装とも見えない。

なにより灼けて垢じみた顔やひび割れた手指は長年労働を日常としてきたことを示すが、彼岸過ぎから中秋にかけては稲や雑穀、大豆、あるいは柿や栗、茸などの収穫期と重なる。まともな農夫ならば、遠出する暇など無いはずだった。

「逃散した農夫か」

もはや語ることのない死顔に慶四郎は問うた。

二百五十万人が飢餓に苦しみ、餓死者が一万二千を数えたと言われる享保の飢饉から二十年が過ぎていたが、宝暦と元号が改まった後も冷夏、長雨、虫害は途切れることなく襲来し、それでも諸大名や公儀御領代官は容赦なく年貢を取り立てていた。

村方による反抗の一揆は日本中で続発していたが、冷酷な政への消極的な不満表明のため、あるいは取り立てから逃げるために、代々受け継いだ土地を捨てて当てもなく逃げ散る農夫も少なくなかった。

「だとしても拙者には関わりの無いこと」慶四郎は小さく首を振った。「良い唄を聴かせてくれた礼にはならぬが、仇は討った。成仏いたせ。頓證菩提、南無阿弥陀仏」

斬られた農夫は四人。改めて順に見開かれたままの瞳を閉ざして回ったが、俯せに倒れていた四人目は慶四郎が肩に触れるや小さく咳き込んだ。

「聞こえるか、気をしっかり持て」

鋭い声で活を入れ、慶四郎は手早く解いた下緒を男の背中に横に渡した。

背中に走る袈裟懸けの傷口は下にいくほど深さを増して斬り手の技量の低さを示していたが、他の者より若く壮健であり、腹に巻いたさらしも刃に抗ったのだろう。慶四郎は男の体を仰向けに返して下緒をきつく締めつけたが、月光に露になった若い顔に生気は無い。体の前面にも深い刀傷を受けていた男は、喉に血が流れ込むのか鮮血の絡んだ咳を繰り返した。

「後生でございます。妹に……」

男は荒い息の下、先程までの艶のある唄声とは別人のような掠れ声で言った。

「妹に、なんだ」

慶四郎の瞼に浮かんだ懐かしい顔は、血塗れの手に弾き消された。男は慶四郎の左手を摑み、己の腹にさらしで巻きつけたものへと押し当てた。

「これを、郡上中津屋村のおなつに。嫁入の、祝いですだ。どうか手渡して」

口許をわななかせ、男はきつく摑んだ慶四郎の手にしがみついた。なおも懸命に声を絞り出そうとするが、呼吸する度に血が赤い泡となって溢れ出る。手も腕もひくつき、体全体がのけぞるように大きく震えたが、それでもいっぱいに見開いた黒い瞳をまっすぐ慶四郎に向け、消えゆく間際の命を込めて見据え続けた。

中山道は公儀の管理する街道ながら人里離れた峠道、まして夜中とあらば他に通る者もない。目の前の死にゆく男に最後にしてやれることは、慶四郎にはひとつしか思い浮かばなかった。

「心得た」慶四郎は頷いた。「必ず届けてやる。武士に二言は無い」

「お頼み、お頼み申しますだ」

不意に重ねられた指の力が抜け、男の体が崩れ落ちた。

地面に転がって息絶えた顔には、安堵とも解放ともつかぬ笑みが浮かんでいた。

翌朝、最寄りの里の者に後始末を頼み、さらしを開いて現れた袋と四人の農夫のそれぞれの衣服の袖で包んだ髷を荷に加えて、慶四郎は中山道を西へ引き返した。だが、返り血が黒地の袷に染みをつくって匂いでも残ったのか、すれ違う旅人の険しい視線がまとわりつく。農夫が斬り殺されるのも昨夜の一件だけではないらしく、見返せば目を伏せられ、近づけば避けられる。伏見宿の茶店には、一歩足を踏み入れただけで途端に会話が消えた。

「尋ねるが、郡上とはどのような土地だ。どう行けばいい」

麦飯と香の物を注文し、店の主人に尋ねた。この数年、旅に暮らして東海道中山道を幾度も往復していた慶四郎も、郡上の名に聞き覚えはなかった。

「美濃から能登へ抜ける途中の、何があるわけでもねえ山里でございますよ。まずはこのまま中山道を西へお行きなされませ。太田宿から関へ向かい、後はずんずんと北へ向かわれましたら郡上でございます」

小さく頭を下げて茶店の主人が離れるや、小声と視線のやり取りが再び始まった。不審がられることには慣れているが、この様子では逃げた浪人らの行方や正体を問うても、確たる答えは得られそうにもない。土瓶の薄い茶で手早く茶漬を流し込み、慶四郎は茶店を発って西へ向かった。

美濃の関は飛騨路、美濃路、奥美濃路が交差し、古の律令制下より関所が置かれてきた交通の要衝である。春日神社や関善光寺には遠方からも参詣者が多数訪れて門前市を成し、また日本有数の鍛冶職人の地であって刀鍛冶はもちろん柄や鞘の職人が大勢住まうだけでなく、刀槍を買い求める者、鉄や炭、柄巻などの材料を運ぶ者らが訪れて賑わっている。

だが、関から北へ向かうと途端に人通りが寂れた。長良川沿いの道は左右から山々が嶮しく迫ってうねり、美濃や飛騨の豊富な木々を筏に組んで下流へ運ぶ筏師の他は近在の農夫や炭焼らとすれ違うばかりで、次第にそれさえまれになる。

およそ人の形をしたものをまったく見ることなくいくつもの山裾を巡り、世の人全てが死に絶えたかのような静寂に慣れきったところで、突然に耳を覆いたくなるほどの大声が前方から押し寄せた。反響して言葉の判別もできないが、己に向けられているのでないとわかっていても総毛立つほどの怒りが重低音の法螺の音と共に山野を揺るがしていた。

「どうしたものやらな……」

慶四郎は砂利を鳴らして立ち止まったが、関からの道のりがひたすらに長い一本道であったことを思い出して返しかけた踵を戻した。ここに至るまで脇道を見た覚えはなく、回り道をするのにどこまで戻らねばならないのか見当もつかない。もし関まで、あるいは更に戻らねばならないならば甚だしい徒労となる。

ともかく何が起きているのかだけでも確かめようと改めて北へ向かうと、山裾を回った街道の先は無数の群衆に埋め尽くされていた。街道はもちろん、河原から山の斜面まで人が通れる場所をことごとく塞いで奥へ十重二十重と重なり、大纏《まとい》や旗を掲げ、竹法螺や鐘、太鼓を鳴らしている。粗末な身なりの男も女も、老いも若きもが険しい顔で南に向かって何かを叫んでいた。

「郡上は年貢で揉めておるのでございますよ」

怒声轟く中、街道沿いの小さな番屋の南側に茶店を見つけて入ると、営む老人が慶四郎に言った。

「この公儀御領との境に、連日集まって抗っておるのです。かれこれ一月ほどになりましょうか」

郡上領主金森家が年貢算定方法の変更を申し渡したことが騒動の始まりだと老人は語った。一定額であった年貢を、毎年稲の出来高を検見《けみ》した上で変動させると決めたのである。

不作時には税率を下げ、豊作時には税率を上げるものの手許に残る分は増えるようにするから何も困らず今と変わらないと政庁の役人は説明し、検見法自体が近隣の公儀御領はじめ諸国で広く行われていることだと伝えたが、税率決定の目安となる土地の選定が政庁の裁量であることを村方衆は見逃さなかった。

全体が不作であっても条件の良い土地をもって豊作と定められれば、村方は異議を申し立てることさえできない。また収穫量ではなく過去の年貢に比して変動するため、不作の際には米の収穫全部を納めても足らず、稗や粟まで納めてもまだ足らないことさえ起こり得る。現状でも重い年貢が暮らしを圧迫しており、今後更なる増税となれば田畑の枚数が少ない村方は次の収穫まで家族が生き暮らすことさえ困難となる。

そもそも大名家の財源とは領内の村方町方が納める年貢と上納金であり、本領と江戸屋敷の維持や参勤などの費用、家士の禄などの支出を賄えなければ、いずれ破綻する。

年貢が免ぜられることもあるなど言葉遊びのおためごかしであり、更に絞り取るための詐術であると見抜いた郡上の全ての村は検見法採用の申し渡しを拒絶した。そしてそれぞれに村の名前や、民窮み、民惟邦本などと記した大纏を掲げて連日城下に押しかけて抗議の声を上げる。

村方衆による強硬な反対を受けて検見法採用は一旦差し戻されたものの、政庁は諦めず、村方衆とて引くつもりはない。緊張と対立が深まる中、隣接する美濃郡御領の代官青木次郎九郎が郡上の全庄屋を呼び出した。

隣接するとはいえ公儀御領を支配する美濃郡代が直接呼び出しをかけるなどこれまでになかったことである。だが、武士の命令を村方が無視することはできない。訝りながらも出向くだけはと集まった庄屋らを青木次郎九郎は屋敷に閉じ込め、仲裁と称して検見法の受け入れを強要した。

庄屋とて自ら土地を耕作する村方衆であり、検見法導入には反対している。だが幾日も屋敷に監禁され、郡代の威光を背に刃まで煌めかされては承諾せざるを得なかった。

「なるほどな」

慶四郎はゆでもちをぬるい茶で流し込んで頷いた。

蒸して搗くのではなく、米を粉にして湯で捏ねた上で茹でたもちだという。歯ざわりの良さと、添えられたきなこの香ばしさに手を止める事なく皿を空にしたが、食べながら眺める内に村方衆の作った人の壁に、南の美濃御領側から近づく十名ほどの黒紋付袴の一団が見分けられるようになっていた。

郡代の役人が解散を促しているようにも見えたが、髷の結様が武士のものではなく、二刀を帯びていない。郡代の屋敷から解放された郡上の庄屋らなのだろう。

受け入れさせたのが美濃郡代である以上、村方衆は金森家の役人に訴え出るわけにはいかない。また美濃郡代に押しかけようにも許可なく領域を越えれば罪に問われる。そのため御領との境に貼り付き、承諾した庄屋たちを領内に入れぬことで不満と不服従とを訴えているように見えた。

だが、庄屋も村方とはいえ領主より苗字帯刀を許され、給米を受ける支配階級の正式な一員である。一般の村方衆とは決して対等ではなく、粗暴な態度で接することが許される相手ではない。それでも村方衆は道を塞ぎ、口々に裏切者と罵り、村に帰ろうとすれば河原に突き転がしていた。

「問うが、郡上に入る道は他にあるか」

「ございますが、小倉山まで戻って東の木曾から回る嶮しい山道か、関まで戻って飛騨路からとえらい大回りせにゃなりません。まず二日、いや三日はかかりましょうか」

「左様か」慶四郎は銭を置くと、柄袋を懐に収めて立ち上がった。「馳走になった」

「危のうございますよ」

店主の言葉に袖を払い、茶店を出た慶四郎は街道を郡上に向かって歩き出した。庄屋らが幾人も声を掛ける傍らを通り過ぎて更に歩を進め、村方衆の壁のすぐ前に立つ。

「道を開けよ。拙者はこの先の郡上中津屋村に用がある」

慶四郎がひとりで向かってくるのは遠方から見えており、声も聞こえているはずだが、村方衆は動こうとしなかった。汗ばむほど暑さを帯びた日差しを受けながら、険しい視線を慶四郎に向け続けた。

やがて群衆を割って、若い男が進み出た。

「お武家様が郡上に、なんの用だべか」

顔中に吹き出物痕が残り、額のあたりには幼ささえ残る若い農夫である。だが、見開いた瞳には強い光があり、衣服は継ぎ接ぎだらけながら腰にはよく研ぎ上げた鎌を帯びている。顔役なのか、周囲の村方衆の視線が慶四郎と男との間で行き来した。

「お前たちには関わりの無いこと。話さねばならぬいわれは無い」

男と鎌とを見据えて慶四郎は言い放った。

「ここは天下の往来。どのような理由があろうと、関わり無き者の通行まで塞ぐは迷惑千万。早々に道を開けよ」

土地の領主に仕えるか否かにかかわらず、武士は身分階級で村方の上に立つのが公儀の法である。慶四郎が腰に大小二本の刀を差している以上、村方衆は従わねばならない。

だが、村方衆は誰ひとり動こうとはしなかった。

余程に怒りと武士への不信感を抱いているのか、慶四郎の改めての言葉にも眉根を寄せ、口をへし曲げながら俯いて視線を逸らせるのみで、足は一寸たりとも動こうとしない。目の前の若い農夫などは草鞋に砂を噛ませながら、じりじりと前に出てさえいる。

「武士に二言は無く、拙者は約定を果たさねばならん。邪魔立てするならば、斬る」

わずかに右足を滑らせ軸を湧泉に移した慶四郎の右手が、下から刀の柄にかかった。同時に鍔を押さえる左親指が静かに鯉口を切り、滑らせるように前に出た足指の先が川砂を踏む。驚きに見開かれた男の右手が腰の鎌の柄を摑んだ。

「待った、どちらも待つだ」

慶四郎の左手が鞘を引く寸前、大柄な男が血相を変えて割って入った。

「甚兵衛、わやくな（聞き分けのない）まねはやめるだ。相手を間違えるでねえ」

「だども誰ひとり通しちゃなんねえとは、惣次郎どん、おまはんが言ったことでねえか」

「確かにそうは言ったがよ、行きずりの方は別だ」

惣次郎と呼ばれた男は甚兵衛より年長で、二十二、三か、慶四郎と同年代に見えた。大柄なだけでなく身幅もあり、根を深く張った大木を思わせる体軀と容貌をしている。まっすぐに甚兵衛を見据える視線は揺らぐことなく、落ち着いた口調で言葉を続けた。

「おらたちはまっとうな村方だ。お上に検見法を諦めるよう訴えるにも、まっとうなやり方じゃなきゃなんねえ。喧嘩沙汰なんざ起こしてみろ、悪者にされるのはおらたちじゃねえか。わかるだろ」

「まっとう、とはな」

慶四郎の口の端から漏れた呟きが聞こえなかったのか、聞こえないふりをしたのか、惣次郎は叱られた子供のように唇尖らせながらも頷く甚兵衛から視線を移して慶四郎に頭を下げた。

「ういこっちゃ（申し訳ないこと）でございます。どうかご勘弁願いますだ。ですがお答えくだせえまし。お武家様は郡上金森家と関わりがあるか、これから関わろうとされる方でございますだか」

言葉は丁寧だが、惣次郎はまっすぐに慶四郎を見据えて怯む色が無い。返答次第によっては覚悟があるとの強い意志が眉や口許に表れていた。

「どちらでもない」

慶四郎は首を振ると、左の親指を鍔にかけて再び鯉口を封じ、右手を柄から離した。

「拙者は約定を果たすため、中津屋村へ行かねばならん。それだけのことだ。道を開けよ」

惣次郎はしばらくまっすぐに慶四郎を見つめていたが、やがて小さく頷いた。

「ほんだら、どうぞ。皆、へっされ（退け）」

惣次郎が奥を指し示すや、瞬時に道が現れた。村方衆が一斉に脇に退いたのだと理解するのに瞬きする間が必要なほど、素早く自然な動きだった。

郡上金森家領はおよそ二万四千石。東西約五里（約二十キロメートル）、南北約八里（約三十二キロメートル）と面積は広いが山林が大半を占めて人口が多いわけではない。にもかかわらず連日多数の村方衆を集めて一月もの長きに亘って街道周辺を封鎖しているとあれば、一時の怒りや覚悟だけで続くものではない。村ごとに人数を定めて交代させながら送り出す組織力と統率力無くしては適わず、その中心にいるのが眼の前にいる惣次郎なのだろう。

「斬らずに済むに越したことはない。刀の手入れも手間がかかるのでな」

刀は鍛鉄であり、血脂が付けば一日と経たずに錆が浮く。道具である以上、遣えば手入れするのは当然ながら、先日三人を斬った後には目釘を抜いて柄を外した上で刀身全体から血と脂を洗い拭い、更に被膜とする丁子油を全面にむらなく塗らねばならなかった。鞘の内部にも血と脂が滴り落ちたために、一度割った上で丁寧に洗い拭っている。

刀身に曲がりや刃こぼれが無かったのは幸いながら、最低限の砥をかけただけなので、切れ味が落ちていることは否めない。傷を嫌って砥の粉はかねてから打たないようにしているが、いずれにせよ手間のかかることこの上なく、旅先で数日の内に幾度もしたいことではなかった。

だが、慶四郎の言葉を冗談と受け取ったのか、先に立って歩く惣次郎は目と口の脇に皺寄せて微笑んだ。あかがねに灼けた骨太の顔の中でもひときわ目立つ黒目がちの瞳に一転、木漏れ日のようなおだやかな光が浮かぶ。

「中津屋村は御城下から、更に北の上之保筋でございますだ」

慶四郎の後に続いて飛び込もうとした庄屋らが村方衆の壁に阻まれたが、その悲鳴を涼やかに聞き流して惣次郎は長良川の川上を指し示した。

「川に沿って進まれましたら日暮れまでには辿り着けましょうず。道の脇に大きな薬師さんのお堂のある村でございます」

「承知した」

小さく頷いた慶四郎は、眉をひそめて惣次郎の腰に下げられた鎌に視線を向けた。

「ひとつ尋ねる。先程、まっとうと申したが、その鎌はいざとなれば人を斬るためではないのか」

甚兵衛や惣次郎だけでなく封鎖に参加する村方衆のほとんどが鎌や鍬などの農具を携えていた。竹の筒や樹の皮の鞘に納められているとはいえ、鉄の刃は肉を裂き骨をも断つ鋭さを備えている。熟達した遣い手が振るえば刀にも劣らぬ武器となった。

「とんでもねえ」

だが、惣次郎は大きく目を瞠って首を振った。

「この鎌はお武家様の刀と同じで、おらが村方である証でございますよ。人を斬るだなんて、考えるだけでもおそがい（恐ろしい）ことでございます。せいぜい猪や狸を脅かすぐらいのもので、この前なんぞ狙って振っても蛇にはかすりもいたしませんでした」

「左様か」

鎌にせよ刀にせよ、あるいは両の拳でさえ、ただ持ち合わせているだけでは武器とはなり得ない。遣いこなすにはそれなりの修練が必要となるが、確かに目の前の惣次郎は筋骨逞しいものの武士の体つきではなかった。なにより人を殺すために必要な冷徹さがまったく感じ取れない。

「雑作をかけた」

「あんばよう、おいでんなされませ（気をつけて、行ってらっしゃいませ）」

慶四郎は頷いて歩き出したが、城下を過ぎ、更に進むうちに見えてきた上之保筋の家々はどれも廃墟と見紛うばかりに朽ちていた。

村方の民家は囲炉裏のある広間を設けた三間取り、あるいは来客と接する部屋を分けた田の字型と言われる四間取りが一般的である。畳の大きさが概ね定まっているので家自体の大きさも揃うものだが、郡上の民家は他国では納屋にも見られないほどにみすぼらしい造りをしていた。山林に囲まれているために板壁が多いのは当然としても、遠目にも不揃いで隙間が目立つ。雪も多いだろうに屋根の萱は薄くむらがあり、つっかえ棒で支えている家さえ少なくなかった。

この数年を旅に暮らし、支配領の境を越えれば景色が大きく変わることにも慶四郎は慣れていたが、これほどまでの落差を感じた覚えはなかった。郡上、とりわけ上之保筋の村景はまるで一時代前に遡ったか、異境にでも紛れ込んだかと疑いたくなるほどに貧しい。鬼岩で斬られた者たちもこのような家にしか住めぬのであれば粗末な格好も納得できる。むしろ逃散せずに住み続けている方が不思議だった。

ならばこそ、村の端に立つ真新しい白木造りの小屋が余計に目を引いた。

三人が楽に入れる大きさで街道を見渡せるように観音開きに設えられており、村の街道沿いの南北の出入口にそれぞれ建てられている。中に居るのは揃いの印半纏をまとった武家奴であり、愛想も無く人相も悪いが慶四郎が通っても視線を向けるだけで声を掛けてくる気配は無かった。

「まるで塞の神だな」

皮肉を込めた慶四郎の呟きが聞こえたのか、武家奴は番小屋の中から顔ごと動かして視線を送ってきたが、やはり石地蔵のように黙り込んで、行く手を遮ろうとも行く先を問い質そうともしなかった。

構わず慶四郎は歩を進めたが、次の村も、その次の村も廃墟のように陰鬱で活気どころか人の気配が無い。周囲に目を向けたところで山の木々はすでに葉を落とし、収穫を終えた田畑は枯葉の灰褐色に覆われている。水量豊かな長良川でさえ不毛な石河原の中で寂寥を漂わせ、水の色までがくすんでいた。

慶四郎は更に足を速めたが、不意に吹き抜けた風の冷たさに思わず身をすくませた。秋の日差しはいつの間にか高い山の端にかかるほどに傾いており、陰になった山肌から冷気が滑り下りていた。昼間の暖かさに油断していたが、上之保筋はより山に近く日没も早くに訪れる。そして冷え込みは慶四郎が思うよりもはるかに厳しかった。

だが、左右を山に挟まれた川沿いの一本道であり、道を間違えようもないはずである。惣次郎の言葉が確かなら、そろそろ中津屋村に着いていてもおかしくない道のりを歩いていた。ただ、家屋敷がこの調子では目印と教えられた薬師堂がどんなものかも知れず、あるいは気付かずに通り過ぎてしまったのかもしれない。

己の考えに身震いした慶四郎は腰瓢箪の酒を呷り、屈み込んで草鞋の紐を緩めた。そして右膝を上げてつま先を蹴り出すと、草鞋は足から離れて宙を二度回り、表を向いて北を指す。

ひとつ息をついて草鞋の託宣に頷くと、慶四郎は片足跳びに追いついた草鞋を履き直して再び北へと歩を進めた。

川の蛇行と迫り出した山裾の形状に沿って道は更に大きくうねり、木立を大きく回り込んでようやく次の村が見えてきた。やはり番小屋があり、武家奴の姿も見えている。中津屋村の位置ぐらいならば問えば答えるだろうと慶四郎は歩調を速めたが、不意に聞こえてきた鈴の音に足を留めた。

聞き違いかと疑うほど場違いな澄んだ鈴の音は、だがゆっくりとした間隔で続けて響き、露々と川水が丸石を撫でる音と相まって次第に大きくなる。やがて前方から歩み来る者たちが見えてきた。

花嫁行列だった。

古びて色褪せた黒紋付を纏った老いた男が先に立ち、その妻らしき老いた女が腰をかがめながらもしっかりした足取りで続く。更に世話役らしき男が数名並ぶその後ろ、緋色の布で角や首回りを飾られた黒牛の背上に、横座りした花嫁が揺られていた。うつむき加減で顔はよく見えないが白無垢をまとって白い綿帽子と同じほど顔を白く塗り、鮮やかな紅を差した唇に恥じらいと誇らしさを宿して穏やかな笑みを浮かべていた。

嫁をおくれよ　戒仏薬師　小駄良三里に　ない嫁を
娘島田に蝶々がとまる　とまるはずだよ　花だもの
花が蝶々か蝶々が花か　来てはちらちら迷わせる
水差せ水差せ薄くはならぬ　煎じつめたる仲じゃもの

行列の者たちが囃すように唄う中、黒牛の角と尻尾についた鈴が歩むたびにしゃらん、しゃららんと澄んだ音を奏でる。更にその後ろには葛籠を背負った数名の若者、そして十数人の子供たちが続き、賑やかにじゃれあいながら、牛の上の花嫁を夢見るように見上げていた。

慶四郎は番小屋の傍らに寄って道を開けたが、先達の老人も列からひとり足早に離れ、幾度も頭を下げながら番小屋に駆け寄ってきた。

「祝い事でごぜえます。どうぞお通しをお願いしますだ」

「お達しは曲げられぬ。お前が払うか、それとも花嫁に払わせるかだ」

先達の老人は速度を緩めた行列を横目で見やり、うつむき加減に小さく息をついた。そして懐から取り出した袋から幾文かを武家奴の掌に握らせる。やがてわざとらしく確認する武家奴の許しを得て花嫁行列が番小屋の前をゆっくりと通り過ぎた。

牛一頭につき一文、祝いの品がひとつ一文。

行列を見送る間に番小屋を覗き込むと、奥の壁に通行料が記載されていた。酒や反物、棺桶に至るまで細々と定められており、内容からして全ての村人が毎日支払うものではないにせよ、花嫁行列は村を通過する度に支払いを強要されてきたことになる。

「人が喜び悲しむ時にまで銭をむしり取るとは、性根の卑しいことだ。汚し」

聞き咎めたか太い眉を引き上げて武家奴が番小屋から足を踏み出したが、慶四郎の険しい視線に出かかった言葉を呑み込んだ。

それ以上何も言ってこない様子に、慶四郎は袖を払って歩き出したが、しばらく進んだところで中津屋村の場所を聞きそびれたことを思い出して天を見上げた。行列を追いかけて後ろをついて歩く子供らにでも尋ねようかと振り返ったが、折よく畑の中で鍬を振るう老婆がいる。尋ねると、中津屋村はこの次の集落だと答えた。

「では、おなつという娘のいる家を存じおるか」

軒先に長く吊るされすぎた干柿を思わせる老婆は幾度も頭を揺らし、次いで小首を傾げて瞳を瞬かせた。

「村の真ん中の四つ角のにき（傍ら）の、焦げ茶の大きな瓶が軒先にある家でごぜえます。けんど、おなつ坊はもうそこにはおりませんぞな」

「おらぬとは、どういうことだ」

「いんにゃまあ（あれまあ）、嫁入でごぜいますだよ」老婆は夢見るような笑みを浮かべた。

「ほん今んた（今しがた）に行列を見送ったところで」

慶四郎は体ごと振り返った。

行列はすでに見えなくなっていたが、鬼岩で袋を受け取った際に嫁入りの祝いと聞いたことを思い出して、小さく声が漏れる。よくよく思い返せば先達の老人には鬼岩で斬られた男の面影があった。あるいは父なのかもしれない。慶四郎は礼を言って踵を返した。

花嫁行列の歩みはゆっくりとして、追いつくのはわけもない。だが、牛の背に揺られる花嫁を子供たちの後から視界に捉えながら、預かった袋を手渡す手立てが慶四郎には思い浮かばなかった。

もちろん今すぐ声を掛けて行列を留め、あるいは嫁ぎ先で対面の儀式や宴が行われる中に乗り込んで手渡すことは容易にできる。だが、仔細を尋ねられれば、男が斬られたことを話さないわけにはいかない。そこまでは覚悟していたことではあったが、なつが最も幸せであろう日をぶち壊しにするのは必定であり、また花嫁を囲む大勢の者たちの中には殺された四人の村方衆の知り合いがあっても不思議は無く、大きな騒ぎになりかねない。

嘘を吐いて誤魔化すことはもちろんできるが、武士の倫理にもとるだけでなく、下手をすれば慶四郎こそが殺害者だと誤解されるおそれもある。城下まで戻って日を改めることも頭をよぎったが、江戸に急いで行かねばならない理由が無いとはいえ、そこまでしてやるほどの義理も無い。

慶四郎の心構えと算段が調わぬ間に、行列は村の中ほどで道を折れた。一軒の庭先に入ると行列の先達と出迎えた嫁ぎ先の親族や村人らとの挨拶が交わされ、花嫁が手を引かれて牛の背から降りる。ほどなくして家の中から花嫁の美しさを称える女衆の賑やかな声が聞こえてきた。

「さて、どうしたものか……」

慶四郎は婚家を取り巻く人だかりから離れてひとりごちた。

間の悪さを今更嘆いても仕方ないが、歩き通しで疲れており、ゆでもちはすでにこなれて腹も減っていた。日も暮れかかっており、今日の内に渡せなければ城下にまで戻って旅籠に泊まるか野宿でもして、改めてまたこの村まで来なければならない。それを厭うならばどうにかして渡さなければならないが、かといって名乗りも説明もせず、ただ投げつけるように渡して駆け去るのが最善とも思えなかった。

「お武家様、中津屋村へはもうお行きんさりましたか」

草鞋を蹴り上げようとして振り返ると、御領との境で村方衆を率いていた大柄な若者が立っていた。急いで走ってきたのか息を切らし、はだけた胸元で守袋が枝先の葉のように大きく揺れていた。

「惣次郎、だったな。ひとつ頼まれてくれぬか」

惣次郎と顔を合わせるや浮かんだ策を慶四郎は口にした。

「拙者の用とは、おなつの兄を名乗る男から旅の途中に託された祝いの品を届けることだ。できれば直接手渡したいのだが、騒ぎや人目は避けたい。密かに呼び出せぬだろうか」

嫁盗みなどではなく、真実である証にと慶四郎は懐から託された袋を取り出した。色褪せ、汗ばみ、血さえ染みついた袋は祝いの品との口上に相応しくないが、せめて伝わるようにと中に収められた細長い木箱の形が浮き出るようにして差し出す。

だが、袋を一見するなり惣次郎の表情が拭い取られたかのように一変した。口許から穏やかな笑みが消え、目の端が吊り上がり、額からどっと汗が噴き出して流れ落ちる。よろめき後ずさる足が音高く砂利を噛んだ。

「では五郎八どんは……いえ、すぐ呼んでまいりますだ。家の裏手の、柿の木のにきでお待ちになってくださいまし」

口早に言い、惣次郎は家の中へ駆け込んだ。

あれだけの村方衆を率いるならば上之保筋でも知られた顔であり、宴の招待客やなつにも信頼されているはずと見当を付けて頼んだのだが、惣次郎は慶四郎が考えていた以上に呑み込みが速かった。五郎八と名を出したところからして知り合いでもあったのだろう。

ただ、惣次郎の瞳に浮かんだ光と口調の厳しさは尋常ではなかった。御領との境での落ち着いた様子とは、別人のような慌てぶりである。あるいはなにかしら込み入った、それもかなり深刻な事情があり、知らぬ内に事態を悪化させたのかもしれなかった。

だが、慶四郎が思い返しても、手抜かりも非難を受けるような覚えもなかった。袋を持ち上げてじっくりと見やっても、鬼や蛇が出てくるわけでもない。軽く揺すったところで、木箱に何かが擦れる軽く小さな音がするだけである。

袋を懐に収めた慶四郎は鞘を前後に動かして帯の滑りを確かめはしたが、惣次郎が家の中に入った後も血相変えた村人らが飛び出て来ることはなかった。むしろ宴席の声は更に賑やかになって、寿ぐ唄と合いの声までが聞こえてくる。

考えあぐねた末に慶四郎は草鞋を蹴り上げて宙を舞わせたが、着地した草鞋は表を向いて婚家を指す。ひとつ息をつき、惣次郎が指定した家の裏手へと回った。

開け放たれた勝手口の周囲では女衆が忙しく調理や膳の盛りつけに働いていたが、更に奥へ進むと人の姿は無かった。ただ金茜に輝く残照が色づいた柿の実を照らしていた。

「なつでございます」

程なくして花嫁が現れた。

黒羽織を羽織っている他は行列で見かけた姿のままながら、今は目許にも唇にも笑みは無く、かすかに震える頬はむしろ青みがかってさえいる。踏み出した庭草履が耳障りな音を立てて土を踏んだが、後ろに続く惣次郎の他に人の姿は無い。宴席の賑やかな声も変わらず聞こえており、何をどのように伝えたかはわからないが、惣次郎がなつだけをうまく連れ出したことは確かだった。

「拙者は奥津、いや名など、どうでも良い」慶四郎は首を振り、懐から袋を取り出した。「旅の途中、通りすがりに兄と名乗る男に祝いの品を託された。受け取られよ」

だが、袋を見るなり、なつもまた小さく声を上げて目を瞠った。白塗りした頬が透き通るほどに青ざめ、震える体が均衡を失ってよろめく。それでも後ろから支える惣次郎の手を静かにほどくと、なつはまっすぐに慶四郎に向き直った。

「では、あんや（兄）は、殺されたのでございますね」

なつを見据えたまま、慶四郎の動きが一呼吸分止まった。四人が殺されたことは匂わしさえしないよう気を付けていたつもりである。ひと目で見破られたことに驚きはあったが、それでも武士として嘘は吐けない。慶四郎はゆっくりと頷いた。

「そうだ」

惣次郎は肩を大きく揺らし、首の血管が浮き出るほどに満腔の思いを押し殺して息を吐き出したが、なつはわずかに震えただけで深々と頭を下げた。

「あの日、あんやを見送る時、もはや命は無いものと覚悟しておりました。形見の品をお届けいただき、ほんにありがとうございます」

慶四郎は眉を寄せ、首を傾げた。

旅に出れば病や事故は避けられず、出立に際して今生の別れとて水杯を交わすことも珍しくはない。だが、松尾芭蕉が江戸から陸奥や出羽、加賀、越前と旅して美濃大垣までの旅日記『おくのほそ道』を記してからすでに七十年ほどが過ぎており、街道筋の整備が進んで伊勢詣なども盛んに行われるようになっていた。慶四郎自身もこの数年を旅に暮らして、旅を楽しむ者たちを大勢見ている。なつの言動に腑に落ちかねるものを感じたが、それでも慶四郎は小さく首を振って袋を差し出した。

だが、手を伸ばしたなつは灼熱した石に触れでもしたかのように、不意に袋を払いのけた。地面に落ちるや乾いた音を立てて木箱が袋からこぼれ出たにも構わず、大きく見開いた瞳を虚空に向けたままのけぞるように後ずさる。

「いや、いや、いや……」

なつは呟きながら幾度も首を振り、火傷でもしたかのように震える手指をきつく抱えて家の中へ駆け戻った。なつの背中と木箱とを交互に見やっていた惣次郎も、無言のままになつを追って家の中に消える。

取り残された慶四郎は首を傾げながら、片膝突いて手を伸ばした。払い落とされた拍子に木箱の蓋までが外れ、巻物が転がり出ていた。表書こそ無いが、装丁して組紐で巻かれた美濃紙の奉書である。木箱も桐の上物であり、数百石と食むような武士の漆塗りの手文庫に納められているのが似つかわしい品だった。

「おぶけさま、ごぶれいしますだ」

不意に横合いから掛けられた声に慶四郎は視線だけを向けた。小さな草鞋と細すぎる足と膝、擦り切れそうな赤い着物が目に映る。六つか、七つほどの幼い娘が塗りの剝げた古びた膳を掲げていた。

「ひだるく（空腹で）はねえですかい。いわいですけ、ごっつぉをおもちしましただ。どうぞたべておくんせぇ」

膳には昆布巻き田作紅白の蒲鉾の他、煮びたしにした大根葉や牛蒡と椎茸の煮しめ、人参の酢の物などの小鉢、鮎の焼き物にしじみの澄まし汁、そして朴葉に包んだ飯と酒の用意が調えられていた。

「しじみやあい（鮎）はおらたちがとったんよ」

幼い娘は平らな庭石の上に膳を置いて一礼するや一飛びに駆け去ったが、水樽の陰から顔を出して言葉を続けた。

「みんなのぶんやから、いかいこと（たくさん）とらないかん。せやから川の中にかこっておったんやけど、狐や野犬がねらってくるんよ。だもんで、なんにちもみんなで番をしてまもったんさ。さむいし、おそがいし、たいへんじゃったけんど、せっかくのよめいりだでね」

慶四郎は頷きながら巻物を木箱に納めて袋に戻し、腹にさらしで巻きつけた油紙の包みと重ねて懐に収めた。そして用意された膳の傍らに座り込み、朱塗の剝げかけた盃に濁り酒をなみなみと注いで一息に空ける。

そして大きく息を吐き、口許に零れた酒と自嘲の笑みを拳で拭った。

木箱の中に入っていたのは簪や帯留ではなかった。紙からして祝絵でも嘉字でもない。だが、何が書かれているにせよ、慶四郎が唄の上手いなつの兄に謀られていたのは確かだった。国法を破った大罪人との浪人の言い分を鼻で笑い飛ばしたが、あるいはその方が正しいのかも知れない。ただ、その兄が守り、託した袋を、なつは中身を検めるどころか受け取りもせずに払いのけた。中身が何かを知っているからだとしても、兄の死を知ってなお取り乱さなかった双眸に浮かんでいたのは、紛れもない恐怖、そして絶望だった。

「だが、拙者には関わりの無いことだ」

慶四郎は呟き、盃を呷った。

なつが受け取ろうとしなかった理由はわからず、気にならないと言えば嘘になる。それでも、たとえ目的や中身を偽られていたとしても、約定は約定である。それに二十里（約七十八キロメートル）あまりも中山道を引き返して来たことが無駄に終わるのは愉快ではない。

疑問と腹立ちとを首を振って払いのけると、ともかく約定を果たして今日の内に郡上を去るのだと腹を固めて慶四郎は再び杯を一息で空けた。

だが、改めて味わってみると酒の強い酸味が舌を刺し、濁りが喉に張り付いた。汁物で舌を洗ってから口に運んだ青菜にしても鮎にしても、新鮮ではあるのに味がぼけている。煮しめに至っては淡白を通り越して味がない。塩が決定的に足りていないのだと気付くのに間はかからなかった。

一品だけなら作った者が加減を間違えたともいえるが、膳の全てが同じ調子である。海から遠く、塩が貴重で高価なために使用を極度に減らしているのだろうと推察して慶四郎は箸を置きかけたが、家の中からは朗らかに木遣を唄う声、手拍子が途切れること無く聞こえ、すぐ近くからはうまいか、うまいべと幼い娘が期待を込めて見つめてくる。慶四郎は詰まる喉を無理矢理に押し開いて、全て食べきることを己に強いた。

やがて山の端に残照が落ちきり、庭にかがり火が焚かれると、いったん静まった声が草鞋の擦れる音とともに移動を始めた。

「おたらく（腹いっぱいに）よばれ（いただき）ましただ」

「では明日も遅れんようにの。頼みますぞ」

「ほどほどにして、ちゃんと寝てくだされや」

笑う声は土間から庭へ、そして街道や脇道へと抜けていく。婚礼の宴は夜更けまで続くと覚悟していたが、思いの外、早く終わったらしい。そして訝しく思う間も無く、紋付袴姿の大柄な男が裏手に回り来て慶四郎に一礼した。

「どうぞ座敷へお上がりくだせえまし」

かがり火を背負って顔の判別はできなかったが、大柄な背格好と声は惣次郎のものである。後について廻縁から板座敷へと進んだ慶四郎は、わら細工の宝船の向こう側に並び座した花嫁姿のなつと正装した惣次郎、そして赤い着物の幼い娘と対面した。

「先程はご無礼いたしましただ。改めまして鶴来村の惣次郎、そして本日祝言を挙げて妻となったおなつでございます。これは妹のおまき。おなつの兄五郎八どんより託された品を届けてくださり、心よりお礼を申し上げますだ」

頭を下げる三人を見やって、慶四郎は瞬きを繰り返した後に苦笑を浮かべた。知り合いどころか、惣次郎こそが新郎だった。五郎八と深い関わりがあるのも当然であり、なつだけを裏に連れ出せたのも頷ける。婚礼の宴が早じまいしたのも、境の封鎖に欠かせない惣次郎への配慮なのだろう。

だが、改めて間近に見れば日々の労働で鍛えられた惣次郎の骨太の体は大木のようであり、茶褐色の瞳は深い湖を思わせるほどに澄んで凪いでいる。隣に座るなつも枝に止まって軽やかに唄う駒鳥のようにつつましくもたおやかに寄り添っており、金屛風も緋毛氈もないが、錦絵か芝居の一幕を見るように似合いの二人だった。

「いみじきものよな」

感に堪えず首を振った慶四郎は、思わず漏れ出た声をかき消すように咳払いして表情を引き締めた。

「拙者は総州浪人奥津慶四郎。中山道鬼岩にて無法な浪人どもに斬られた兄者より預かった品を改めてお渡しする」

再び懐から袋を取り出した慶四郎は、なつに向けて床の上を押し滑らせた。

「拙者は約定を果たすのみ。受け取られよ」

「受け取れません。今は」沈黙を破り、再びなつは首を振った。「もうしばらく預かっていただけないでしょうか」

「おなつ」

惣次郎が傍らから厳しい声でたしなめたが、なつは両手を膝の上できつく握りしめたまま動かさず、首を振って受け取ろうとしない。

「では、おらが受け取らせて……」

じれたように惣次郎が手を伸ばしたが、今度は慶四郎が袋を引いた。

「拙者はおなつどのに手渡すよう頼まれた。たとえ夫婦といえど、余の者に渡すことはできぬ」

惣次郎は言いかけた言葉を呑み込んで唸ったが、なおもなつは小さく首を振って動かない。惣次郎は鼻から大きく息を吐いた後に、改めて慶四郎に向き直った。

「では、その巻物が何かをお聞きくださいまし」

一年前の宝暦四（一七五四）年、長雨による大洪水が長良川流域を襲った。堤防が決壊して死者はもちろん、家田畑を流された者も多数あり、流域全体で三十万人を一年間養う以上の収穫が失われた。

更に下流域では川が埋まり、道が遮断され、田畑は見分けもつかぬほどに泥土に覆われた。濁水に流されて家屋を破壊し尽くした倒木や巨石の撤去すら進まず、復旧どころか避難生活さえままならない日々が続く中、汚水の溜まり場から悪疫が発生する。死者は日を追うごとに増えていった。

上流域の郡上は濁流の被害こそ小さかったものの、その夏は悪天候が続いて気温も低く、収穫量は常の半分にも満たなかった。

そもそも郡上は北に白山、東に御嶽山、西に能郷白山と峻厳な霊峰が集う狭隘な山地にあって、下流の尾張の桜が散り終えた後にようやく満開を迎えるような冷涼な地である。領内の大半は山林で平地は長良川と吉田川の両岸にわずかにあるばかり。米はもちろん他の畑作物とて、そう多く穫れるわけではない。

だが、郡上を領する金森家は、その状況下で更なる増税を命じた。

大名家の転封はその後も三年ほどは財政を圧迫するほどに莫大な負担となるが、金森家は代々の所領であった飛騨高山から出羽上山、そして郡上へと五年の内に二度も移封を命じられていた。

加えてこの十年の間に江戸屋敷が二度も焼け落ちる不運にも見舞われている。

先代頼旹《よりとき》は花筒や書画など累代の家宝を売って支えたが残る負債はなお莫大であり、跡を継いだ頼錦《よりかね》は代替わり早々に生糸や美濃紙、畳や明かり障子への税を引き上げた。加えて年貢とは別に口米や賦役を頻繁に課し、臨時の御用金の徴収をも命じる。村々に番小屋を建てて通行税を取り立てるのも頼錦が始めたことである。

家中財政さえ立直れば商家に未払いの代金が支払われ、その金で米作の合間を縫って育てた煙草や蚕を買ってもらえるはずと町方村方は歯を食いしばって耐えていたが、暮らし向きは一向に楽にならず、むしろ日を追うごとに悪くなる。そこへ検見法の導入である。もはや命の危険さえ感じた村方衆は傘連判を記し、神前で一味同心の誓いを立てて強訴を決行した。

集団による、実力行使さえ辞さない訴えが強訴である。

刀や槍、鉄砲こそ持たないが城内の武士の百倍以上の人数を動員して村方衆は政庁を取り囲み、声を揃えて怒声を浴びせた。足軽らが迫ってきても逃げることなく石をぶつけ、棒を振るい、下級役人が出てきても相手にせずに追い払う。国家老がなだめに出ても検見法断念のみを要求して一蹴した。

そして村方衆が勝った。嘆願を受け入れて検見法を断念するとの国家老連判の免許状を出させたことで、村方衆は政庁の包囲を解いた。

しかし、年が明けると金森家政庁は反撃に転じた。免許状に連署した国家老を罷免し、免許状を取り返そうと足軽を派遣する。動きを知った村方衆は即座に召集をかけて足軽を取り囲むも、奪い合いの中で免許状は行方知れずとなった。足軽は持ち帰っておらず、村方に保持している者も現れない。揉み合う中で踏みにじられ、泥にまみれて失われてしまったと考えられた。美濃郡代官青木次郎九郎が郡上の全庄屋を呼び出す、およそ二月前のことである。

「だが、免許状は失われておらず、無事に村方衆の手にあった、ということだな」

慶四郎は床に置いた袋に指を伸ばし、木箱から取り出した巻物の紐を解いた。広げた奉書には確かに検見法導入を断念すると書かれ、国家老三人の連判が押されていた。

「そうです」惣次郎は厳しい表情のまま頷いた。「そして庄屋どんらが検見法受け入れを認めさせられ、検見法は江戸邸の専決事項だと郡上の政庁が取り合わねえなら、おら達は江戸のお殿様に直接訴えると決めましただ」

「ほう」

慶四郎の息に驚きが混じった。

非道な課税を重ねる悪辣な国許の暴走を、江戸で暮らし何も知らぬ善人の領主に訴え出て取り消してもらおうというのではない。国家老を罷免した金森頼錦こそが重税を強いる元凶と見極めた上で、江戸へ訴え出ようというのである。

村方がまず政庁に抗議に出向き、次いで江戸邸に訴え出るのは、公儀も認める合法的な対応である。そして罷免したとはいえ前国家老の連署がある免許状は、領主といえど無下にできるものではない。

御上の御威光は仁慈をもって成り立ち、武士に二言はないとは建前でしかないが、反する行いをとったと公に知られれば江戸城柳営で金森頼錦は武士として生きていけなくなる。免許状についても連署した国家老が勝手にしたことと腹を切らせたとしても、公儀は外様大名を取り潰すことに変わらず熱心である。騒ぎが知られれば金森頼錦とて家中取締不行届を問われずには済まない。

村方の農夫らは敗残の将兵を襲って鎧や刀を奪い取り、守護や豪族を叩き出して自治を敷いてきた者の末裔である。理不尽な暴政や増税にははっきり声を上げて抗い、強訴もすれば困難を押して江戸まで出向くことも辞さない。体面や掟に縛られる武士の弱点を突くしたたかささえ持ち合わせていた。

「免許状は金森家に都合が悪い、ということは承知した」

慶四郎は頷き、そして首を傾げた。

「だが、ならば何故に受け取らぬ。一揆の成否を左右し、兄が命に代えても守ろうとした大事のものならば、なおのこと受け取るべきであろうに」

祝言の宴が果てた家の中に他の人間の気配は無い。庭に置かれた篝火が爆ぜる音だけが響く中、なつはうつむき加減のまま固く引き結んでいた口を開いた。

「この免許状は江戸にあってこそ有用なのでございます。だから村方から誰かが、明日にも届けに行かねばなりません」

大きく見開いたままなつの瞳は、いつしか祝言を挙げたばかりの夫に向けられていた。

「ですが、郡上の外にはご浪人衆が待ち構えておるのでしょう。そうなればあんやのように……」

なつの瞳から溢れた大粒の涙がそれ以上の言葉を流したが、慶四郎は頷いた。

次に免許状を江戸へ運ぶのは今郡上にいる指導的立場の中で旅に耐えられる者、つまり惣次郎なのだろう。だが、政庁は浪人を多数雇って郡上から出る村方衆を斬るべく街道に網を張っており、惣次郎が生きて江戸に到達する望みは極めて薄い。ならばこそ、なつは免許状の受け取りを拒み、免許状と惣次郎を守ることを慶四郎に頼んでいた。

「頼む相手を間違えておるな」

だが、慶四郎は首を横に振った。

「拙者はたまたまおぬしの兄に頼まれて来ただけだ。郡上の村方衆を手助けするいわれも義理も無い」

「他に頼れる人は無いのでございます」

涙を指先で拭い、なつは大きな瞳を挑むように慶四郎に向けて声を張った。

「免許状と惣次郎さんを守り、江戸まで無事にお連れくださいませ。後生でございます。どうか、どうか」

なつは両手指を突き、額を板間に擦りつけた。

郡上は主街道から外れており、物見遊山で訪れるような土地ではない。何かの都合か気まぐれで郡上に来る者があったとしても、村方衆に加担するとは郡上金森家二万四千石を相手どって戦を仕掛けるのも同然である。まして村方の貧しさは外から見る以上であり、危険に見合う報酬も期待できない。惣次郎が明日にも出立せねばならぬとあれば尚更、なつの願いを叶えられる者が現れようはずもなかった。

「郡上の窮状、哀れとは思う」

慶四郎は腹に巻いた油紙を左手で袷の上から押さえて位置を合わせると、免許状を床に置き捨てにしたまま右脇に置いた刀に手を伸ばした。

「されど拙者にも為さねばならぬことがある。先のこととて、おぬしの兄の末期の願いであったが故に引き受けたにすぎぬのでな」

「それでは」

なつは瞳に強い決意を込めて、立ち上がった慶四郎を見上げた。

「私の末期の願いであれば、お引き受けいただけますか」

「何を言うだ」

こらえきれずに惣次郎が制し、まきが何かを感じたのか顔を引きつらせてしゃくりあげる。それでもなつは、まっすぐに慶四郎を見据えたまま膝を進めた。

「惣次郎さんが無事に江戸へ辿り着けるなら、本望でございます。半日足らずの夫婦でございましたが、なつは幸せでございました」

言うなり、なつは膝下に隠し敷いていた菜切り包丁を引き抜いた。自らの首筋に押し当てるが引くより早く、踏み込みとともに突き出された慶四郎の刀の柄頭が包丁を跳ね飛ばした。

「膝下から妙な音が聞こえたゆえまさかとは思うたが、それにしても愚かな。慣れぬ者が切れぬ包丁など使っては、ひどく苦しみぬくことになるぞ」

土間まで飛んだ包丁が大きな音を立てて転がったが、なつは更に熱を増した視線を慶四郎に叩きつけ、震える口を引き結んだ。

「やめよ。舌を噛み切るのは尋常でない苦しさぞ。よかろう」

ひとつ息をついた慶四郎は再び床に座り、刀を帯に通した。そして右膝を立てて左手を鍔に、右手を柄にかけてまっすぐになつを見据えた。

「あくまで今ここで死ぬ覚悟とあれば、せめて苦しみ無きよう一太刀で頸を落として進ぜる。されど今一度尋ねる。末期の願いとは本心か。気を変えるならば、これが最後ぞ」

「あんやを見送った日から」なつは静かに頷いた。「いえ、もっと昔から決めていたことでございます」

「おそがいよ。やめて、あねさま」

泣きじゃくりながらしがみつくまきを剝がすようにして押しやり、なつは慶四郎との間に割って入った惣次郎さえ突き飛ばした。壁際から手を伸ばす惣次郎に最後に笑みを送り、首筋を露に天を仰ぐ。

「覚悟」

言葉とともに慶四郎の斬り放った刃が水平に光軌を描く。

鋭い風切り音は、だが鞘から発した直後に止まった。なつの頬を伝った涙が一雫、首と刃との隙間をつたって流れ落ちた。

「袋を手渡す前におぬしを斬れば、おぬしの兄との約定が果たせなくなるな」

慶四郎は口の端を捻じ曲げたまま刃を鞘に納め、免許状を再び袋ごと懐に収めた。

「心得た。拙者も江戸に行かねばならぬ身だ。道中は惣次郎を守ってやる。だが、江戸までだ。後は知らぬぞ」

二

翌日、四人分の遺髪を託されて夜明け前に家を出た惣次郎は、小指に血のにじんだ布を巻きつけて昼前に戻ってきた。

紫蘇の粉をまぶした麦飯と茄子の味噌漬けを茸の味噌汁で流し込むと、まきを肩車して庭を一周りする。そして、なつに行ってくると告げると、朴葉で包んだ握り飯を持っただけで野良にでも出るかのように旅路に赴いた。いつまでも戸口に立ち続けているなつとまきの見送りを受けて、慶四郎も惣次郎の後を歩き出した。

川沿いを進み、御領との境の手前で山道に入った二人は更に南へ向かった。関に到着した頃にはすでに日も暮れかかっていた。

新長谷寺門前に軒を並べる宿という宿から客引きが出て、獲物を狩るかの如くに片っ端から袖を引いてくる中、貧しい身なりの惣次郎だけは視界に入っただけであからさまに顔をしかめて避けられ、蠅か野犬かのように手を払って追いやられる。それでも道を曲げることなく進み続けると、やがて一軒の店の前で足を留めた。

「少し寄りますで、しばらくお待ちになってくだせいまし」

店の軒下には蓑や笠、草鞋や脚絆が吊るされ、奥には振分、矢立、火打道具や道中日記など旅の必需品が並んでいた。村の出入口ごとに見張っている武家奴の目を引かぬよう何も持たずに出立したため、旅に必要な一式を買い揃えるのかと慶四郎は見ていたが、惣次郎は品物を手に取るでもなく店の奥へと上がり込んだ。

すでに夕餉時であり、宿はもちろん向かいの煮売屋からも煮豆や煮しめの甘辛い醬油の香りだけでなく、炙られた鰻から滴り落ちた脂が炭火に爆ぜる香りまでも漂ってくる。酒も呑ませる店なのか、漏れ聞こえる注文の声に歩き通して渇いた慶四郎の喉がひくついたが、惣次郎がすぐに出て来ることもありうる。慶四郎は隣の茶店の縁台に座って、団子を注文した。

間を置かずに運ばれてきた団子は軽く焦げ目がつく程度に焼かれ、漉あんが絶妙の均衡を保って高く載せられていた。崩さぬようにそっと口に運んだ慶四郎は濃厚な甘さとぷつりと弾力のある歯ごたえに身震いし、続けてやや渋辛い茶を口に運んだ。

「お待たせいたしましただ」

気前の良いあんの盛り付けにもう一皿注文しようかというところで惣次郎が店から出てきた。蓑笠に薦を携えているだけでなく、後ろにもうひとり男が付き従っていた。

「栃洞村の清右衛門と申しますじゃ。わっちは最初に江戸へ向かうはずでございましたが、疝気で動けんかったのでございます。是非とも道連れに加えておくんなまし」

幾度も頭を下げる清右衛門は惣次郎の父親ほどの年で、身なりはいささかこざっぱりしているが農夫にしては頬も胸も肉が薄く、顔色も青白い。疝気とは下腹部が痛む病の総称で寄生虫症、脱腸、神経性腸炎などを指す。全快しているようにも見えなかったが、ならばこそ連れが必要なのだろう。次に郡上から江戸へ向かう者がいつ出るかわからず、この機を逃してはと出立を決めたように思われた。

「連れが増えたところで拙者の役目は変わらぬ。だが、待ち合わせていたようには見えなかったが」

「あの店は連絡所なのでございます」

怪訝な視線を向ける慶四郎に、惣次郎は声を抑えて口早に答えた。

江戸に出た代表団と連絡を取り合うにも、長旅を続けた様相で郡上を歩き回ってはどうしても政庁の目についてしまう。そのため金森家領外にあって郡上から詣でる者の多い関の新長谷寺門前に店を借り、全ての情報を集め、発信する仕組を村方衆は作り上げていた。

「ずいぶんと策を練り上げたものだ」

代金を置いた慶四郎の口から覚えず声が漏れた。

先代将軍吉宗による増税は当代将軍家重の治世下の宝暦においても続いており、全国各地で一揆も増えていたが、かくも綿密に組織だった策を講じ、迅速に行動を起こしているとは他では聞いたことがない。あるいは軍事組織を基にしていながら刃と権力で脅すだけの金森家の家士よりも、戦略的かつ機能的に事を進めているようにさえ思われた。

「どうやら、よほどに優れた軍師がいるとみえる」

惣次郎は曖昧に頷いて、落日に背を向けて歩き出した。大きな楼門を望む門前の景観にも、婀娜っぽい客引きの女たちにも目をくれることなく大股に東へと向かう。

「このまま夜旅かや」

不安交じりの清右衛門の問いに惣次郎が頷いた。

「あい（はい）。朝ざ一番に川越えできるよう、今夜の内に今渡にまで行っておきてえ。さ、行こまい」

旅支度で連絡所から出てきたからには関で宿をとるつもりがないとは慶四郎も見ていたが、郡上を出る時も惣次郎は祝言を挙げたばかりの妻を置いて、もはや二度と逢えぬかもしれぬのに別れの言葉さえ満足に交わしていない。郡上の村方にとって大切な役目であり、急がねばならないのは理解できたが、度が過ぎるようにも見えた。

「妻も妻だが、夫も夫だな」

立ち上がった慶四郎は口の中だけで言葉にしたつもりだったが、惣次郎は振り返って慶四郎をにらみつけた。息を詰めて赤く染まった顔は節くれだった樹皮のように皺を刻んで歪み、わななく唇は何事か言いかけて、だが、言葉を吐き出すことなく閉ざされる。そして清右衛門さえ置き去りにして更に足を速めた。その背中はしゃくりあげるかのように小さく波打っていた。

「そうでもせねば思い切れぬか」

慶四郎は首を振って、小さく息をついた。

「損な役目を託されたものよ」


三人は関の街並みを抜け、東へと進んだ。

惣次郎と清右衛門が先に連れ立ち、無関係の体で慶四郎がやや遅れて続く。会話を交わすこともなくひたすら三里（約十二キロメートル）ほど歩いて、中山道太田宿に入った。

木曾川流域の見晴らしの良い一帯に手入れの行き届いた田畑の続く豊かな土地だが、日が沈めば店も宿も大木戸を下ろして出歩く者は無い。三人は小さな宿場町を通り抜けたが、常夜灯の傍らに石地蔵を見出した惣次郎らは屈みこんで手を合わせた。そして五郎八らが襲われた箇所までは随分と距離があるものの、丁寧すぎるほどに祈り続ける。

「地蔵は子供と亡者を救うもの。無事を守ってくれるわけでもあるまいに」

呟いて手持ち無沙汰に腰瓢箪の酒を呷った慶四郎は、視野の端をよぎる小さな光に眉を寄せた。わずかに体の向きを変えて更に横目で見やると、見間違いではなく確かに光っている。旅籠の二階ほどの高い位置にあるが星ではなく、煙管の吸付けのような明滅も無い。なによりそんな小さな光ならば闇に呑み込まれるほど宿場から離れたはずである。だが、光は左右に二度揺れ、縦に二度。また左右に二度往復した。

「どうかなさいましたので」

すでに立ち上がっていた清右衛門の声に振り返った慶四郎は、行く手に広がる雑木林の向こうにも光を見た。ほんの一瞬であり、木々に遮られて動いたのか消えたのかも定かではない。そして改めて後ろを見やると、先程まで見えていたはずの光もまた失せていた。

「今すぐ道の脇に隠れよ」

慶四郎は左親指を鍔にかけ、鞘で帯の滑りを検めて二人に命じた。

「これよりしばらく、何が起ころうと、誰を見かけても拙者が戻るまで決して出るな」

鍔にかかった慶四郎の左親指に力が籠るのを見るや惣次郎は黙って頷き、清右衛門を群薄の中へと引っ張りこんだ。

慶四郎はひとり街道を駆けた。

そして木立を抜け、夜闇に広がる見渡す限りに白く揺蕩う葦原の中に殺気を感じ取るや、立ち止まって声を響かせた。

「そこにいる者ども、出てこい。拙者を奥津慶四郎と知っての待ち伏せか。来ぬならばこちらから参るぞ」

鯉口を切って白く波打つ葦原に一歩踏み込んだところで、浪人が二人、行く手の左右から進み出てきた。下弦の月がむさくるしい髭面と腰に帯びた刀を照らし出す。だが、太い両腕はともにだらりと垂れていた。

「早合点なされるな。貴殿に危害を加えるつもりはない。我らは連れを待っているだけだ」

「連れとは、拙者の背後で松明を振った者のことか」

浪人は口の端を引きつらせたが、ひとつ間を置いて頷いた。

「それは、そう、酔いつぶれた連れが今から追いつくとの合図よ。我らは往来の邪魔にならぬよう街道の脇で待っておったのだ」

夜も更けて往来する者などひとりもなかったが、指摘するより早く聞こえてきた物音に慶四郎は振り返った。砂を噛む複数の足音と、見え隠れする松明の灯りが背後から近づいてくる。程なくして一際身幅のある浪人と、その掌の上にでも乗れそうな痩せぎすの農夫が闇の中から現れた。

「なるほど、連れとはこの御仁であったか」

「何だ、おぬしら顔見知りか」

農夫が掲げ持つ松明が揺れる度に、袷からはみ出た相撲取り崩れのような浪人の太い腹の陰影が揺れる。事態が呑み込めぬまま首を傾げ、それでも威圧するようにのしかかる浪人を見やって慶四郎は頷いた。

「そうだ。鬼岩の峠道以来だな。駆け去る後ろ姿が鏡餅が跳ね転がるようであったので、忘れようとも忘れられぬよ」

浪人が喉の潰れたようなかすれ声を上げて身を翻すより早く、慶四郎の腰から剣光が迸った。抜き打ちに頸を飛ばし、振り返りざまにもうひとりを袈裟に斬り倒す。残るひとりも刀を抜くより早く胸の中心を刺し貫いた。

「ひぇえええ」

怪鳥じみた悲鳴を上げた農夫は松明を投げ捨てて宙を掻くように逃げ出したが、唐突に何かに突き当たって仰向けに転がった。

「辰三。おまはん、どうして浪人衆といっしょにおるだ」

形相険しく詰め寄る惣次郎に、辰三は額を街道にこすりつけ、震える両手で伏し拝んだ。

「か、か、勘弁してくれ」

「どうしてと聞いておるんだ、答えろ。もしや、おまはんが手引したんか」

「いんね、殺すと脅されて無理やりにやらされてただ。村の皆を裏切るつもりはなかったんじゃ。本当じゃ」

「よったいな（ふざけた）こと言うな。おまはんのつもりなんざ聞いちゃいねえ。おまはんが指差した郡上のもんが殺されたんだ。四人、いやもっとかもしれん。おまはんが殺したのと同じじゃ」

「だが、まんざら嘘でもあるまい」

辰三の胸ぐらを摑んで引き起こそうとする惣次郎の手が、慶四郎の声に止まった。

「鬼岩では気付かなかったが、往来の多い街道で郡上の村方衆だけを漏れなく斬るには、顔をよく見知る者が指し示さねばならぬ。街道の東西に何ヶ所か網を張るとすれば、十人、あるいはもっと多くの裏切者がいることになる」

満面を朱に染めた惣次郎の口から、きつく嚙み合わせた奥歯が削れる音が響いた。

惣次郎らは村方衆を強固にまとめ上げていたが、郡上にいる万余の民が全員同じように賛同しているわけではない。検見法が施行されれば不利益があると理解してもお上には逆らえぬと最初から諦めた者、抗議や反対など事を荒立てること自体を厭う者、そこまでひどいことはしまいと根拠の無い願望にすがる者、実際に強訴や封鎖に参加して嫌気の差した者がある。脅され、あるいは利を食らわされて寝返る者があるのも当然だった。

「それでもおらは、郡上の皆のために、おまはんらのためにと、この役目を……」

惣次郎の握りしめた右拳が震えながら上下した。赤熱した焼きごてを押し当てられたかのように食いしばった歯の間から荒い息を絞り出し、眦を決した両眼から涙が滾り落ちる。

「すまねえ、許してくれろ」

「どたーけ（大馬鹿者）、わっちは許さんぞ」

不意に横合いから伸びた清右衛門の平手が辰三の頬を張った。右に左に往復し、惣次郎の手から離れて辰三がうずくまると幾度も足蹴にする。

「五郎八どんや源太どん、それに茂助や康兵衛はおめえも知らぬ顔でもねえべ。無惨に斬られる末期の叫びを聞いてもなんとも思わなかっただか」

「それは、おらじゃねえ」

真顔で首を振る辰三の顔を清右衛門の平手が張った。

「じゃあ、おめえは誰を指さした。言え、他にどれだけ郡上のもんを殺しただ」

「やめてくれ、清右衛門どん」

清右衛門を羽交い締めにして引き離し、波打つ声を懸命に鎮めながら惣次郎は言った。

「もう十分だ。それにこんなところで足を止めてる場合じゃねえ」

「確かにな」

慶四郎は倒れたまま両手で頭をかばい続ける辰三を引き起こし、無防備なみぞおちに柄頭を深く突き入れた。胃液を吐き戻して倒れた辰三が完全に意識を失ったのを確かめ、草鞋を宙に蹴り上げる。裏向きに返った草鞋は南を指した。

「中山道は危うい。東海道を行くぞ」


渡し場の片隅で夜を明かした三人は最初の船で対岸に渡り、更に山間の間道を南の多治見へ向かった。惣次郎は進路変更を了承したものの声を掛けるどころか視線さえ合わせようとしないが、清右衛門は周りに人が居なければ足を休めるたびに親しげに話しかけてきた。

「奥津様は、お国はどちらで」

「総州勝浦だ」

「勝浦は魚の美味しいところと聞いておりますじゃ。鰺やら鰯のなめろうは舐め取れぬほど粘りが出るとか。中でも一番はふうかしだと聞いておりますが、一体どのようなものでございましょうや」

「なんのことはない、あさりの味噌汁だ。だが、一番かはともかく、忘れられぬ味であるのは確かだな」

瞬きした慶四郎の瞳に、どこまでも碧く眩い房総の海が浮かんだ。

勝浦の他、海岸沿いでは豊富に穫れる大粒のあさりを日持ちするよう蒸して江戸に出荷する。その蒸し湯は商品とはならないが、あさりからにじみ出た旨味が大量に滴り落ちており、風味付程度に味噌を溶いたふうかしは漁師や浜のものしか味わえない極上の汁物だった。

「しかし、どうして勝浦のことを知っておる」

「わっちは紙漉きもしておりますもんで、江戸の商人とも懇意にしておりますだ。一宮から船で江戸に入るとかで、いろいろと聞かせてくれるのでございますよ」

郡上に限らず村方はほぼ自給自足で外部から隔絶した生活を長くおくってきたが、江戸中期頃から煙草や楮といった商品作物の生産が行われるようになっていた。数が揃えば商人が定期的に買い取りに訪れるようになり、銭と情報が村方にも伝わる。

これまでは所有する田の広さが村方における豊かさの証であったが、米以外の作物で多くの財を成す農夫が現れたことから村方のあり方そのものにも変化が起き始めていた。

「検見法受け入れに反対するのは、米だけを作る村方のみと思っていたが」

「まさか、難儀するのは皆同じでございます。それに橋の普請じゃとあれば米作りも紙漉きもなく人足に駆り出されますだ」

清右衛門は左肩に手を当てて顔をしかめた。竹鞭や木刀で打たれた者が痛みをこらえる顔である。細い打撃面に集中した力は楔のように肉を裂き、骨にまで響く。痛みは数日から数十日熱を持ったように続き、決して忘れられるものではない。あるいは清右衛門も奉行や下役人に咎められたことがあり、古傷が痛んだようにも見えた。

「昔は一日二升の米が手間賃として与えられておりましたものが、近頃は稗に変えられたり、支給そのものが無くなってしまいましたじゃ。他にも、いずれ返すからと参勤の御用金をお取り立てなさるのに、返してもろうたことがございませぬ。借金してまで用立てた者なんぞ返済はできぬ、利息を払わにゃならぬと首が回らぬ酷い有様で。それに、金森様はあろうことか木をお伐りんさった」

清右衛門は渋面を更に深めて言葉を続けた。

「とにかく田畑を広げよと親の仇のように山の木をお伐りんさったが、その多くは栗の木でございましたんじゃ。栗の実は村方の食い物にも山の獣やらの餌にもなると、わっちらのご先祖が植えたもの。それを目先の利のために伐り払ってしもうたもんで村方は飢え、同じように飢えた猪や狸が里まで荒らす始末。おかげで手塩にかけて育てた楮の林がくりくりに（すっかり）のうなってしまいましたじゃ」

「なるほど。だが、強欲もそこまでいくと嫌がらせなのか愚かさゆえなのか、もはやわからぬな」

実際に郡上を見た慶四郎も知らぬことばかりだが、金森頼錦が課した増税や悪政がそれだけでないことも想像がつく。驚きや怒りを過ぎて言葉を失った慶四郎に、清右衛門は大きく息をついた。

「郡上は広い田畑があるわけではねえですじゃ。だども、昔はもっと楽に暮らせていたと聞いております。今の難儀は全て年貢やら御用金やらの取り立てが多すぎることが原因。盆暮れにしか休まず真面目に働く者が食うにさえ事欠くなんぞ、道理が通りますまい。まして目に入れても痛くねえほど慈しんで育てた娘を売ったり、寝ている妻子の喉を鎌で掻き切って自らも果てるなどあってはならぬこと」

先程よりも深刻な、骨よりも更に身の奥を断たれる痛みが清右衛門の顔に走る。こらえきれぬのか目を瞑って首を振ったが、呼吸を整えて開いた双眸には決意が表れていた。

「わっちは何の取り柄もねえ一介の村方じゃども、『一家仁なれば一国仁に興り、一家譲なれば一国譲に興り、一人貪戻なれば一国乱を作す』と教えていただき、真にそうだなやと思うております。たとえひとりであっても仁や譲であればいつかは国までも動かすなら、貪戻なる者をひとりであっても捨て置いてはならねえ道理。ましてそれが――」

「武士ならば。いや、その通りだ」清右衛門が言いかけて途中で止めた言葉を悟って慶四郎も頷いた。「武士とは暴を制するもの。貪戻も嘘もあってはならぬ。ましてそれが政を司る者なれば、その害は蝗の比ではない。一国さえ食い尽くすだろう。だが、よもや『大学』を講じる村方があろうとは思いもしなかったな」

「いや、お恥ずかしや。五十の手習いで所々を聞きかじっただけでございますじゃ。それにしても、奥津様は刀もお強うございますだなや。旅にも随分と慣れておいでるようじゃども、いろんな国を剣術修行の旅で回りんさったので」

先代将軍吉宗の武芸奨励、そしてより安全な竹刀と防具の普及によって、江戸のみならず日本中で剣術修行が隆盛していた。江戸で皆伝を得た家士が国許で、あるいは旅の浪人が落ち着いた先で教えるなどして全国各地に道場が林立し、束脩《そくしゅう》目当てに町方村方にも門戸を開いた道場も数多い。

もっとも皆伝を受けた翌日に新流派と銘打って弟子をとる師範があり、教わる側も武士への対抗意識や運動競技、娯楽感覚で入門する者があって技術程度は千差万別である。それでも修行者数は年を追うごとに増加して裾野は広がっており、武者修行とて防具一式を担いで旅する武士の姿も珍しくなくなっていた。

「そのような気楽なものではない」

だが、慶四郎は瞳と言葉に陰を宿し、口許を引き結んで首を振った。

「拙者には仇がおったのだ。修行人手形を授けていただいて諸国の道場を廻りもしたが、それも仇を追うため」

「随分長くになりますので」

「旅に出て六年、父が殺されてからはもう十七年になる」

感情を押し殺した慶四郎の口から、覚えず息が漏れた。無惨に斬られた父の亡骸と対面した夜のことが、叔父や師から容赦ない稽古を受けた少年の日々が、仇を捜して各地を巡った失望と焦燥の年月が涙の苦い味と共にまざまざと蘇った。

「ですが、おった、と申されましたのは、本懐を遂げられたのでございますかや。おめでとうございますじゃ」

「めでたくなどない。ただ、ひとつ区切りが付いたというだけだ」

慶四郎は右手で袷の上から腹をさすって大きく首を振り、心の痛みに歪んだ顔を背けた。

「それに、遅かった。手遅れだったのだ」

「何がでございます」

た。

「全てだ。何もかも遅すぎたのだ」

慶四郎は吐き捨てるや立ち上がり、瞬きを繰り返す清右衛門を置き去りにしてひとり歩き始めた。

三人は茶碗やとっくりなどの日用美濃焼を運ぶ商人らとともに名古屋城下に続く下街道を南へ向かい、尾張熱田宮から東海道に入った。そして鳴海、池鯉鮒と東へ進む。

ともに江戸日本橋と京三条大橋を結んで五街道に数えられる古くからの道ではあるが、美濃木曾甲斐の山越えで進む中山道に対し、東海道は海沿いの地を進む。

箱根や大井川など雨や強風などでの道止めは起こりやすいものの道は平坦で歩きやすく、湯治や伊勢参りにも利用されるため日々行き交う旅人の数が多い。また尾張には御三家の居城があり、三河駿河遠江は徳川家ゆかりの土地として公儀からも重視されている。日数をかけて大回りすることにはなるが、より安全な道筋であった。

警戒を怠らず、また昼間の人通りの多い時間にのみ移動したからか、待ち伏せにも追手にも襲われることはなかったが、遅れを取り戻そうと惣次郎が急かせる一方で、清右衛門の足が次第にふらつき始めた。懸命に遅れまいとするのだが、立ち止まって腹をさすることもしばしばで、慶四郎よりも後方に取り残されることさえある。

「大事ないか」

「こんちきしょう。まことにもって、申し訳ねえことでございますじゃ」

己の動かぬ膝に拳を打ちつけて清右衛門は気を張った。

食事は最小限。昼は雨でも蓑笠を着て歩き、夜は夜露をしのげるお堂や古木の下に筵を敷いて眠る道中である。昼間は汗のにじむ暖かさでも、日が落ちれば冷気が骨にまで染み透る。清右衛門の垢染みた肌は日に日に張りを失い、瞳から光が失われていった。

それでも三河岡崎まではだましだまし進めていたものが、豊川に入ったところで清右衛門は用便だと街道脇の草むらに入ったまま出てこられなくなった。食欲が無いと水しか飲んでいないにもかかわらず、下痢と嘔吐が絶え間なく続いて動けない。

「この先の宿場で医師を探してまいりますだ」

しばらくしてひとりで草むらから出てきた惣次郎は、顔の真ん中に嵐雲のかかったような面持ちで小さく首を振った。

医療は長らく一部の者のためだけにあったが、泰平が続いて江戸、大坂、長崎の他、城下町中心ではあったものの町医師も増えてきている。道の先にある御油《ごゆ》宿は徳川家康や大岡忠相からも帰依を受けた吒枳尼眞天を祀る豊川稲荷の門前で大きく栄えており、医師がいる見込みも十分にあった。

「だが、医師ならばどうにかできるものでもあるまい」

慶四郎は清右衛門の体調が悪くなる様子を間近で見ている。もともと持病を抱えていたものを治りきらぬままに出立し、過酷な徒歩での移動による体力消耗が、そして殺そうとする者が待ち構えて実際に襲いかかってくる恐怖と圧迫感とが更に体調を悪化させたのだろう。あるいは頻繁に慶四郎に話しかけてきたのも不安を紛らわせるためかもしれず、簡単に治療できるものではないように思われた。

「もし、ご同行が難儀しておいでですかい」

不意に横合いから掛けられた声に、惣次郎が口を閉ざして退いた。道中笠を被り杖をついた中年の男である。白髪交じりの短い髭の間から人好きのする穏やかな笑みを浮かべ、伊勢神宮への巡礼者であることを示す白羽織をまとっていた。

戦国乱世の時代、伊勢神宮は式年遷宮どころか野犬を防ぐ垣の破れさえ直せないほどに衰微していたが、徳川の治世に入って人々の生活が安定し、再び交通網が整備されると全国から一生に一度はおかげ参りにと参拝者が押し寄せるようになった。

二十年に一度の式年遷宮の前後は話題になることもあってとりわけ参拝者が多く、宝永二（一七〇五）年の大流行時には二ヶ月の間に三百万人以上が参拝し、多い日には一日に二十万人以上もの巡礼者が街道を行き交ったと記されている。慶四郎も道中、連れ立って歩く白羽織姿を幾十人も見かけていた。

「よければ、お手伝いいたしやしょうか」

穏やかな笑みを浮かべて男は申し出たが、巡礼者が皆信心深い善人とは限らない。旅の途中で見知らぬ者から声を掛けられても関わってはならないとは、多くのものが参考にする『旅行用心集』にも書かれている常識である。まして郡上の村方衆を見つけ次第殺そうとする浪人に狙われている最中であり、惣次郎は渋面で首を振った。

「頼む」

だが、慶四郎は惣次郎の前に出て、草むらを視線で示した。

「ひどい腹痛で苦しんでいる。診てやってくれ」

「よござんす。ちょっと御免くださいよ」

巡礼姿の男は頭を下げて草むらに分け入った。干からびた清右衛門の傍らに膝を突くと話しかけながら目や舌の色を確かめ、脈や腹の張りに指を這わせて確かめていく。そして振り分け荷物を開き、取り出した小袋から丸薬をひとつ掌に落とした。

「あっしも癪持ちでね、辛いのはよくわかるよ。この奇応丸は苦いがよく効く。飲んでみるかい」

清右衛門が震えながらも頷き、後ろについていた慶四郎も頷くのを見て、巡礼姿の男は腰の瓢箪から木のぐい呑みに水を注いだ。清右衛門の上半身をゆっくりと起こし、薬を水で流し込むのを手伝う。

「焦らなくともようござんすよ。ちょっとずつ吸いなせえ」

薬と水とを飲み終えるだけで体力を使い果たしたような清右衛門を草むらに横たえると、巡礼姿の男は慶四郎の傍らで囁いた。

「疝気もひでえが、脈がずいぶんと弱っていなさる。どうにもいけねえ。しばらく動かさずに滋養をとらせねえと心の臓がもちませんぜ」

「造作をかけた」

慶四郎が懐から財布を取り出すと、巡礼姿の男は顔の前で手を振った。

「そいつはいけやせん。あっしは、人というものはこの世をちょっとだけ良くするために産まれ生きていると信じておりやす。その信条に従ったまでのことで。ましてお伊勢参りの帰りにお代なんざいただけやせんや」

「だが、おぬしは本職の医師であろう。正当な報酬を支払うのは当然」

「こいつはおみそれいたしやした」

笠を脱いで一礼した男の髪置きした上の髷が小さく跳ねた。

「お見立ての通り、あっしは医師。品川の島村良仙と申しやす。では、遠慮なく」

慶四郎に財布を押し付けられた良仙は、中から三文だけ摘み取ると拝むようにして財布を返した。

しばらくして薬の効果か呼吸の落ち着いた清右衛門を惣次郎が背負って歩き出したが、良仙も清右衛門の傍らに付き従った。家督を継げない武家の二三男が主な成り手であるためか偉ぶった物言いをする医師が多いものの、清右衛門の汗をぬぐったり熱を測ったりとかいがいしく手当をして離れない。そして嫌がられながらも半ば強引に木賃宿に共に宿を取ると鍋を借り、やがて箸で持ち上げられないほどに柔らかく煮たうどんを贖って戻ってきた。

「伊勢の宿で出されたうどんがたれがかかっただけの、具なし汁なし腰なしでしてね、正直伊勢まで来てこんなもの、と思ったんでさ。ところが歩き疲れて胃の腑が重くっても不思議とつるっといける。遠路歩いてくたびれ果てた巡礼者のことを考えてわざと柔らかく作ってるんだが、それをおくびにもださねえところがなんとも奥ゆかしいじゃねえですか。江戸じゃ珍奇なもの、値の張るものを出しゃ喜ばれるが、あんなのただの見栄っ張りだ。本当のお持て成しっていうのはああでなきゃいけねえ」

清右衛門は懸命に身を起こしてうどんを一本ずつすすり、半分以上を平らげた。蠟のように白く生気の抜けていた肌に血色が戻り、すまねえ、申し訳ねえと繰り返し呟きながら、崩れるように眠りにつく。

「ほんに、ありがたいことでございますだ」

深く頭を下げはしたが惣次郎の声にも目許にも疑念と険が残っている。口をすぼめた良仙は小さく首を振りながら惣次郎に先んじて言った。

「あっしはね、このくったくたのうどんよりもひでえ、箸にも棒にもかからねえ半端者だったんでさ」

伊勢古市の遊郭は江戸吉原や京島原と並び謳われ、とりわけ芸妓の胡弓や三味線に合わせて座敷に会した多数の遊女が一斉に唄い踊ることで知られている。二十年前、伊勢の総踊りを目当てに貧乏御家人の部屋住み次男三男同士連れ立って江戸を旅立った良仙は、途中の豊川稲荷を参詣した直後に猛烈な腹痛を起こした。同じいなり寿司を食べた同行者はなんともないのに、立ち上がることさえできない。そして痛みが二日続いてなお止まないと同行者は帰りに拾うと言って出立した。

「喧嘩も悪さも一緒にやって、終生の友人だと思っていた連中に旅先で体よく見捨てられたわけでさ。あの時ほど惨めで、腹立たしく、それまでの生き方を悔やんだ日はございやせん。そんなときに旅の医師があっしを診てくれやした」

医師の薬で一夜にして回復したが良仙はもはや仲間を追おうとはせず、半ば無理矢理に旅の医師に弟子入りし、どこまでもつきまとった。医師は貧しい者、見放された者を厭わず療治し、良仙には便にまみれた衣服を洗い、疥癬《かいせん》にただれた膿を吸い出すことさえ命じたが、ひたすら従った。

「何を命じられても、はいとしか答えやせんでした。変わるんだ、なんとしてもこのお人についていくんだって必死でね。でも今にして思えば、あの腹痛も豊川吒枳尼眞天様のおはからいに違いねえ。伊勢の神さんに参るにゃまだ早い、真人間になって出直してきなって戒められたんだと思いやす」

それから良仙は十年を旅の医師について学び、その死後に江戸で診療を始めたが、最近になって周囲で伊勢参りに行く者が二人三人と現れだした。もちろん以前から参詣者はいたはずだが、突然気になって仕方がない。呼ばれているのだと確信してついに伊勢参りに出た良仙は、ひとつ誓願を立てた。

「二十年前の借りだ。旅の間に二十人を治療すると誓ったんでさ。そしたら満願二十人目の清右衛門さんがこの豊川でだ。これはもうお引き合わせとしか考えられねえ。しっかり療治させていただきやす。それに江戸へ行かれるなら、あっしも同じ道行だ。是非、ご一緒させてくださいまし」

公の場で武士は庶民と席を同じくせず、当たり前のように上席に座す。最下層の木賃宿でも慶四郎が奥を占め、惣次郎は畳一枚ほど離れたところに座っている。間に入った良仙は左右に首を振って頭を下げた。

「それは心強いのだども」慶四郎の一瞥を受けて、惣次郎が口を開いた。「清右衛門どんは明日、旅に出られますかいの」

「いや、冗談言っちゃいけねえ。そいつは無理ってもんですぜ」

良仙は即座に首を振った。眉を寄せたまま更に何か言いかけたが、惣次郎の沈み込んだ面持ちに尖らせた唇を二度三度と左右に動かした。

「なるほど。深い仔細がおありですかい」

そもそも慶四郎のような武士と、惣次郎ら貧しい村方が共に旅をしていること自体が奇異である。だが、慶四郎は瞑目して唇も閉ざしており、惣次郎もどこまで話したものか考えあぐねて言葉が出てこない。

不意に良仙は外を見やると豊川稲荷の方角に柏手を二度打ち、深く一礼した。

「南無豊川吒枳尼眞天様、必ずやり遂げまさ。見ていておくんなさいましよ」

そして目を丸くしたまま瞬く惣次郎に向き直った。

「よござんす。お急ぎというなら、お二人さんは先に行っておくんなさい。清右衛門さんはあっしが引き受けやしょう。しっかり療養させて、歩けるようになったら追いかけまさ」

翌朝、日の出前に良仙の見送りを受けて、惣次郎と慶四郎は江戸へと出立した。

「あの男に任せて、ほんに良かったのでございましょうか」

視線を合わせぬまま惣次郎は問い、慶四郎は肩をすくめただけで歩き続けた。

「確かに腕は良いかもしれねえ。それに親切だ。でも会ったばかりだし、腹の中なんざ何もわかりゃしねえ」

「住まいを構え、看板を出している医師であれば良かったか。だが、その医師が藪医師かもしれず、偶然に出くわした良仙が江戸で評判の名医かもしれんぞ。疝気と一目で見抜き、良薬を処したは信頼に値する」

「そういうことではねえですが……」

「この世をちょっとだけ良くするために産まれ生きている、か」慶四郎は小さく首を振った。

「言うことは甘いが、護摩の灰の類ならば清右衛門のような文無しを獲物には選ぶまい。金森家に雇われたのだとすれば大した役者と言える。確かに見ず知らずの相手ではあるが、お節介もあそこまで行き届けば本物。任せるに足ると拙者は見たがな」

「そりゃ、そうかもしれねえですが……」

歯切れの悪い惣次郎を慶四郎は横目で見やった。

「清右衛門が歩ける様子でないのはわかっていたはずだ。どのような名医であれ、一日でどうにかできる病状でないこともな。いや、そもそも関を出立したときから、清右衛門はいずれ足手まといになると予測していたはず。だが、お前は一日も早く江戸に着きたいと願っていた。期せずして願いが叶ったではないか」

惣次郎はそのまま黙り込んだ。それでも納得がいかないのか、歩きながらも鼻と口をしきりに動かして頭を振り続けた。

その後も二人は言葉を交わすこと無く進み、大井川を越え、箱根の関を越えた。

川崎を越えた辺りから往来する人の数は目に見えて増えていたが、高輪大木戸を抜けて江戸に入るや、街並みも大きく変わった。それまでは宿場を過ぎれば街道沿いの野原田畑の傍らに家が一軒、あるいは数軒がまばらに軒を並べる程度であったものが、橋をひとつ渡るたびに建物の連なりが延び、大名屋敷の長く白い壁さえ道沿いに続くようになる。

行き交う人の姿も旅装束から、住まい暮らす者たちや毎日の生活に密着した商売をする者が目立つようになっていた。日本橋の魚河岸に近づいているためか天秤棒の両端にたらいを結わえて魚を売り歩く者が幾人も駆け抜けていったが、籠いっぱいの野菜を詰めた者たちもまた幾人も通り過ぎる。

他にも塩、柿渋、炭などの荷を抱えた者が謳い文句を口にしながら売り歩き、木綿売りや刻み煙草売りが小簞笥を担いで歩く。仕事を終えて家路につく大工が通り、主の後を風呂敷包みを抱えて歩く丁稚の傍らを、年の変わらぬ子供が飴売や団子売の許へ母親を連れて行こうと手を握り締めて離さない。

「こりゃ、ちんくらこいた（驚いた）。今日は何かの祭礼でございますだか」

口を閉じることを忘れたかのように右に左に視線を動かす惣次郎に慶四郎は肩をすくめた。

「江戸では毎日こんなものだ。それよりも前を向いて速足で進め。突き当たられて、踏みつぶされるぞ」

街道筋の道幅は広くつくられているが、屋号を染めた暖簾を掲げた店へ入ろうと急に曲がる者があり、荷を運び入れようと大八車を横付けするのも珍しくない。そうでなくとも通行に左右の別はなく、抱える荷物も行き先も、歩く速度さえ人により異なる。

そして日本橋が近づくにつれて人の数は更に増えた。往来の真ん中で荷を広げて大根や葉物野菜を並べる者があり、武家駕籠や町駕籠が通り、荷を運ぶ馬も通る。地面が見えぬほど人が行き交う中、舞い上がる酷い土ぼこりを抑えようと丁稚が柄杓を片手に水を撒き、ぶつかっただの気をつけろと怒鳴る声も頻繁に聞こえるようになっていた。

「ひ、一息つかせてくださいませ」

息をするのもままならない様子で顔を青ざめさせた惣次郎だが、橋手前の晒場は人が多すぎて立ち止まることさえできない。日本橋を半ばまで渡ったところでようやく欄干を抱えるようにもたれかかって呼吸を整えたが、見下ろした川の混雑ぶりに声を上げて身を乗り出した。

江戸は川の街である。

平川（神田川上流）から分かれ隅田川に合流する幅の広い流れを日本橋沿いの魚河岸へと一刻を争って漕ぎ進む押送船がひっきりなしに行き交い、本町や石町の問屋から米や乾物など俵を山と積んだ船も江戸の川と運河とをくまなく進む。荷だけでなく人を乗せて運ぶ屋根船や小型の猪《ちょ》牙《き》舟もまた、混雑を巧みに縫いながら頻繁に上り下りしていた。

「郡上の祭りで、いや、死ぬまでに出会うより多い人を、ほんの一刻で見た気がしますだ」

橋の隅に寄ってもぶつかりそうになるほど往来する人の数は多い。端へ端へと追いやられて身を平たくして欄干に寄りかかった惣次郎は、熱に浮かされたように顔を赤らめて額に浮いた汗をぬぐった。

「旅籠に入るまでだ」

隣に立った慶四郎の突然の言葉に、惣次郎は表情を改めて凝視した。

「お前が旅籠に入り、郡上の村方衆と合流したら、拙者は免許状を渡して去る」

浮かれ気分を頬を叩いて追い出し、惣次郎は深く頭を下げた。

「これまでのこと、いろいろとありがとうございましただ。おかげさまで、無事に江戸まで辿り着けました」

二人は江戸有数の商業地である室町町の雑踏を越えて更に北へ向かった。牢屋敷で名高い伝馬町を過ぎて家具問屋が軒を並べる小伝馬町を東へ、そして関東郡代の屋敷を過ぎて馬喰町に入る。

奥州街道の起点である馬喰町は文字通り牛馬を売買する馬喰と、その配下にあって荷や人を運ぶ馬方や牛追いが多く集まり住むが、旅籠も数多く軒を連ねている。惣次郎はその中で森田屋を尋ね歩いた。

「森田屋さんなら通りの向こう側の、ほら、五軒ほど向こうさね」

「ほんにご丁寧に。ありがたいこっちゃ」

「待て」

道行く人に礼を言って駆け出そうとする惣次郎を呼び止め、慶四郎は道を横に折れた。首を傾げながらも惣次郎が後に従うと、慶四郎は塀に張りつくようにして裏路地を森田屋の脇まで進む。そして往来の手前から森田屋の向いにある蕎麦屋の二階を顎で示した。

「見張りだ」

上げかけた声を両手で押さえ込んだ惣次郎は、慶四郎が示した先を大きく見開いた目で追った。蕎麦屋の二階の障子窓が半分ほど開いていた。路地に面した角にあって森田屋の店先に出入りするものはもちろん、往来をくまなく見通せる位置にある。だが、蕎麦屋は行きかう旅人の五人にひとりは中を覗き込むほどに繁盛しており、神無月も末ながら袷では汗ばむほどに暖かい。二階の障子窓が開いていても不思議はなかった。

「なんで、そんな」

慶四郎は表情の無い一瞥を返しただけで答えることはなく、惣次郎も重ねて問うことはなかった。もし金森家に投宿先が知られているならば、そこを見張るのが最も効率的に郡上の村方衆を狩り集められる道理である。江戸へ旅立った者は郡上村方でも選り抜きの者とはいえ、辰三のように寝返った、あるいは捕まって口を割らされた者がないとは言えず、すでに金森家江戸屋敷に出向いていたならば後をつけられたとも、自ら明かしたとも十分に考えられる。

不意に二階の開いた障子窓の向こうに、浪人髷の男の顔が覗いた。手持無沙汰に外を眺めたのではなく、咥え楊枝のまま路上を掃くように意図を持って視線が流れる。そしてすぐに引っ込みはしたが、木枠越しに見える髷はなおも森田屋の入り口に向けられていた。

「三文あるか」

血の気の失せた惣次郎は身震いしながら懐を探り、首に下げた鼠色の巾着袋ごと慶四郎に差し出した。

「拙者にではない。少し離れたところまで走って、人の良さそうな男を捕まえたら、こう頼め」

慶四郎の言葉に頷いた惣治郎は裏路地を来た方向へと走った。しばらくしてひとりの男が森田屋の暖簾をくぐったが、三つと数えぬ内に浪人が中から飛び出して大きく手を振る。即座に蕎麦屋からも驚きと悲鳴、碗の割れる音を響かせて四人の浪人が駆け出て、五人は人波を蹴散らして西へと走っていった。

惣次郎は仲間十人とともに郡上からやってきたが、道中で襲われ近くの不動院に潜んでいるので迎えに来て欲しいと伝えるよう、通りで見かけた男に頼んだ。策は功を奏したが、慶四郎の左親指は鍔にかかり、表情は厳しさを増していた。

「奴らが戻るまで猶予はわずか。急げ」

惣次郎と合流し、慶四郎は揺れの収まらぬ森田屋の暖簾を突き払って押し入った。浪人とともに騒ぎが去っても未だ店の者たちは怯え、表情を強張らせていたが、構わず店先を見回し、奥や二階までも覗き込む。

「郡上の衆が泊まっておるはず。誰でも構わぬ、呼んでくれ」

「それが、郡上の皆さまは引き払われまして……」

「へっあん、いいあんばいで（ごめんください、よいお日和で）。あののし、おらは郡上鶴来村の惣次郎じゃがのし、教えてくれろ、引き払ったとはどういうことだべな」

慶四郎の言葉に店の丁稚女中から番頭までが震えて後ずさったが、続いて番台に向かって頭を下げた惣次郎の表情と口調、なにより郡上の国言葉に安堵の息をついた。

「それが、金森様の御家来衆がお呼び出しに来られたのですよ」

郡上の農夫らが森田屋に来るようになったのは三十日ほど前のことだと番頭は声を潜めて語った。森田屋はかねてから美濃紙を扱う者が贔屓にして郡上村方の定宿となっていたが、今回は同行者の数も多く、続けざまにやってくる。そして揃った三十人ばかりが物見遊山や参詣に出かけるでもなく、一様に思いつめた表情で部屋に籠っていた。

漏れ聞こえてくる会話から金森家江戸屋敷に訴え出るのだとわかって宿の者も合点がいったが、一同揃って出かけた翌日に屋敷より呼び出しの使者が訪れた。そして森田屋にもこれ以上泊め置くことは無用と釘を刺す。

一同は呼び出しに応えるべきかかなり激しく話し合っていたが、結局全員で屋敷に出向くことを選んだ。そして、それ以来戻ることはなく、代わりに浪人らが店の周りをうろつくようになった。来る客全員に険しい視線を向け、村方らしき姿を見かけるやどこから来たのかと厳しく問い詰める。

「御屋敷に出向いて、それから戻らねえ。そんな……」

大きく目を見開いたまま瞬きを繰り返す惣次郎は、息と視線を土間に落とした。

「それじゃあ、なにか言付は聞いてねえだか。後から来るものにどうせよ、とか」

「とりたてて何も。お役に立てませんで……お泊りになられますか」

「いや、造作をかけた」

固まったように動きを止めた惣次郎を引きずり出し、慶四郎が先に外に出た。路上に浪人の姿は無いが、日差しは雲に隠れ、雲の動きも速い。かすかな雨の匂いに慶四郎は足早に東へ向かった。

両国橋を渡って回向院の裏手の路地を幾度も曲がって南に進み、永代橋から再び日本橋筋に戻ると大路を人混みを縫うようにして進む。後をつけてくる者が無いことを確認して堀川沿いをしばらく歩き、八丁堀を過ぎて鐵砲洲稲荷神社の鳥居前で一礼すると人の気配の無い鎮守の森へと分け入った。

「腹は決まったか」

千鳥の鳴き声だけが響く薄暗い森で慶四郎は振り返って問うた。森田屋を出てから惣次郎は無言でついて来ていたものの歩みは遅い。改めて相対すると眉を寄せ、目も口も細めてしきりに首を振った。

「……おらも、御屋敷に参りますだ」

やがて、曇天よりも更に暗い声で惣次郎は言った。

「皆はまめ（元気）でおるやもしれねえ。そうだ、お殿様に訴えるために江戸まで出てきたんだ。来んさいと言われりゃ行くしかねえに決まってる。むしろ渡りに船だ。わいすりゃ（ひょっとして）、話を聞いてもらって、御屋敷で持て成しでも受けているのかも。話を進めるのに必要な免許状の到着を首を長くして待っているのかもしれねえ」

「己を誤魔化すのはやめよ」

慶四郎の厳しい言葉に、惣次郎は鞭打たれたように大きく身を震わせた。

「ならば誰も残っておらず、言付すらないのは何故だ。旅籠を見張る物騒な浪人どもは何だ。五郎八らはどうして斬られた」

続けざまの慶四郎の問いに惣次郎は息を詰め、千切れるほどに唇を嚙みしめた。

「郡上や関では見事だった。実に行き届いた策だと感心さえしたほどだ。だが、江戸に来てみれば甘いというか、おぼこいというか、まるで敵の思う壺ではないか。愚かにもほどがあるぞ」

片頰だけを吊り上げた慶四郎は不意に声を上げて笑った。何がおかしいのかと気色ばむ惣次郎をよそに声を上げて更に高く笑う。

「笑うがいいだ」惣次郎は朱に染めた顔を背けた。「お武家様には、おらたちの口惜しさはわかりっこねえ」

「ああ、わからぬな。何も為さず、意地も通さず、敵の言うがままにおめおめ死んでいく者の口惜しさなどわかりたくもない」

眉も目許も唇も、顔全体を歪めて顔を背ける惣次郎に、慶四郎はなおも言葉をぶつけた。

「来る途中、東海道沿いの村方の暮らしぶりを見たはずだ。郡上の農夫らの痩せて貧しくみすぼらしい姿とはまるで違うだろう。何が違う。気候か、土か、鋤鍬の道具か。そうではない、年貢が違うのだ。街道筋の御領では村方に五か六は残る。だから剣術修行や学問する余裕があるのだ。

郡上ではどれだけ残る。三か、二か。いや、住まいや着るもの、食うにも事欠いているではないか。江戸に来るまで、お前は幾度物乞いと間違われて追い払われた。同じ国に暮らし、何故にこうも違う。おかしいとは思わぬのか。いや、おかしいと思ったからこそ、せめて人として当たり前に暮らしたいと、お前たちは立ち上がったのではなかったのか」

惣次郎は唇をわななかせて言いかけた言葉を、だが呑み込んだ。そして虚ろな視線を地面に向けたまま大きく頭を振った。

「だども、おらひとりだけ残ったところで、何もできやしねえ。それに、死ぬときは同じと誓って皆で神水を飲んだんだ。おらだけ逃げるわけにはいかねえ」

「いや、逃げろ。お前は若い。妻と妹とで、どこか他所の土地で出直せ」

「それこそできねえ」

天空で轟く雷鼓の低い響きに抗うように惣次郎は大きく首を振り、首も拳も、全身を震わせた。

「郡上の田畑はおらたちのとさま、じさまが一代一畝ずつ山を削って広げてきたんだ。代々の血と汗と涙のしみ込んだ土地を捨てて、逃げるなんざできるわけがねえ」

「なるほど、逃げるくらいなら死ぬか」

慶四郎は常にも増して冷たく言い放った。

「だが、屋敷に出向けばお前も無駄死にするだけぞ。家が絶えれば田畑を守るどころか祀る者さえいなくなる。その方が先祖に顔向けできぬと思うがな」

惣次郎の身体は雷に打たれたかのように大きく揺らいだ。瞳から光が消え、倒れるように膝から崩れ落ちる。

「だが、拙者には関わりの無いこと」

慶四郎は肩をすくめ、懐から免許状の入った袋を取り出した。

「金森の屋敷に出向くと言うなら持っていけ。もしまた郡上に行くことがあったら、お前が最後にそう言って屋敷に向かったとおなつどのに伝えてやろう。受け取れ」

妻の名に肩を震わせた惣次郎は手を袋へと伸ばした。だが、届くよりも早く腕を下ろし、肩を落とし、頭を深く垂れた。

「話せばわかってもらえるはずだと思いたかったのでございます。でも、どこかでわかってもおりましただ。お殿様は年貢を吸い上げるためなら、おらたちが何人死のうが構いなしで、どれだけ礼と作法を守って愁訴したところで聞く耳さえ持ってねえ。むしろ苦しむおらたちを酒盛りの肴にして笑っておるのだと。だども、おらたちは農夫だ。皆で寄り集まって声を上げることはできても、お武家様相手に斬り合ったり、殺し合うなんてできやしねえ。だから……」

黒雲が厚みを増して天を覆い、周囲を囲む木々の枝葉が冷たい風に音を立てて流れる。そして間を置かずに天より落ちた雫が雨に変わった。慶四郎は免許状を袖で守って大木の根本に寄ったが、惣次郎は雨が白いしぶきを激しく撥ね上げても動かない。篠突く雨に打たれるままにうずくまり、両手を地面に幾度も叩きつけた。

「わからねえ、おらはどうすりゃいいだ」

そして、惣次郎は関に戻ることを選んだ。

判断を先送りにしたことになるが、江戸に出た者らが捕らえられたと郡上に伝えねばならず、何より清右衛門が知らずに江戸に入って捕まらぬよう合流しなければならない。御油宿まで戻る事も考えたが、道中ですれ違うこともありうる。そのため、江戸へ向かうならば必ず通り、昼間に渡し船に乗らねばならない多摩川六郷の渡しの西、川崎宿で待つことにした。

再会を果たしたのは十日の後である。

「おらたちは関へ戻らにゃならねえ」

惣次郎の話に旅駕籠にまで乗って急いできた清右衛門の瞳の光が消え、支えが折れたかのように前のめりに崩れ落ちた。

「ちょいとお待ちなせえよ」

深いため息をつく惣次郎と清右衛門の間に、良仙が割って入った。

「事のあらましは清右衛門さんから聞かせてもらいやしたが、あっしにゃどうも腑に落ちねえんだ。庄屋に検見法受け入れを申し付けたのは、美濃郡代様でよろしゅうござんすか」

「そうですだ」

「でも、そいつはおかしいんじゃありやせんかね」

警戒を露にして眉を寄せたままの惣次郎に、良仙は軽く握った拳を己の顎先で弾ませながら言葉を続けた。

「いや、郡上の村方衆にとっちゃ金森様も美濃郡代様も同じお武家様に見えるかもしれねえが、片やお大名、片や御領郡代のお旗本。采配の筋はまったく別なんでさ。美濃郡代様の権限が及ぶのは郡内と川の管理だけだ。勝手に、いや頼まれたとしても金森様領内の政に口出しをしちゃならねえ。それこそ筋違いってもんでさ」

「医師にしては随分と武家の事情にも詳しいようだな」

「良仙さんは医師の傍ら、公事師《くじし》もしてござらっせるそうですじゃ」

清右衛門の口添えに良仙は額を光らせて慶四郎に軽く頭を下げた。

人が集まり暮らせば問題が起こらずには済まない。

だが、公儀は盗みや殺人は与力同心らを配して取り締まったが、金銭の貸し借りや相続など庶民間での争い事への介入には甚だ不熱心だった。家主や町名主らの仲裁による示談に丸投げし、それでも収まらぬと町奉行所に訴え出ても書式や言葉遣いが違うと門前払いにする。

多くの庶民が泣き寝入りしたが、ならばと正規の書式や特殊な捌《さばき》文言を学ぶ者があった。奉行所が受理せざるをえない書面が作られるようになると多くの者が代筆を求めるようになり、やがて公事師という職業が成立する。

訴人の言い分を役所語に翻訳して必要書類の形式に落とし込むだけの者もあれば、訴人が言わなかったこと言えなかったことにまで踏み込んで調査し、吟味する奉行の性格に合わせた訴状を作成して、依頼者に有利な裁定を引き出そうとする者もある。だが、銭になると見るや不利な証拠を消したり証文を捏造して恣意的に真実を捻じ曲げた訴状を作成する者や、証文を買い取って利息をつけて自らとりたてる者、奉行に賄賂を贈って結託する者さえある。

白洲では奉行がただひとりで双方の言い分を聞き、裁定を下す。一度下された判断は覆ることはなく、再訴や上訴は許されない。そのため白洲に居合わせることはないものの裁定を大きく左右する公事師は頼られる一方で、蛇蝎の如くに嫌われてもいた。

「いや、あっしは金の貸し借りは引き受けねえし、八割がた内済《ないさい》の斡旋でさ。憚りながらこの良仙、人倫よりも利欲を重んじる輩がでえきれえでやして、お天道様に恥じるようなあくどい真似は決していたしやせん」

首を振った良仙は、表情を改めて小さく咳払いした。

「患者を診てて、病気や怪我には原因があることに気がついたのが始まりでさ。頭にこぶをこしらえたのは仲間内の講のねこばばを見抜いて喧嘩したからとか、肝の臓を痛めるほどに酒に溺れたのは借金を踏み倒されちまったからとかね。大本の原因を正さなきゃ体は治らねえのに、頼みの町名主は代々のしがらみやら賄賂に搦め捕られて、公明正大に裁けるのはほんの一握りしかいねえ。とても呑めねえ手打案を出されたって診療がてらに悔し涙の相談に乗ってるうちに、訴状の代筆を頼まれたのが始まりでさ。公事宿の番頭さんや旗本のご隠居さんに指南してもらってどうにかこうにか公事のいろはを覚え、おかげさんでちったあ知られるようになった次第。何を隠そう、医師と公事師の二足の草鞋、いくじの良仙たぁ、あっしのことでぇさぁ」

節をつけて大見得を切ったものの、惣次郎と慶四郎から沈黙で迎えられた良仙は再び咳払いした。

「ともかく、そもそもしちゃいけねえ口出しを美濃郡代様がしたってことが明らかになりゃ、その後のことはどれもなしになる。つまり庄屋方の検見法受け入れもなかったことになるんで」

儒学ではそれぞれの身分を重んじ、分に外れた行為、下剋上を戒める。まして徳川家が重視した朱子学派は大義名分を第一としたため、越権行為は罪の中でも重い部類に入った。

「そんじゃあ、美濃郡代様の無法を訴え出れば、村方衆の言い分を認めてもらえるかもしれねえんですな。でも、誰に訴え出ればよろしいんじゃろう」

「まずは上役である勘定奉行様」前のめりになった清右衛門の問いに良仙は答えた。「それからお役人方の非違を監察なさる目付の御歴々でさ。だからね、郡上に戻るのはちょっとお待ちなさいよ。金森様に訴えるのがだめでも、郡上を救う手は他にもありまさ」

「公儀のお役人は、誰ひとり信用できねえ」

だが、ねじ伏せるように惣次郎が大きく首を振って声を荒らげた。

「金森のお殿様は大御所様のお気に入りとやらで江戸城内で役職に就いているし、死んだ奥方様の親父殿も公儀でずいぶん偉い役職にあるそうだ。だから検見法を無体に強いても、郡上の外で村方衆を何人斬ってもお役人は動こうともしねえ。何をしても捕まらねえ罰せられねえと知ってるから、酷いことも平気でしやがるんだ。勘定奉行や目付だって抱き込んでるかもしれねえし、たとえ御公儀からお調べがあったって知らぬ存ぜぬと言い張って、嘘を押し通そうとするに違いねえだ」

「なるほど、金森様は確かに有徳院様（徳川吉宗）の頃から奏者番となっておりますな」

取り出した厚い武鑑を繰って良仙が深く頷いた。

奏者番は江戸城内に詰めて大名や旗本が将軍に拝謁する際の取次をし、城外においては将軍の代理として大名家への使節に赴く、いわば将軍の秘書である。礼儀作法をわきまえるだけでなく立ち居振舞いの美麗さや教養、なにより機転が求められて誰にでも務まるものではない。そして多忙な一方で諸大名との面識が増え、働きぶりは将軍の耳に入りやすいことから奏者番は若年寄、老中へと続く幕閣の試金石とされていた。

まして金森頼錦の岳父本多正珍《まさよし》は、家康の謀臣本多正信の弟正重の血筋で駿河田中四万石を領する譜代大名である。吉宗の頃から老中の座にある幕閣重鎮であり、法の適用が身分に応じて変わる徳川治世下にあっては、どうあがいても届かない雲の上の存在に等しい。

「いや、だとしても手がねえわけじゃござんせん」良仙は首を振った。「どんなお武家様にも効き目のあるやり方が、ひとつだけあるんでさ。箱訴、というんですがね」

評定所前に用意された箱に投書することが箱訴である。庶民が最高権力者である将軍に意見を直接伝える唯一の方法であり、小石川養生所や町火消の設立など多くの意見が取り入れられている。そしていかに金森頼錦が権門に近いといえど、将軍の前にあっては一片の通達で吹き飛ぶ存在であることに変わりはなかった。

「ただ、こっちは日数がちっとかかりすぎやすし、取り上げられなかったら後が続かねえ。そこで、これだ」

武鑑に目を落として頁を繰る良仙は、頷きとともにある箇所を指で示した。

「金森の殿様には養子に出られた弟君がおいでになられる。御旗本の本多兵庫頭様。こちらに訴え出るってのはいかがです。身内から攻めるのが公事の定石。大工だろうが大名だろうが、実の弟から意見されりゃ、ちったぁ考え直すってもので」

金森頼錦の苛政が明るみに出れば、監督責任を怠ったと親族にまで処罰が及ぶのが公儀の法である。本多兵庫頭とて逃れることはできず、まして養子であれば当主よりも家臣らが家を守ろうとして率先して働きかけることも十分に起こりえた。

「でも、それでも黙っていろとつっぱねられたら」

「その時こそ、箱訴にいたしやしょう。いわば二段構えの策ってやつでさ」

「わっちは良いと思いますじゃ」

清右衛門が大きく頷いて三人の顔を順に見据えた。

「お殿様はご自身の悪事も、わっちらの強訴も、苦しみや嘆きまで闇に覆い隠して、全部なかったことにしようとしておいでんさる。それならできるだけ沢山の人を巻き込んで、誤魔化しきれぬほどに騒ぎを大きくしてやるのが一番じゃねえべか。黙って言いなりになるか痛い目に遭うか選べと迫る破落戸《ごろつき》を相手に、礼儀正しく大人しく振る舞ったところでやられちまうだけだ。やりあえばおめえも痛い目を見ると、わからせるまで手を緩めちゃなんねえ。それに関まで戻って次の手を考えてたら、御屋敷に捕まっている仲間がどんな目に遭うやらわからねえ。もう遅すぎるくらいだ。急いで手を打つべきじゃなかんべか」

「確かにな」

慶四郎も頷いた。江戸屋敷とは江戸における領主や家臣の生活の場であり、公儀や他家の使者と様々な交渉密談を行う広間はあっても、村方衆を多数泊め置く用意はない。蔵か納屋にまとめて押し込められているならば環境は劣悪で、季節は冬を迎えている。拷問を受けずとも衰弱し、病に罹ったり、死ぬ恐れもあった。

「……それで捕まっている皆が救い出せるのなら」

惣次郎が最後に頷くと、良仙は手を叩いて喜色を満面に浮かべた。

「そうこなくっちゃ。いや、清右衛門さんから話を聞いて、豊川吒枳尼眞天様と伊勢の神様があっしに郡上の村方衆を助けろっておっしゃってるに違いねえと思いやしてね。よござんす、本多兵庫頭様の尻を蹴り飛ばす一世一代の名訴状を書き上げまさ。大船に乗った気で待っていてくだせえ」

四人は再び東へ向かった。慶四郎は品川の良仙の自宅に、惣次郎と清右衛門はほど近くの宿に入る。

良仙宅には仕事柄さまざまな人間が訪れるため、惣次郎らが出入りしたところで目を引くこともない。医師としての仕事の傍ら、惣次郎と清右衛門から前後関係や詳細を聞き出して訴状を作り始めた。

一方、とりたてて役目のない慶四郎は早朝から江戸の町を出歩いた。町奉行所の前で一刻あまり立ち留まった後に芝浜から増上寺、海岸沿いを河岸や八丁堀を抜け永代橋を渡って深川亀戸へ向かう。日が落ちると吉原に足を伸ばした。翌日はやはり町奉行所の前に見えない壁でもあるかのように長く立ち留まった後に、渋谷川の水車小屋沿いを四谷へ向かい、元鮫河橋や内藤新宿の岡場所を巡る。

僅かに寝るだけに帰り、三日目も推敲を重ねる良仙を残して慶四郎はひとり海岸沿いの街道を北上したが、前方から歩み来る武家主従の姿に視線が動いた。旅埃よけの羽織と竹笠をまとった若家士と、年波が顎や両腕に浮き出た初老の家僕である。奇異な組み合わせではないが、右足が不自由なのか引きずるように歩く家僕の様子に幼い頃に見た海辺の景色が重なった。

「こええ（疲れた）じゃろ、そろそろ休むか」

「いんや、こんぐれえあんでんねえ（たいしたことない）でさ。まだまだやんで（歩いて）きやんしょう」

そして聞こえてきた二人の年季の入った穏やかなやり取りに、慶四郎は足を留めて声を掛けた。

「もし、卒爾ながらお尋ねしたい。貴殿は総州にご縁がおありか」

「いかにも」

通り過ぎ、振り返った笠の下で若家士の顎が強張り、左手が柄袋被せた鞘の鯉口にさりげなく動く。慶四郎は笠を取って一礼し、言葉を続けた。

「突然の無礼を許されたい。拙者、総州勝浦に生まれ育った者。故あってお家より暇をいただきましたが、そちらのお供は、もしや平助という名では。かつて植村家中で大目付を務められた大沢家に仕え──」

「慶四郎か」

不意に大声を上げた若家士は笠を取るのももどかしげに、目を瞠って駆け寄った。

「おっさ（そうだ）、間違いねえ。慶四郎じゃねえか。俺だ、大沢孫左衛門だ。さーしぶりだな」

大沢孫左衛門と話し込んだ翌朝、慶四郎が戻ると良仙は訴状を仕上げていた。清書を終えるために徹夜したのか開かない目で後を託すと、大きく伸びをしたまま仰向けに倒れて寝息を立て始める。

脱いだばかりの草鞋を再び履き、慶四郎は惣次郎らが泊まる場末の木賃宿へと向かった。朝の品川はあくび交じりに朝帰りする者と浜から揚がったばかりの魚を運ぶ者とが交錯し、平穏の内にも活気に満ちている。警戒すべき気配や人影は見られなかったが、慶四郎はしばしば立ち止まって振り返りつつ進んだ。

目指す木賃宿も一旦は前を通り過ぎた。だが、横目で見やると指を舐めつつ宿帳を繰る番頭が座るのみで、雑魚寝するだけの板広間に二人の姿はない。江戸見物に来た農夫という触れ込みのため、天気も良いのに出かけないことのほうがむしろ怪しまれるのだが、直接手渡すべき物である。なおも肌の感覚を研ぎ澄ませたまま、更に数件の木賃宿を過ぎた後に脇路地から大きく回り込んだ。

目指す宿の裏手にまで進むと、板塀の向こうから水音に交じって惣次郎と清右衛門の声が聞こえてきた。

「やっぱり二人で行くのが筋じゃねえかや」

「それはもう散々話し合ったげな。万が一、捕らわれでもしたら後が続かねえ。わっちが行くで、惣次郎どんは免許状を持って待っててておくれな」

「おらが持ってるわけじゃねえけど」

「同じことじゃ。豊川吒枳尼眞天様のお導きでわっちが良仙さんに救われたのなら、奥津様が守ってくださるんは惣次郎どんの守り観音様のお導きに違いねえぞな」

板塀の陰で慶四郎は思わず咳き込んだが、ひときわ高く上がった水音がかき消したのか、洗濯する二人の声は調子を変えることなく響いてきた。

「おらは奥津様をそこまで信じてるわけでねえ」

力任せに板にこすり合わせながらの惣次郎の言葉が低く重く響いた。

「悪い人だと思ってるわけじゃねえよ。あのじん（人）のおかげで、今おらたちが生きているのは確かだ。けどよ、おらが奥津様のことで知ってるのは名前ぐらいなもんだ。なにかといえばけちをつけなさるし、顔色ひとつ変えずに牛蒡か大根みてえに人をお斬りんさる。腕の立つお武家様は皆ああなのかもしれねえけんど、怖いもの知らずというか心の芯に血が通ってねえみてえで、腹の中で何考えてるかさっぱりわかんねえ。むしろ浪人衆よりおっかねえだよ」

「惣次郎どんでもじらおこす（いらつく）だか」

清右衛門は声を上げて笑った。

「だども腹の中なんぞ、わっちと惣次郎どんでも全然違うぞな。わっちは今すぐおよしの顔が見てえだ。じんじ、じんじと駆け寄ってくるおよしがかわいくてなんねえ。じゃども、わっちらがここで声を上げて間違いを正さにゃ、およしたちが泣きを見るべ。およしをいじめるやつは、たとえお殿様でも許さねえ。だからわっちは江戸まで来たんじゃ」

布をはたいて伸ばす高い音に続いて、竹竿が音高く揺れる。洗濯物を干しながら清右衛門は声を低めて言葉を続けた。

「奥津様のことだども、何も話されぬのは深い事情があるからではねえかや。豊川で看病されとった折に良仙さんに聞いてみたんじゃ。総州でこの何年かで、変わったことがなかったかとな。そしたら、あの分厚いのめくって、勝浦の植村ってお家がお取りつぶしに遭ったっていうでねえか」

「お家がお取りつぶし」

おうむ返しに惣次郎が大声を上げ、水音が激しく波立つ。慶四郎は脳裏に浮かんだ幾人かの顔、誇りと忠義とともに見上げた陣屋の情景を振り払い、胸の奥の痛みを押さえ込んだ。

「奥津様には仇がおいでんさる。これは御本人が言いんさったんだから間違いねえ。だから、ここから先はわっちの当て推量なんじゃが、奥津様が仇討を終える前に帰参するはずのお家がお取り潰しに遭っちまったんじゃねえべか。間に合わなかったって言われたのは、きっとそのことだべ。もし、わっちらが江戸に居る間に郡上の家に火をつけられたと聞かされたら、惣次郎どんはどうじゃ。わっちならすぐさま駆け戻るが、もしおよしが死んどったりしたら、その先は何するかわかんねえ」

黙り込んだ惣次郎に清右衛門は言葉を続けた。

「そうや、おまはんはようやっとるよ。皆を集め、導き、ついぞ庄屋どんらを入れることもなかったやんな。それでも、いちがい（馬鹿正直）にすぎるぞな。同じ郡上に生まれ育ってもわかりあえねえ奴は大勢おるだよ。これだけひどい目に遭わせられても怒りもせず、しょうがねえで済ます奴もおるし、辰三のような奴が出るのもどうしようもねえ。だから余計に腹の中まで確かめようとするのかもしれねえが、ほどほどにするがええじゃろ。奥津様や良仙さんは郡上に縁があるわけでもねえのに、骨身を惜しまず手伝ってくださる。人というもんは口ではなんとでも言えるが、やることは嘘を吐かねえやんな。わっちはあの二人を信じる。そんで、黙らず、抗い、世直しするべ。なあ、惣次郎どん」

惣次郎の返事を聞くより早く、慶四郎は板塀から離れた。改めて宿の表に回り、番頭に二人を呼ぶよう頼む。何も聞かなかった振りを装うのは簡単ではなかったが、褌ひとつでばつの悪そうに出てきた惣次郎と清右衛門を眼の前にしては、喉の奥に巣くう苦い思いをぶつける気にはなれなかった。

「訴状が出来上がった。後は好きに使え。免許状は今、必要か」

慶四郎が取り出した奉書の包みに二人は興奮に顔を赤らめて駆け寄ってきたが、唾を飲み込み首を振った。

「今はまだ。その時が来たら、お願いしますだ」

「良仙が出来を気にしていた」

訴状を手渡し、背を向けた慶四郎は言った。

「どう出るにせよ、全て終わったら教えてやってくれ」

翌日の昼過ぎに清右衛門はひとりで良仙の家にやって来た。あの日、干した衣が乾くや本多兵庫頭の屋敷へ訴状を持ち込み、今朝方呼び出しが来たのだという。

「わっちは庭に通されて、縁側に座った用人の方にいろいろと尋ねられましただ。奥には兵庫頭のお殿様もおいでで、そのうちに直々にいろいろとお尋ねになりんさり、終わる頃にはすぐ駕籠を仕立てよと随分息巻いておいでんさりましただ」

屋敷からの帰り道に寄った清右衛門の言葉に、良仙は鼻を膨らませて頷いた。

「こいつはかなり効いたんじゃありやせんか」

「わっちもそう思いますだ。これもお二方のおかげでございます。心より感謝しております。この策、必ずうまくいきますぞ。手ごたえと言いますか、わっちにはわかるのですじゃ」

心底晴れ晴れとした笑顔を見せて、清右衛門は良仙と慶四郎に頭を下げた。

「そうなればいいがな」

慶四郎は左手指で顎を摘んだ。

実際に会って話して、一部始終を見届けた清右衛門の言葉を疑う理由はない。兄を心配して、あるいは縁座を恐れてであったとしても、本多兵庫頭を動かすことには成功したのだろう。そして、このまま実弟からの諭しを受けた金森頼錦が検見法を断念し、捕らわれた者達を解放すれば、郡上村方衆の目的は達せられることになる。

だが、金森頼錦が折れなければ、惣次郎が懸念したように突っぱねたらどうか。直諫しに行ったはずの本多兵庫頭が実兄に丸め込まれて沈黙するか、あるいは清右衛門や惣次郎を捕縛する側に回ることも十分起こりうる。訴状を読んで間を置かずに清右衛門を呼び、すぐに金森頼錦に会いに行った本多兵庫頭を行動的と評するか、あるいは軽いと捉えるか、慶四郎には判断がつかなかった。

「良仙、箱訴の用意はできているか」

「いや、これからでさ」良仙は首を振った。「筋立はほぼ同じですが、箱訴は将軍様に読んでいただくものでござんすからね。金森様を悪逆非道不埒三昧で年貢を吸い上げるしか能のない悪領主と描くだけでなく、将軍の信任厚い奏者番が直参の郡代と結託して悪事を働いていると告発するのが良いかと思いやす。ただ、あっしとしては美濃郡代ともあろうお人が、他家領の庄屋を呼び集めて検見法受け入れを迫った理由がどうにもわからねえんで」

「腐った役人が互いに便宜を図るなど、前代未聞でもあるまい」

「そりゃごもっともで」

良仙は頷きながらも、渋い顔をして首を傾げた。

「ですが、前の薩摩様の治水事業でも功績を賞されたと聞いておりやすし、お若い頃から悪評とは無縁の方ですぜ。目付に知られりゃ御役御免じゃ済まねえと知らないはずがねえし、隣国の誼ってだけでそんな危ねえ橋を渡るはずねえんですが。だからその辺りをもう少し具体的に調べて、動かしようもねえ証文なんぞを添えた方が効果は――」

慶四郎は不意に手を払って良仙を黙らせ、草鞋に足指を通して身体を低く沈めた。戸口の向こう、長屋の細い路地で遊ぶ子供らの数え歌が途切れ、小走りの足音が近づいていた。

「清右衛門どんはおいでるだか」

戸を突き破らんばかりに駆け込んだ惣次郎は、荒い息のまま上がり框に前のめりに両手をついた。

「たった今、宿に御使者が来んさっただ。本多兵庫頭様と金森様の両家からご一緒に。それで詳細を問いたいので金森様の御屋敷に直ちにまかりこすようにと。おらはたまたま出てて外で聞いてたんですが、言い様といい、念の押し方といい権柄ずくで、ただじゃすまない感じでしただ」

「なんてこった」良仙は頭を抱えて唸った。「裏目に出ちまったってことですかい。少なくとも金森様は素直に諦める様子じゃなさそうだ。どうしやす」

だが、清右衛門は静かに頷いた。

「どーもない（どうということもない）。訴状には何の嘘偽りも申しておらんのです。わっちは御屋敷でもどこへでも参りますだ」

「いや、それは危ねえ。殺されちまうかもしれねえだ」

首を振る惣次郎の鼻先を、慶四郎は駆け抜けた。

表に飛び出すや、灰色の羽織を突き袖にした男が声を上げて跳び上がる。そして即座に身を翻すと、抜け落ちそうなほどに落差にした両刀を長屋の木戸にぶつけながら逃げ走った。

すぐさま慶四郎は後を追ったが、突き転がされた芋売りが這いつくばって道を塞いでいた。その先には、灰やら雪駄やら鰯やらが散乱しており、六十六部や他の人々が拳を振り上げて罵り声を上げている。慶四郎はなおも追ったが、道は半町といかぬうちに東海道に通じる大路に繋がった。

品川は日本橋ほどではないにせよ旅人が多く行き交い、新鮮な魚介類を食べさせる料理茶屋が立ち並んで繁盛している。左右を見回しても人が行き交い、町駕籠や大八車がひっきりなしに行き過ぎる中では行方を追うどころか、どちらに向かったかの見極めさえつかなかった。

「逃げられた」

良仙の家に戻り、水瓶から柄杓で一息に水を呷って慶四郎は言った。

「どうやら考えていた中で最悪の卦を引いたかもしれん」

本多兵庫頭は簡単に丸め込まれたらしい。そして惣次郎をつけていた者の目的は清右衛門の行方を探ることだったかもしれないが、近所の者に尋ねれば良仙の素性も知れる。郡上の領民を殺すことも厭わぬならば、訴状作成に協力した良仙を見逃すはずもない。

「おらがつけられちまったんだ。ほんに申し訳ねえ」惣次郎は額を土間にこすりつけた。「とんだへまをしでかしちまった。お詫びのしようもねえだ」

「いや、あっしも好きで関わったことでさ。気に病まないでおくんなさい」

良仙は惣次郎の肩に手を置き、むしろ慰めるように言葉を続けた。

「公事師なんてやってりゃ、恨まれたり脅されるなんざ珍しくねえんで。しばらくほとぼりを冷ませば済む話だと思いやす。実はまだおかげ参りの荷をほどいてもおりやせんし、どうです、今度は信濃の善光寺に、それとも松島詣としゃれこみやすか」

「奥津様、良仙さん。惣次郎どんのことを、ねっからねっから（心底）お頼みいたします」

良仙も戸口のところで腕組みしたままの慶四郎も、深く頭を下げる清右衛門に視線を向けた。

「わっちはやはり、お殿様の御屋敷に出向きますじゃ」

「だめだ。殺されに行くようなもんだ」

詰め寄る惣次郎に、清右衛門は穏やかな表情のまま首を振った。

「どーもない。こっちから訴え出たんだ。話を聞くから来いと言われて行かないわけにもいかねえべな。もちろんわっちだって、むざむざ殺されるつもりはねえ」

「わかった。どうしても行くって言うなら、おらも行くだ。もし、ひとり行くなら、それはおらだ」

「それこそだめじゃ」

迫る惣次郎に、穏やかな笑みを浮かべて清右衛門はゆっくり首を振った。

「惣次郎どんは駆けに駆けて、この事を関に、郡上に伝えなきゃなんねえ。それは良仙さんや奥津様にも、わっちにも務まらねえ役目じゃぞ」

清右衛門が全快したわけではないことを思い出したのか、惣次郎は黙り込んだ。

「それに、わっちはお殿様に面と向かって言ってやりたいんじゃ」

言葉を続ける清右衛門の瞳に決意と熱意の光が浮かんだ。

「殿様じゃ、武士じゃと刀差して威張ってはおるが、所詮は不耕貪食の米食い虫。じゃのに米を作るわっちらを敬うどころか虫けらのように扱うとは、村方のもんをなんだと思うていんさるのか。人や食べ物を大事にせん国は滅びますぞとな」

「話はそこまでにしておけ」

短く言って慶四郎は視線を外へ向けた。探りに来た男の報せを受けて、更なる捕り手がいつ来るかもしれない。昼日中に街中で刀を抜いて斬りあうわけにもいかず、威儀を正して同道を請われれば武士として従わざるをえない。逃げるのならば急がねばならなかった。

「では、おさらばでございます。そしゃな」

清右衛門は一礼すると、晴れ晴れとした顔で外へと踏み出た。惣次郎はなおも駆け寄ろうとしたが、良仙が後ろから羽交い絞めにして押さえつける。

「案じることはねえべな」

清右衛門は戸口から振り返って笑った。

「わっちらはきっとまた会える。その時はあんなこともあったと、笑って話せるとよかんべな」

三

慶四郎らは江戸市中を西へ横断し、甲州街道を進んだ。そして甲府から富士川沿いを南下する。道中いたるところに散らばる馬の糞を避けながらの随分な大回りにはなったが、追手の早馬や関所にも留められることなく東海道の由比宿に出た。

だが、富士の壮麗な眺めにも、駿河湾を吹き抜ける海風にも惣次郎の顔は晴れなかった。むしろ江戸を離れるほどに表情を覆う雲は厚さを増し、今にも大降りしそうなほどに崩れていく。急ぎ美濃関まで戻り江戸の状況を伝えて善後策を練るはずが、足取りは宿場を越えるたびに重くなり、ついには立ち止まって後ろを顧みることもしばしばだった。

「清右衛門さんがなんて言ったか忘れたわけじゃねえでしょうに。志を無にしては誰も喜びませんぜ」

そのたびに良仙が叱咤し、時には後ろから背を押して惣次郎を進ませたが、大井川を前に惣次郎の足は動かなくなっていた。

「昨夜、清右衛門どんが夢枕に立ちましただ」

惣次郎は地の底まで打ち沈んだような面持ちで深く息をついた。

「寂しそうな顔で何も言わず消えてしまわれましただ。何かあったに違いねえ。急ぎ戻らにゃ」

大井川は古来より駿河と遠江の国境とされてきた大河である。日本第三位の高峰間ノ岳を源流として水量豊富で、流れも速い。島田宿の渡し場での川幅は六百間（約一キロメートル）を越えたが、公儀は橋をかけることも、渡し舟さえ許さなかった。川越人足に担がれて渡ることを強いたのである。

旅人ひとりにつき川越人足をひとり雇わねばならず、連台を選べば最低でも四人を雇わねばならない。また水量が帯以上となれば川越人足に補助者が必要となり、更に増水すれば川止めとなる。その上、天気の良い日でも渡れるのは日のある内に限られ、当然のように武士が優先される。大名の参勤交代と重なればどれだけ宿泊費がかさもうと幾日であれ待たねばならない。

日のある内に手の空いた川越人足を逃すまいと誰もが必死であり、列に並びながらも進もうとしない惣次郎を後ろから来た旅人が舌打ちしながら幾人も追い抜いていく。良仙は三人で渡ると交渉を進めていたが、いくら呼びかけても一向に動かない惣次郎に人足の方がしびれを切らして川札を突き返した。

「とにかく来い。何もなければ清右衛門の行いは無駄になり、何かあったならば手遅れだ。追手から逃れたともまだわからぬのだ。手間をかけさせるな」

慶四郎の言葉に惣次郎は満面を朱に染めて足を張った。そして吊り上がった瞳に殺意さえ込めてにらみつけると踵を返し、大股に江戸へ向かって歩き出した。

「だめですって、戻ってくださいやし」

良仙の呼びかけも今度ばかりは聞かない。惣次郎は肩をそびやかして河原から街道へと歩を進めた。

「待て」

音もなく駆け寄った慶四郎は、呼びかけと同時に右手で惣次郎の肩を引いた。体ごと向き直らせるや、みぞおちに柄頭を突き入れる。強烈な衝撃と痛みに惣次郎が意識を失うや、頭から腰瓢箪の酒を流しかけた。

「意固地な上にひどい酔っ払いだ。このまま運ばせよう」

拉致か誘拐かと疑われれば川越人足らが断ったり、噂になって追手を引き寄せかねない。泥酔者の体で惣次郎を連台に乗せたが、大井川を渡り終え、人足らが離れるや慶四郎は惣次郎を浅瀬に放りだした。うつ伏せに横たわった惣次郎の鼻や口から冷たい川の水が入り込む。

「こんちきしょうめ」

溺れかけて目を覚ました惣次郎は全身から水しぶきを飛ばして跳ね起き、双眸に更なる怒りを燃え上がらせて慶四郎をにらみつけた。

「すでに川は越えた。関へ急ぐぞ」

背を向けるや慶四郎は一瞥すらせず西へ向かう。

惣次郎はなだめる良仙にさえ一言も口を利かず、川面を叩くように乱暴に水をすくって顔や頭に染み付いた酒を洗い流した。そして歯ぎしりしながら慶四郎らの後を、ただついて歩き続けた。

「あんやはどうしてるかな。ちゃんと食べてるかな」

「無事に江戸に着いて、他の願主の人たちと一緒にお殿様とお話ししてる頃よ」

夕餉の雑炊を前に呟くまきに、なつは笑みを作って答えた。

「江戸にはね、日本橋っていう大きな橋があって、一日に千人も人が渡るんだって。富士のお山もきれいに見えるそうよ」

だが、なつの視線は囲炉裏端の惣次郎の定位置に供えられた陰膳に向かう。いつしか唇が小さく震えるように無事を願う祈りの言葉を唱えていた。

「あねさまはやせたね」まきは箸を置き、なつに身を寄せた。「ごはんもちょっとしか食べてないし。てきない（具合が悪い）の」

「あんじゃない（心配ない）。私は達者よ」

なつはなおも不安を浮かべて見つめるまきの手を取り、己の腹へと導いた。

「だって、ほら、ちゃんと動いてるでしょ」

掌に小さな鼓動を感じるなり、まきは大きく口を開いて目を丸くした。笑みを咲かせたままなつの顔と膨らみを帯びた腹とを交互に見やると、そっと抱きついて腹に耳を当てる。なつはまきと、まだ見ぬ我が子を抱きしめた。

「男のこかな、それとも女のこ」

「どっちだろうね」

「どっちでも、おらかわいがる。たんともり（子守）して、あいやづくんぼ（土筆）のとりかたもおしえてあげる」

「おまきちゃん、ありがとう。一緒に居てくれて」

なつは幾度もまきの背中を撫で、頰を寄せた。まきのぬくもりを感じるたびに、影のように離れずに時として身動きが取れなくなるほど心身を支配する恐怖さえ忘れることができた。

「さあ、冷めない内にいただきましょ」

「あい、でももうちょっとだけ。そうだ、うぶだて（出産）のまわし（支度）をせないかんね。これからはおらがめしをたくで。水くみも、そうじもする。あいもぎょうさんつかまえてくる。あんやがかえってくるまで、おらがあねさまをまもるでよ」

勇ましく宣言し、これから果たすべき家事の予定を指折り口にするまきの表情が不意に凍りついた。

数人の声が近づいていた。

惣次郎の出立以来、何かと気にかけてくれる隣人たちの声ではない。戸を閉めているので言葉までは聞き取れないが、響きは険しく敵意に満ちている。

「ががもう（化け物）やろか。おそげえよ」

まきが声を震わせてすがりつく。通り過ぎてほしいとのなつの願いは、乱暴に叩きつけられる拳の音にはかなく破られた。

「戸を開けよ、吟味の筋だ」

今にも泣き出さんばかりのまきを抱き寄せたまま立ち上がろうとするより早く、戸が打ち倒された。大禍時の闇を背にして陣笠と胴を黒光りさせ、六尺棒を振りかざして四人の足軽が踏み入ってきた。

「訴人惣次郎、出てまいれ」

「おやめください。夫はおりません」

「やれ」

なつの返答を一顧だにせず、長の言葉に三人の足軽が散った。草鞋履きのまま板間に駆け上がって戸を開き、長櫃の中身を撒き散らす。そしてなつとまきとを土間の端へと追いやって、六尺棒を突き上げて天井を叩き割った。

水瓶をひっくり返し、奥座敷に踏み込んで小さな仏像を叩き落とすと、板間さえ踏み破る。まきの悲鳴すらかき消すほどの破壊音が大きく響き渡った。

「惣次郎はどこにおる」

陰膳を見やって瞳を刃のように細めた足軽の長が、なつに顔を近づけて問うた。

「殿様御舎弟本多兵庫頭様に筋違いの訴えを起こし、出頭の命に背いて逐電いたした極悪人だ。見つけ次第捕縛せよとの江戸よりの厳命を受けておる。白状いたせ。隠し立てするとためにならぬぞ」

「申しておりますように、夫はもう何日も出かけて戻りません。どこにおるかなんぞ知らすか

（知りません）」

突きつけられた刃に顔から血の気が失せたが、なつはまきを抱いたままなおも震える声を張った。

「よかろう」

長が小さく頷くや、足軽が二人、左右からなつの腕を摑む。振り払おうとする腕ごと力ずくで押さえ込んだ。

「ならば、惣次郎が現れるまで水牢に入ってもらおうか」

水牢とは堀や川に打ち込んだ鉄の杭に体を縛り付ける刑罰である。水かさは腰や胸ほどに抑えられて溺れることはないが、冷水は体温を奪う。

体は血管を収縮させて血流を抑えようとし、唇や指先など末端から青紫色になって凍え始める。体は激しく震え、動作が緩慢になり、話すのはおろか意識を集中し続けることさえ困難になる。そして体が冷え続ければ、あらゆる活動が停止してやがて死に至る。

冷水にどれほど持ちこたえられるかは、各自の体力とその場の状況による。秋の郡上で一刻（約二時間）生き延びる者もあれば、四半刻（約三十分）さえ保たない者がある。冷水に浸かった途端に心臓が止まる者さえ少なくない。

まして郡上は朝には霜が降り、氷が張る季節になっていた。たとえ一日を耐えられたとしても、連日となれば体力が続くものではない。

水牢は緩慢な死刑であり、無辜の家族を死なせる前に従えとの脅迫だった。

「あねさまをはなせ」

引き立てられながら体を丸めて腹を守ろうとするなつを助けようと、まきが足軽の手にしがみついた。引き剝がそうと懸命に引っ張っても叶わず、伸び上がって歯を立てる。足軽は悲鳴をあげて腕ごと振り払った。

「業が沸く（腹が立つ）の。ほんま手仕込に合わん（手に負えない）わやく（聞き分けのない）な餓鬼じゃ。邪魔立てするなら、お前も水牢に入れるぞ」

「おいおい、子供に手荒な真似をするな」

かまどにまで弾き飛ばされたまきを見やって、足軽の長が小さく首を振った。

「くらわして（叩いて）顔に傷がついたら、値が下がるではないか」

水牢は通常、年貢の督促に使われる。

かき集められるだけかき集めて足らないのを承知の上で、政庁は働き手となりえない妻子や老父母を捕らえて水牢に繋ぐ。農夫は死なせぬために駆け回り、借りられぬとあらば牛馬を売り、伝来の土地さえ売って納める米を用意した。だが、親族や同じ村の誰にも余裕がなく買い手がつかなければ、己の子を人買に売るより他ない。年季奉公という名目の奴隷である。

そして売られるのが女の場合は遊女となって春をひさぐと決まっていた。後は宿場で飯盛女となるか、遊郭で女郎となるかの違いでしかなく、毎夜客を取らされ、病や暴力、あるいは絶望が心身を苛む。年季が明けるまでの月日を生きて終えられる遊女は、半数にも満たない。

「惣次郎に伝えよ」

足軽の長は、遠巻きに家を囲む村人に聞こえるように言い放った。

「明日より、お前の妻を水牢に入れる。それでも御上にも慈悲はある。大人しく出頭すれば解放しようぞ。または妹を売って銭を作れば、一両で一日の猶予を与えてやるとな」

「あの娘、痩せっぽちだが、面相は悪くない」ざわつく村人を嘲るように足軽が口の端を歪めた。

「十年もすれば、名古屋葛町の遊郭で名の知られる上玉になるかもしれませんね」

「もっと早いかもしれんぞ、幼い娘のほうが良いという輩も多いからな。だが、葛町の郭ならばお前の俸給では通えまいて」

下卑た笑みを浮かべる足軽らの前にまきが回り込み、両手を広げて立ちはだかった。

「あねさまのおなかには、やや（赤ん坊）がおるだ」

突然の怒りに満ちた絶叫に、なつを連れ出そうとする足軽の足が止まった。

水牢に入れば健康な男であっても無事では済まない。極度の低温にさらされて肺炎などを引き起こし、水牢を出た後に数ヶ月寝たきりになることも、死ぬことさえ珍しくない。まして、自力で身を守ることも体温調節さえできない胎児が無事でいられるはずがなく、流産すれば母子共に死ぬのは目に見えている。

互いに顔を見合わせる中、足軽の長は目を見開いたまま項垂れて震えるなつの腹に手を当てて胎動を探った。

「いや、むしろ好都合」

だが、小さく首を振ると、足軽の長は引き立てるよう顎で促した。

「たとえ腹の子ごと死んだとしても、それは出頭せぬ惣次郎が悪いのだ。妻と己が子を殺すのは惣次郎だ。黙って寝ておればかような目には遭わぬものを。せめて一日も早く出頭することを願うのだな」

東海道を西へ進み、尾張鳴海の宿を過ぎたところで慶四郎らは北に向かった。名古屋城下を過ぎて更に美濃路を進む。およそ二月ぶりに辿り着いた関の連絡所には、白い雪を頂いて遠くかすむ白山や御嶽山から凍える北風が吹き付けていた。

「なんとこりゃ、惣次郎どんじゃねえか」

「面目次第もねえ」

惣次郎は歯を食いしばったまま言葉を続けた。

「江戸から戻っただ。大事な話がある。今すぐ皆を集めてくんろ。大急ぎだ」

大井川を越えてから、惣次郎は身繕いや食べることに関心を払わなくなっている。旅のやつれも重なって痩せて落ち窪んだ瞳には幽鬼めいた暗い光が灯り、店番は惣次郎の顔と足と東の空に昇り始めた太陽とを幾度も確認して駆けて行った。

郡上から主だった面々が集まったのは夕暮れも近づいた頃である。奥の間に籠って天井を眺め続けていた惣次郎は慶四郎と良仙を村方衆に引き合わせると、続けて江戸の状況を語った。

「それで合点がいっただ。惣次郎どん、おらたちからも伝えねばならねえことがあるだよ。おまはんはお尋ね者となっておるだ。それで、その、おなつさんだがな――」

「無事か」

紋め殺さんばかりに襟をつかんで吠える惣次郎を村方衆は慌てて引き離したが、口が重い。互いに顔を見合わせ、長く言いあぐねた末に口を開いた。

「ほんに危ないところだったぞな」

なつを引き立てた足軽らは惣次郎の家を出た途端に数十人の村人に囲まれた。まきの叫びを聞きつけて事情を知った村人らは手に手に鍬や鎌、包丁を持ち、足軽らが幾度散れと命じても動こうとしない。

願主として江戸に赴く者は死を覚悟せねばならず、その代わりに親族や田畑のこと一切を村で面倒を見て守るとの約定を交わしている。だが、そのことを知らぬ村人も包囲に加わっていた。男だけでなく、女も鎌や包丁を手にし、なつを決して連れて行かせぬとの決意を固めて足軽らに詰め寄った。

足軽らも妊婦を捕らえることには抵抗があったのか、あるいは強行に捕らえた末に母子ともども水牢内で死なせてしまっては村方が激発して何をするかわからないと判断したのか、ともあれ長い押し問答の末に庄屋宅にて押込という形で決着していた。

「弟君への訴えだの、お尋ね者だのはわしらも寝耳に水じゃったで危ういところではあったが、何が幸いするかわからねえもんだな。ともあれ腹の子とおまき坊のお陰で皆無事だ。押込といっても、もちろん形だけのこと。外に出られないだけで大事にされてる。心配だろうがこらえてくれよ」

「おなつは身ごもっているのか。おらの子を……」

惣次郎は村方衆を押しのけて周囲から退かせると、汗の浮かんだ額を手で拭い、肺腑を鳴らして大きく呼吸を繰り返した。

武家や裕福な町方は恋愛による結びつきを蔑み、当人同士が初めて顔を合わせるのは婚礼の宴か、あるいは芝居見物にかこつけて遠目に見交わす程度である。だが、村方にそのようなしきたりはない。

年貢が村単位で納めるものであるがゆえに田起こし、田植え、稲刈りは村方が総出で行い、近隣の村から親類縁者も手伝いにやって来る一大事業である。そして祭りともなれば一円から男女が集い、見知らぬ同士が息遣いさえ感じる距離に近づいて踊る。祖霊供養の念仏踊りの他、郡上一円で行われる風流踊りは若者にとっては出会いの機会であり、お互いの気持ちさえ確かであれば逢瀬を重ねるのも許され、植え付けが終わった後の田畑で夜陰に紛れて交合することさえ豊作に繋がると奨められてさえいた。

とりわけ惣次郎となつは前髪の取れぬうちから互いに言い交した仲である。毎年の愛宕神社での桜祭りでも夏祭りでも互いの影のように寄り添って離れることのなかったことも、惣次郎の両親の病と死のために婚儀の日取りが延びたことも知らぬ者は無い。

会うことはもちろん郡上に入ることさえできない惣次郎を慮って、婚儀と妊娠の月とが合わないことをからかう声は無かったが、黙り込む内にやがて重いため息があちこちからこぼれだした。

「じさまの時は、これでうまくいったのだがの」

郡上の村方が団結して領主に抗議するのはこれが二度目である。およそ八十年前にも同じように重税を課せられ、代表団を江戸に送っていた。今回素早く組織的な抵抗を行えたのも、どのように団結し戦ったかを村ごと家ごとに語り継ぎ、連絡網と戦術を維持し続けていたからである。

だが、八十年前には家臣の俸禄削減をもって財政難に対処すべきと主張する家老があったが、今回の政庁は領主金森頼錦以下要職が検見法施行で占められ、内心不同意な者があるにせよ国家老の罷免以来、沈黙を続けていた。浪人を使って訴え出ようとする村方を道中で斬り、江戸で捕らえて屋敷に監禁することにさえ表立って逆らう者は無い。

そして郡上においても圧力は強まっていた。惣次郎が村を出た直後に主だった村方三十名あまりが根拠もなく入牢させられ、連日幾人もが手鎖をかけられていた。手鎖とは手首を固定する瓢箪型の鉄製拘束具である。移動は自由で、自宅に住み続けることも許されているが、腕が体の前で固定されるため食事さえひとりでは取れず、眠るときも外すことは許されない。

村方でも弾圧を予測していたため、真の指導者らは表に出ることなく捕縛を免れていたが、手あたり次第の捕縛に村方らは萎縮した。御領との境の封鎖の参加者も多数捕らえられ、庄屋らの帰還をすでに許してしまっていた。

「今は雪颪のちべたい風が吹く中におるようなもんだ」

固めた拳を腿に幾度も打ち下ろし、胸に錐をねじ込まれたかのようなうめき声を上げて村方の男が言った。

「体縮こませてかじけ（凍え）ねえよう、なんとかやり過ごそうと必死だべ。だども中には諦めて家に閉じこもったまま出てこねえ奴、村ごと抜けちまった所もある。悔しいが、やつら寝ちまいやがったんだ」

寝るとは抵抗からの離脱を意味する。連判状に署名した百十三ヶ村の内の八十五ヶ村、人数にしておよそ五千名余りがこの一月あまりで脱盟していた。集まった農夫らは口々に性根なし、どたーけ、ざいごさ、うとっぺめと寝た者たちを罵り、怒りと不満をぶつけたが、次第にその声は小さくなっていった。誰もが俯き、膝に爪立てて懸命に涙をこらえていた。

「それで、お前さん方、どうしなさるね」

良仙の問いに、農夫らは更に深く頭を沈めて大きく息を吐いた。

「どうもこうも、皆、疲れ果てちまっただよ。もう……諦めるしか、ねえべか」

「だしかん(駄目だ)」

不意に惣次郎が激した。床を蹴って天井を破らんばかりに立ち上がるや、血相も凄まじく一同をにらみつけた。

「何をなるい(手ぬるい)こと言っとるんじゃ。牛や馬でも無下に扱われりゃ蹴り返すもんを、おまはんらは言われるまま飢え死にするまで年貢を納め続けるつもりか。まったく畜生以下じゃねえか。諦めるなんぞ、奴らの思う壺じゃ。それに清右衛門どんや他にも大勢が江戸で捕らえられたままだ。皆のために命がけで訴え出た衆を見捨てるつもりか。義理も誇りも意気地まで消え失せたか。おまはんらこそ寝ちまったんじゃねえか。おらはそんなのいやじゃ」

「わしだっていやじゃ」

即座に応じて立ち上がった村方は、だが、力なくへたりこんで首を振った。口から出る言葉は話すほどに涙が交じっていった。

「そんなら、どうすりゃええだよ。江戸に訴え出れば捕らえられる、郡上で抗っても捕らえられる。わしらは田畑仕事の片手間にしかできねえが、お武家衆は日がなかかりきりのお役目でいやがらせしてくる。銭もねえ、人もいねえじゃ、どう勘考したって勝ち目はねえだよ」

「だとしても、命が残ってる」

惣次郎は拳で胸を叩き、一同のひとりひとりを見やって言った。

「おらは清右衛門どんのように黙らず、抗い、世直しすると決めただ。たとえ死ぬとしても、最後まで言いたいことを言って死ぬ。ここではちからんで（踏ん張らんで）どうするよ。もし、おまはんらがかかしみてえに突っ立ってるだけなら、おらはひとりでも江戸に戻って箱訴するだ」

「……何だべな、そりゃ」

多くの農夫は日がな家と田畑の往復で暮らし、郡上のみが知る世界の全てである。良仙が箱訴を説明すると村方衆は目を丸くした。

「将軍様は郡上のお殿様よりもお偉いから、叱ってくださるってことだか」

「まあ、平たく言えば」

「郡上のお殿様は御老中の娘婿だと聞いたことがあるだが、将軍様と御老中はどっちが偉いので」

「そりゃ将軍様でさ。お殿様と御家老みたいなもんだ」

更なる質問はなかったが、賛意も批判も、反応さえもなかった。村方衆は近くの者と顔を見合わせ、低く呟きを交わすだけで賛成とも反対とも、理解できているのかさえわからない。

「お二人様には申し訳ねえことでございます」最も年かさの男が初めて口を開いた。「惣次郎の話じゃ、いろいろお助けしてくんさったそうだが、これからどうするかは郡上の者だけで話がしとうございますだ。ちょっくら外に出ていてもらってもよろしいべか」

「承知した」

慶四郎は立ち上がった。

「ずいぶんかかりやすね」

煮売屋の広い板間の奥に座して大根のぬか漬だけで黙々と酒を呑む慶四郎に、衝立の上から顔を出して良仙が言った。

「箱訴が何か本当にわかってるんですかね。なんなら戻って、もう一回話してきやしょうか」

「それには及ぶまい。村方衆は見た目より遥かに聡明でしたたかだ」

慶四郎は清右衛門を思い浮かべて、酒の追加を注文した。

「それにしても、驚きやした。道中、抜け殻みたいになっていた惣次郎さんが、まさかひとりでも箱訴すると言い出すだなんて思いもしやせんでしたよ。これまでも乗り気だったのは清右衛門さんで、惣次郎さんは慎重というか、疑り深いというか、考えあぐねている様子でしたからね」

「確かにな」

慶四郎も盃を運びながら小さく頷いた。

「おそらくは惣次郎なりに清右衛門の決意を受け止め、言動の意味を道中思い悩み続けていたのだろう。それに妻と妹が危険に曝されたとあらば、激昂もむしろ当然やもしれぬ。あの男が最も心にかけている二人、いや三人だからな」

「肉親の情、でござんすか」良仙は小さく息をついて首を振った。「あっしは家出同然に飛び出して、江戸に戻った後にも顔出しどころか文のひとつも交わしたことがねえ。親とも兄貴ともすっぱり縁が切れてやして、そういうのはどうもわからねえんで」

「それもまた、ひとつのありかただろうな」

酒を満たした盃をじっと見やって慶四郎は呟くように言った。

「血は信であり、軛《くびき》でもある。拙者とて断ち切りたいと、このまま消えてしまいたいと幾度願うたことか。だが、できなかった。結局、いずれのありかたが正しいかは拙者には見極めがつかぬ。それでも満足はできぬにせよ、せめて己が納得できる方を選びたいと願うておる。たとえそれが世の人から見れば愚かなありかただとしてもな」

店に入ってからすでに半刻（約一時間）を過ぎていた。すでに日は沈み、店内にいてもわかるほどに冷え込みが厳しくなっている。いつ呼ばれてもいいようにと青菜の辛子あえと豆腐田楽を間を置きながら一口ずつ食べ、次々と訪れる客らが頼むものに視線を奪われ喉を鳴らしていた良仙だったが、ついに両手を音高く膝に打ちつけた。

「もう我慢できねえ。姉さん、長居してすまねえが、冷えてきたんで豆腐のあったけえのが食いてえ。こんにゃくも名物なら、やっぱりあったけえのをもらおうか。それからやっぱり鰻だな。飯もてんこ盛りにしてくんな」

「食いそびれても知らんぞ」

慶四郎が盃を口に運びながら横目で言うと、良仙は顔の周りの蜘蛛の巣でも払うかのように手を振り、下唇を突き出した。

「いいんでさ。さんざ人を待たせやがって、こんちきしょうめ。今から呼びつけやがったら、こっちが待たせてやる。あっしは辛気臭えのが嫌えでね、ここはいっちょ景気よくやりやしょう。いやもう、さっきからいい匂いが右から左から染み込んで、こちとら鰻のことしか考えられねえ」

煮豆、煮魚などの作り置きの惣菜を量り売りするだけだった煮売屋も、座って食べられるよう店を構えると飯を出すようになり、やがて客の求めに応じて酒を呑ませ、簡単な調理さえするようになっている。注文が通ると、奥から小気味よい包丁の音が聞こえてきた。やがて火が台所を照らし、熱した鉄鍋にごま油がちゅんと跳ねて刻み唐辛子の辛みと混ざった芳しい香りが漂ってくる。

「お待ちどうさま。まずはこんにゃく」

唐辛子の香りを出したごま油で炒め、更に味噌を溶いた汁で煮こんだこんにゃくが最初に運ばれてきた。荒く一口大にちぎられたこんにゃくを雪冠のように振りかけられた刻み白葱と共に一噛みし、良仙は目をきつくつぶって大きく頭を揺らした。

「こらあ、うめえや」

冷涼で雨量の多い美濃の地は、原料であるこんにゃく芋の生育に適している。味が良く粘りのある肉厚のこんにゃくと硬さも弾力も異なる葱の歯ざわりは絶妙であり、合わせて嚙み締めるほどに香りが立ち、赤味噌の甘さと葱と唐辛子の辛さとがにじみ出る。たっぷりと味わって飲み込む良仙の喉の奥から、驚きとも感嘆ともつかない声が漏れ出た。

「気色悪い声を出すな」

「こいつはすいやせん。でも、こんな美味いもんを食って黙ってろっていう方が酷な話ですぜ」

頰を上気させて再び卓上に向き直った良仙の前に小ぶりの鍋が運ばれた。湯気の向こうから漂う鰹と醬油の香ばしい澄まし汁の香りを一嗅ぎした良仙の喉と腹が鳴る。湯ではなく出汁と酒と醬油とで豆腐を煮込んだ八杯豆腐である。良仙は煮立った汁の中で揺れる豆腐を小鉢によそい、ほんのりと色の染みた豆腐を箸で割って口に運んだ。思わぬ熱さに口を縦横に忙しく開いて舌の上の豆腐を冷ましていたが、やがて唇をすぼめてゆっくり飲み込むや、大きく満足の息を漏らした。

「豆腐なんざどこで食っても同じ、じゃねえんだよなあ。水が良い土地は豆腐も美味いっていうのは、もうお日さんが東から昇るみたいなもんでござんすね。それになんとも、鰹のいい出汁加減じゃねえか。美味いもんを美味い出汁で煮て、美味くならないわけがねえや」

なおも良仙は言葉を続けたが、はふはふが始まると何を話しているのかわからない。それでも満足そうに幾度も頷きながら口と箸とを忙しく動かし続けた。

「酒はやらんのか」

慶四郎はちろりを掲げて酒を追加したが、良仙は首を振った。

「あっしはどうも食べる専門なんで。昔から奈良漬けの匂いを嗅いだだけで酔っぱらっちまうんでさ。奥津様はずいぶんお強いようで。顔色も全然変わりやせんね」

「強いのではない。酔えぬだけだ」

慶四郎の膳から漂う酒の香りで額まで赤く染めた良仙は首を傾げたが、次の皿が登場するや芝居小屋のような合いの手を入れた。平長の皿にかば焼きの鰻が湯気を立てていた。

江戸前と異なり蒸さずに焼いているため、箸を当てると色よく焼き上げられた皮が音たてて割れ、脂が堰を切ったように溢れ出す。それでいて身は厚く、柔らかい。良仙は箸で持ち上げた一切れが鼻先でたゆんと揺れる様子に目を細めながら、まずは鼻も、顔ごと横いっぱいに広げて、息の続く限りに香りを吸い込んだ。

赤熱した炭の香りを移して芳しく、甘いたれと脂の混ざり合ったしっとりと濃い香りを堪能し尽くして、良仙は鰻を口に運んだ。歯も口も顔の下半分全体を揺らして咀嚼していたが、飲み込んだ途端、冷水でも浴びせられたかのように表情を改める。

「どうかしましたやろか」

慶四郎の膳に酒を運んできた女中があまりの変化に思わず声を掛けると、良仙は大きく目を見開いたまま大きく頷いた。

「どうかしたどころじゃねえや、姉さん。こいつは、この鰻はよ、あっしが今までに食った中で、一番美味い鰻かもしれねえ」

　言葉にした途端に良仙の顔の造作がほどけた。

「そりゃ焼き方は江戸とは違わあな。けど長良川の鮎は江戸の将軍様にも献上されてるんだ。同じ水を飲んで育った鰻が不味いはずがねえや。身はふっくらと柔らかで、臭みもくどさもねえ。それをこんないやらしい焼き加減で、甘辛のたれで仕上げられちゃ、もう、もう、もう」

「黙って食え」

　躍り出さんばかりの良仙をよそに慶四郎は女中に他の川魚の有無を尋ねた。鯉があるとの答えにあらいを注文する。

「鯉もよござすね。鯉こくなんざ乙なもんだ」

「だが、酒の肴にはならんのでな」

「酔えぬ、と先程おっしゃってましたが、一体どういうことなんで」

　同じように酒を呑む者は店内に幾人もあったが、顔色や声の大きさこそそれぞれながら、慶四郎のように何も変わらない者は他には無い。姿勢はもちろん、指の運びをとっても一分の乱れも無かった。

「理由はわからぬ。仇討の旅の途中でふと気付いたのだ。子供の頃は屠蘇をひと舐めしただけで眼が回って倒れたこともあったのだがな」

　慶四郎は離れた席で賑やかに談笑する一団を見やって、一息に盃を空けた。

「呑んだところで愉しくも朗らかにもなれぬ。むしろ洗い、磨かれ、冴えていくように思えるのだ。更に呑み続ければ己の手足や肉さえ削がれて人の形をも失い、薄い刃のようにまで研ぎ澄まされるのやもしれぬ。そうなることが恐ろしい。だが、どこかで望んでもいるのだ」

片頬を歪ませて小さく首を振ると、慶四郎は運ばれてきた鯉のあらいに向き直った。初冬にあっては寒々しくもあったが、玲瓏な水に育った鯉の刺身は厚みがあるのに皿の模様が透けて見えるほどに輝いている。

口に運ぶと一噛みでは噛み切れないほどの弾力が返ってきた。そして噛むほどにどこまでもさらりとした旨味が喉を流れ落ちる。箸を置き、杯に持ち替えると鯉の残り香が酒の風味を更に引き立てた。

「いみじよな」

わずかに息を漏らして酒を呑む慶四郎の傍らで、良仙は何かを言いかけて結局諦めると、鰻を載せたどんぶりを鷲掴みに握りしめた。湯気を立てる飯の熱で鰻の脂が再び溶け出して米に染み込むのを見計らい、箸で大きくすくい取って口に放り込む。一口目を咀嚼して飲み込み、二口目からはかき込んだ。ここまで抑えに抑えてきた食欲を解き放ち、しっかり味わいながらも豆腐、こんにゃく、鰻、飯と次々に箸を伸ばして止まらない。

「お待たせいたしましただ」

脇に立った惣次郎の暗く沈んだままの声と瞳に良仙は目を上げたが、それ以上惣次郎が何も言わないのをいいことに、八杯豆腐の土鍋に残った汁をどんぶりに流し入れて茶漬けのようにかき込み始めた。

「浮かぬ顔だな」

代を置いて刀を腰に戻した慶四郎が立ち上がると、惣次郎は深く頭を下げた。

「これにておさらばでございます」

良仙は喉を詰まらせた。


連絡所に戻った慶四郎らは郡上の村方衆が二手に分かれて並ぶ中を上座へ進んだ。そして二人が座ると年かさの男が深く一礼して口を開く。

「衆議して我ら、決めましたじゃ。やはり捕らわれた者たちを見捨てることはできねえし、無道な増税にも悪政にも従うことはできねえ。たとえわしらだけになったとしても折れず、諦めず、抗い続けると。そのためにも御助言に従い、江戸へ出て訴え出てえと思いますじゃ。ただ……」

痛みと憤りと決意とを映して、男は慶四郎と良仙を見やって言った。

「箱訴、でしたか。実は金森のお殿様も一時、城下でしておられたのでございます。ただ、訴えの嘘偽りを確かめずに良民を害することが続きましたんで、すぐにやめになりましただ。それに将軍様が見てくださるのだとしても、受け入れてもらえねえこともあるし、ただ箱に訴状を入れて願うだけなんてどうにも安心できねえ。それなら御老中に直接訴え出てえ、と決まった次第でごぜえますじゃ」

「老中に、直接、訴え出る……」

良仙は、そして慶四郎もまた言葉を失って、村方衆を見やった。

江戸は開闢以来、平穏な年などあったことがない。北条遺臣の風魔党などによる盗賊の類は引きも切らず、赤土を巻き上げて吹き抜ける乾いた颪によって火事が年に三から五回は起きる。元禄期の吉良邸討ち入りほど話題にはならないが、享保以降は打ちこわしも珍しくない。

それでも老中に直接訴え出るとは佐倉惣五郎以来、百年近くなかったことである。

老中は家禄こそ抑えられているものの、家格は徳川譜代の最上位に位置する。町人や村方、慶四郎のような武士でさえ話しかけるどころか、まともに見ることさえ憚られる存在である。

本多兵庫頭のような旗本であれば門番に頼めば訴状を渡してもらえ、庭先からでも話を聞いてもらえようが、老中相手に縁も所縁もない村方の農夫が訴え出たところで良くて門前払い、悪くすれば法手続きを無視した越訴として死罪に処されかねない。もし江戸市中で行列に訴状を渡そうと近づきでもすれば、襲撃とみなされ問答無用で斬られるだろう。

「そいつは無謀もいいとこだ。どう転んだところで命を落としやすぜ。いや、だめだ。とてもうまくいくとは思えねえ」

「一度なら、そうやもしれませぬな」

額に噴き出た汗の玉を拭って大きく首を振る良仙に、年かさの男は頷いて言葉を続けた。

「じゃっども、二度三度と続けて行えばどうじゃろうか。わしらすでにくじを引いて六番目まで順を決めましただ。もし、お頼みできるのでしたら、お二方にはこの六人を江戸へ、御老中の駕籠が通る道までお連れいただけねえでしょうか」

年かさの男の対面側に座る六人が頭を下げた。

「座して死ぬより一太刀でも浴びせて斬られることを選んだか。揃いも揃って、いや、そこまで腹を決めているなら、もはや何も言うまい」

離れたところで視線をそらす惣次郎を見やって慶四郎は深く頷いた。

江戸の町民は物見高く噂好きである。日頃から老中の登城は多くの見物人が出るが、衆人環視の中を訴状を手にした村方が駆け寄り、もし斬られても次の日にはまた別の村方が駆け込むとあらば、殊更に多くの見物人が押し寄せて江戸中の話題をさらうに違いない。常以上の町民が見る前で今日も明日も斬らねばならぬとあらば護衛らも気持ちが揺らぎ、あるいは老中でさえ訴状を受け取ることも十分起こりうる。

惣次郎が六人の中に入っておらず、江戸への案内も頼まないのは惣次郎への配慮はもちろんだが、お尋ね者を連れ歩いては成否を危うくするとの判断だろう。

「そうなると、免許状をどうするかだな。惣次郎に江戸で渡すはずだったのだが」

「誰彼と言わず免許状は本来、郡上の村方のもの」年かさの男が言った。「今ここでわしらにお返しくだされればありがてえのですが」

「確かに理屈は通る。だが、五郎八より死の間際に拙者が託されたものでもある。武士の約定とは理屈ではないのでな」

表情の読めない慶四郎を見やった村方衆は次いで惣次郎に視線を向けたが、惣次郎はただ首を振った。惣次郎自身も本来の持ち主の代理に過ぎず、頼んだとて無駄だとわかっているのだろう。

「いや、村方衆の訴人の方が持つのはうまくねえですぜ」

首を振った良仙が身を乗り出した。

「だって訴状は写しで構わねえが、免許状はそうはいかねえ。胸に入れたまま斬り殺されでもしてみなせえ、免許状まで破れるか血に濡れてだめになっちまうかもしれねえし、検分に回されたら二度と取り戻せやしねえ。つまり免許状は駆け込み訴えが受け入れられてから御老中に提出しなきゃいけねえんだが、六人、いやここにいる村方衆全員が斬り殺されてもうまくいくとは言い切れねえんですぜ」

「それは……確かに」

村方衆は口を噤んで俯く。深い息に燈明が揺れた。

「郡上に行き、託された物を渡す。ただそれだけの約定のはずだったのだがな」

慶四郎は懐に手を当てて免許状の重みを感じ取った。

「拙者とて公儀には物申したき儀があるゆえ、お前たちの心情もわからんでもない。なにより乗りかかった舟だ。よかろう、もう一度江戸まで同行しよう。お前たちの訴えが上手くいったら、免許状を老中宅に届けてやる。惣次郎もそれでよいか」

「ありがとうございます」

惣次郎が、続いて村方衆が深く頭を下げた。

翌朝早くに慶四郎と良仙、六人の村方衆が関を出立した。

「しかし、こう何度も歩き詰めに東海道を往復しようとは思いやせんでした」

道中の茶店で背中合わせに座って朝飯をかきこむ良仙の言葉に慶四郎も苦笑したが、不意に表情を改めて問うた。

「関の飯は美味かったな」

「ええ、そりゃもちろん。こんにゃくも豆腐も美味かったですが、鰻がもう絶品で」

目を閉じ、鼻をひくつかせて香りから口福を反芻する良仙に、慶四郎は声を落として言葉を続けた。

「あの会合の後、拙者はもう一度あの店に行った。お前は寝ていたので誘わなかったが」

むくれる良仙が口を開くより早く慶四郎は言葉を続けた。

「解せぬことがあったので、問うたのだ。どうして郡上は貧しく、関は豊かなのか、とな」

「え、そりゃ、年貢じゃねえんですかい。郡上は重い年貢を搾り取られているから、町方、村方が貧しいんでやんしょ」

「そうだ。だが、その年貢はどこへ行った。米はともかく、銭は手許から無くなることはあっても、他の者の手許に移るだけでそれ自体消えて無くなりはせぬ。江戸や大坂の商人に借りた金を返すにしても数十年賦にするもので、入った分をすぐに渡すような約定を交わすはずがない。それゆえ年貢は金森家中の武士の手に渡っているのではと考えた。もしそうなら、関は散財するには絶好の場所ではないかとな」

「なるほど」良仙は幾度も頷いた。「じゃあ、金森家の重臣方や御家来衆が連日豪勢な飲み食いに遣っていたわけですね」

「いや、見込み違いだった」

慶四郎は眉根を寄せて首を振った。

「金森家中の家士は来るには来る。だが、支払いは渋いらしい。端的に言えば、吝嗇だとな。となると江戸では派手に遊んでいるとも考えにくい。どうしても噂は伝わり、国許が不満を抱くからだ。だからこの考えが違うとしかわからなかった。ただ、別のことを聞いた。お前は郡上を見ておらぬ。それゆえ、さほど離れておるわけでもなく同じ川の上流ならば、郡上でも同じようにうまいものが食えるはず、酷い暴政と言っても大げさに言っているだけと思うやもしれぬ。だが、郡上ではあのような飯は食えぬのだ。それは、関に入る尾張や伊勢の米が、郡上には入らぬからだ」

「え、米が入らぬ、とは、一体、どういうことですかい」

幾度も瞬きを繰り返し、首を傾げたままの良仙に慶四郎は言った。

「文字通り領内に一粒たりとも入らぬということだ。金森頼錦が一切の流入を禁じておる。そもそも米の取れ高の少ない郡上で、他国から米が入らねばどうなる」

「どうって、そりゃ米が足らなくなりまさ」続きを促され、良仙は更に考えを巡らせた。「足らなくなれば米の値段が上がって、貧乏人は干上がっちまう」

「だが、扶持を米でもらい、売る側となる金森家中の武士は得をする」

「そりゃそうかもしれやせんが、米を買って暮らしてる町方の庶民はどうするんです。それともなんですかい、金森の殿様は大勢の庶民が高い米で難儀していると知りながら、ひもじい思いを我慢しているのを見て見ぬふりして、米を足らないままにしてるってことですかい。そんな、あんまりじゃありやせんか」

慶四郎は口許を引き結んだまま、小さく首を振った。

「郡上でも魚は釣れる。豆腐やこんにゃくなど美味いものも作っておるし、売ってもおる。だが、誰しも米を食わぬわけにはいかぬ。それゆえ、まず高い米を買い、足らぬ分をやはり高い麦や粟で補うのだ。残った銭でどれほどの菜が買えようか。まして毎日のこと、生きていくために必要なもののことだ」

慶四郎は視線を外へ向けて言葉を続けた。

「郡上が貧しいのは民が怠けているからではない。天災ゆえでもない。ひとえに悪政のためだ。その怒り故に、あの者たちは駕籠訴などと命を無駄に捨てるも同然の愚かな策をとると決めたのだ。訴状の代筆をしてやるのならば、郡上の者たちはそれほどまでに追い詰められておるからだと察してやれ」

良仙も慶四郎の視線が向いた先を見やった。腹が減ってないからと茶店の外で座り込んで待つ六人は茶店から落ち着き無く視線をそらし、漂う匂いを無視しようと懸命に気を紛らわせようとしていた。

「どうしてそんな酷いことができるんですかね」

己の手の中にある椀の最後の一口分をしばらく見詰めた良仙は、涙をにじませた瞳を閉じて口に押し込み、存分に噛み味わってから飲み下した。

「ひもじいことはつれえ。でも、もっとつれえのは他の誰かがひもじい思いを我慢しているのを見ることだ。ちきしょうめ、食い物の恨みは恐ろしいってことを思い知らせてやらなきゃなりやせんね」

大きく首を振る良仙の向こうで、居合わせた旅の男が大きく頷いた。

「まったくだよ。ほんと、奥羽のひどさったらねえ。どうにかならんもんかね」

「奥羽、ですかい」目を瞬かせて良仙が尋ねた。「いや、ちょっと待っておくんなせえ、奥羽のことっていうのはなんです。詳しく教えてくだせえまし」

「何だい、てっきり……だが、知らねえのかい。こいつは、哀れなこったぜ」

徳川家康が江戸に公儀を置いて以来、およそ十年から二十年に一度、日本のどこかで飢饉が発生していた。江戸四大飢饉のひとつに挙げられる享保の飢饉では九州を中心とした西日本一帯で背白浮塵子《せじろうんか》が大発生して年貢収入が平年の一割程度しかなかった地域もあったほどだが、この年に奥羽を中心とした東北地方で起こった凶作は冷害によるものである。春を過ぎても長雨が続いて冷え込み厳しく、津軽では七月に雪が降り、秋だというのに霜が降りて収穫前に枯れた稲の半分は実を結んでいなかった。

天正以来と言われる惨状は奥羽から東北全域に広がり、高騰した米や燃料の薪炭を買う余裕のない貧窮層から餓死者、凍死者が続出する。奥羽盛岡で五万人、仙台でも三万人が死んだと伝えられていた。

「歯がゆいったらねえぜ」

旅の男は雁首が飛ぶほどの勢いで煙管を打ちつけた。

「江戸や大坂にゃ、売るだけの炭も米もあるんだ。全部とは言わねえにしても買い集め、溜め込んでやがる商人どもからは吐き出させて困ってる衆に送ってやるのが人の道ってもんだろ。それをお上は、また何もしねえでだんまりだ」

「まったくだ」傍らに座った見ず知らずの旅人も話に加わった。「もうちょっと他にもやりようがありそうなもんだがね」

「宇都宮じゃ大暴れがあったそうだ。享保みたいな打ちこわしはさせまいとお上は一揆禁止の御触れを出したが、禁を出して取り締まるしか能がねえのかね。まして人の命がかかってるんだ、高札一枚の申し付けで収まるもんじゃねえってのによ。そのくせ銭の質を落とすだ、年貢を上げるだのは頼みもしねえのに粛々とやりやがる」

徳川公儀は刑場の高札や御触書きによって報せても良いことだけを庶民に一方的に報せ、同時に庶民の自発的な情報発信を統制して威信を落としかねない不祥事が広まらないようにしていた。

だが、政は生活に直結する。

情報が制限され、真偽も不確かであればこそ庶民は事件が起これば芝居であらましを再確認し、瓦版を手にしては政治談議にふけって為政者を皮肉る落首を記してきた。話の輪はとたんに茶店中に広がって、あちこちで口唾飛ばしての議論が始まった。

「武鑑はあるか」

しばらくいろいろな輪の会話を聞いていた慶四郎は、良仙を視線で店の外に連れ出して尋ねた。

「今の老中に所領が奥羽にある者があったはずだが」

「左衛門尉の酒井忠寄様ですね」武鑑を繰るまでもなく良仙が即答した。「出羽庄内十五万石の五代目で、就任五年目におなりでさ」

徳川四天王筆頭を謳われた酒井忠次の子孫は数多いが、酒井忠寄は左衛門尉を代々受け継ぐ嫡系である。日本有数の米どころであり、北前船も寄港する酒田港を擁する出羽庄内に封じられ、代々幕閣に加わることなく蝦夷及び東北外様大名への押さえの役割を責務としてきた。そのため吉宗が慣例を破って忠寄を老中に抜擢した際には異論も起こったが、爾来大任を過不足なくこなしており、家重も変わらず老中に据え続けていた。

「庄内に餓死者が出たという話は聞いたか」

「そういや、聞いてませんね」

首を傾げる良仙に慶四郎は言った。

「公儀から引き出した一万両を粥に換えてふるまったと拙者は聞いた。元来豊かな土地であり、餓死者がまったく無かったわけでもなかろうが、他ほど酷い結果とはならなかったのだろう。まっとうな男であるように思うが、何か知っておるか」

「いや、これと言って……」良仙は首をひねったが、不意に眉を上げて大きく頷いた。「掛け値無しで申しますと、いい話を聞かない代わりに、悪い話も聞いたことがねえんでさ。でも、何と言っても筆頭老中だ。それだけで十分、託すに足るんじゃねえですかね。じゃあ、駆け込み先は酒井様ってことにいたしやすか。早く決めてしまえば、これまでの業績や家中のこと、奥羽でのお救いやらも調べて盛り込めますんで、より効果のある文面が書けるってもんで」

「早まるな」

小声で制して慶四郎は言葉を続けた。

「家柄だけのお飾りなら、たとえ訴えが受理されたとしても郡上は救われん。なにより金森家、そして同じく老中である本多正珍との関わりが重要だ。嫁婿のやり取りでもあれば、本多兵庫頭の二の舞となる。これより先は公儀相手に命がけの戦だ。しばらくは庄内や酒井忠寄の噂に気をつけてくれ」

「合点承知の助でさ」

節をつけて答えた良仙は首を回して六法を踏み、見得を切った。

「いや、あっしは郡上の衆には馬鹿な肩入れしていやしてね、是非とも本懐を遂げてもらいたいんでさ。でもなんだか、奥津の旦那が堀部安兵衛であっしが細井広沢みたいになってきやしたね。どうかひとつ、悪玉どもにきついにらみを利かせてやってくださいまし、暫く、あ、しばらく──」

「本懐を遂げる、か」

苦笑から苦いため息に変わった慶四郎の呟きは、良仙には聞こえていなかった。

東海道を更に東へ進みながら慶四郎と良仙は評判を集めたが、再び大井川を渡り、箱根の関を越える頃には訴え先は酒井忠寄にと定まっていた。江戸へ入ると日は高いものの一行は深川永代寺高輪に宿をとり、慶四郎はひとり酒井忠寄の上屋敷へ下見に出た。

四天王筆頭直系の家柄にして現職筆頭老中、そして江戸城神田橋門の警備を担う庄内酒井家の上屋敷は江戸城大手門から堀を渡ってすぐ、譜代の中でも最も大身の家柄の屋敷が立ち並ぶ御曲輪内にある。

幕閣は五つ（午前八時）の太鼓を合図に席次順で登城するため、酒井忠寄の行列は真っ先に出立し、途中立ち止まることなく大手門から最初に入城する。登城距離は最も短く、駕籠が速度を緩める場所は屋敷を出立する門前、大路に出る御徒屯所前の曲がり口、そして大手門の手前しかない。だが、屋敷前や大手門前には門番が立っていた。

「狙うならば御徒屯所前で曲がってから、大手門までの大路、か」

順路を実際に歩きながら思考を巡らせる慶四郎の目の端を人影がかすめた。振り返ると視線を避けるように小路地に隠れ、気付かぬふりをして上屋敷と逆方向に歩くとついてくる。

角をふたつ曲がってなお気配を捉えた慶四郎は、刀を鞘ぐるみ帯の中でしごいた。良仙の家を探り出した灰色の羽織の男か、その類の者か。あるいは酒井忠寄か近隣大名家の警備の目を引いたのかもしれない。襲ってくる様子はないものの、今もなお距離を置いてひたすら慶四郎の後をつけていた。

日本橋に出た慶四郎は、人通りの多い中をあえてゆっくりと歩いた。考え事をする体を装い、欄干に寄ると水面に目を向ける。実際、つけてくる人影をどう始末するか考えていた。撒くか、撒いた上で逆に後を追うかとも考えたが、条件が整えば明日にも駕籠訴を決行しようとする矢先である。人を呼ばれたり警備を強化されれば、厄介なことになりかねない。

軽く蹴り上げた草鞋は、裏向きに慶四郎に向いた。

草鞋を履き直した慶四郎は人の流れに従って馬喰町へと向かい、宿が軒を連ねる辺りに来たところで不意に小路地へ折れた。そして人通りのない裏通りまで小走りに進んで板塀の陰に身を隠す。みっつ数えるまでもなく静まり返った路地を足音が駆けてきた。音の間隔を計りながら慶四郎は腰を沈めて左手を鯉口に、右手を柄へと沿わせる。

飛び出した足音が男の姿を取るや、慶四郎は左手を突き出した。狙い過たず柄頭がみぞおちにめりこみ、くの字に折れ曲がった体が声も無く崩れ落ちる。

「愚か者が」

慶四郎は近場の天水桶を掴んで一喝し、倒れた顔に水をぶちまけた。頭を左右に振って意識を取り戻した惣次郎は半身を起こし、悪びれるでもなく慶四郎をにらみつけた。

「明朝五つ(午前八時)、大手門に至る御曲輪内御徒屯所前だ」

言い捨てて踵を返した慶四郎の背後で惣次郎の顔が歪み、伏せた顔から涙と嗚咽が漏れ出た。もはや後を追ってこないであろうことは、慶四郎には振り返って確かめるまでもなかった。

「にしはまったく神出鬼没だの」

大沢孫左衛門は二階に上がって部屋の刀掛に刀を置くや笑顔を見せた。

「六年ぶりに路上で出くわしたかと思えば居なくなり、かと思えばまたいぎなし現れる。平助からにしが訪ねてきたと聞いて、屋敷で変な声が出たでよ」

「面目ない」

酌をしようとした女中の手からちろりを受け取った慶四郎が酒を注ぐと、孫左衛門も慶四郎の盃を酒で満たした。互いに軽く目礼して一息に呷り、大きく息をつく。

海苔、蒲鉾、卵焼と酒の膳を調えて女中が部屋を出ると二人は再び互いの盃を満たした。

「話したいことはいろいろあっだけんが、まず頼まれ事から先に済ます。浅野家からの書状は確かに江戸町奉行所に届いておった。にしから託された仇討免状も受理された。これにより、にしの仇討は正式に終わったことになる」

「そうか」

慶四郎は盃の中でさざ波を立てる酒をしばらく見やってから一息に空けた。

殺傷事件が起これば、地域を領する大名や代官配下の奉行が捜査吟味するのが公儀の法である。だが、殺人者が捕縛されるとも、捕縛した後に刑に処する。だが、殺人者が領外に逃亡すれば公儀を通じて日本中で手配し、捕縛されるとも、遺族が納得できるよう名誉が回復されるとも限らない。そうでなくとも人の死は珍しいものではなく、制度や組織からして万全に機能しているわけではなかった。

仇討とはそれらを踏まえた上で、被害者の近親者に捜索と復讐を許す特例制度である。

武士であれば殺害の仔細を家中の奉行に報告し、主君に仇討の許しと暇を願うことから始まる。領外に出て仇を追うならば江戸屋敷を通じて公儀に届け出た上で、町奉行より発行された免状を常に携えておらねばならない。

仇を見つけた際には更に討ち果たす許可をその地の領主に求め、やむを得ず先に討ち果たしたならば事後にでも届け出て、仇を討ったと認める書状を得る。

そして最後に主君を通じて公儀に届け出ることで仇討は完了した。

だが、主君が改易されて浪人となっていた慶四郎は自分で奉行所に行く気持ちがどうしても起きず、旧友に事後処理を頼んでいた。

「だけんが、浅野家書状には仇討の仔細は記されてはおらんかった」孫左衛門は咳払いして続けた。「ほいで実際のところどうだったんさ。よければ聞かせてくれんね」

名前を変え、素性を隠して日本のどこに逃げ隠れしたかもわからぬ、たったひとりの仇敵を己ひとりで捜し廻るのである。職務ながらどの家中の奉行も手柄にもならぬ厄介事を嫌って、協力どころか手がかりを聞いて回ることさえ疎んじる。一方、主君からの扶持を失って旅先にあるため、費用は親類縁者からの支援に頼らざるをえない。

他国者が簡単に溶け込める土地は江戸や大坂などと少なく、家中に新規召し抱えがあれば噂になるため絞り込みは可能ではあったが、それでも孤独な探索は数十年に及ぶこともあり、ついに果たしえずに生涯を終える者の方が多い。成功すれば芝居になるような一大事だった。

慶四郎は胸元に手を入れ、さらしで腹に巻きつけていた油紙の包みを引っ張り出した。十年以上肌身離さず仇討免状を入れていたために胴の形に丸まった包みを開き、更に奉書に包まれた白い遺髪を取り出した。

「これが仇敵岸本文之丞の遺髪だ。出奔後に江戸の剣術道場で親しくしていた弟弟子を頼って安芸広島に赴き、名を変え、道場の相談役として悠々自適に暮らしていた」

「ほいだら斬ったのだな。苫節十七年、堂々と名乗り出て決闘の末、見事に本懐を遂げたんだな」

「本懐を遂げた、か」

興奮に身を乗り出す孫左衛門に、慶四郎は表情を変えぬまま卵焼を箸で切り割って首を振った。

「討ったということに浅野家はしてくれたようだが、実際は違う。突き止めたのは、奴の葬儀の席だった。たまたま立ち寄った先で葬儀が行われており、誰の葬儀かと尋ねたことから判明したにすぎぬ。それも酒におぼれて体を壊し、身受けした女郎にも見捨てられて野垂れ死に同然にくたばった後にな。本懐などと格好のつくものではない。奴の遺髪とて父の墓に供えるつもりで棺を蹴り倒して奪ってきたが、今にして思えばこんなもの父も喜ぶまいよ」

続けて盃に伸ばした慶四郎の指が不意に大きく震えた。酒をこぼさぬようつとめて静かに持ち上げるが、一息に流し込んだ姿勢のまま腕が、体が大きく震える。そして抑えきれぬ激情に任せて音高く膳に叩きつけた盃が壁に跳ねて砕けた。

「だが、その道場には以前にも、三度も行っていたのだ。道場主はその度に天地神明にかけて知らぬ、見ておらぬと答えた。門人どももだ。武士たるものが口裏併せて嘘を吐き、隠ぺいに加担したのだ。恥知らずの卑怯者どもめ。葬儀の喪主となった事実を押さえられ浅野家の吟味で自白したが、それでも名を変えていたので気がつかなかった、いや兄弟子への義理立てで隠したのだとぬかしおる。何が義理なものか、岸本のばらまく金に釣られたからだというのに。いっそ武士ならば斬りかかってこいと散々に罵倒してやったが、奴らは拙者にはだんまり通しよ。だがもし、最初に行った際に正直に話してくれていれば、拙者は寛延の内に討ち果たして勝浦に戻ることができた。さすれば……」

慶四郎は不意に糸が切れたように肩を落とし、深く頭を垂れた。

「いや、もし、などと何の意味もないな。拙者が帰参すべき植村の御家は改易されてなくなり、それと知って戻った時には新たな領主が入った後だった。その事実はどうにも変えようがない」

慶四郎の先祖代々が仕えてきた勝浦植村家が改易となったのは、寛延四（一七五一）年のことである。本多忠勝の頼子として関東北条攻め以降、関ヶ原合戦、大坂の陣などに参戦した植村泰勝の子孫という三河以来の譜代であったが、私怨から殺害された叔父を病死と取り繕って届け出たことが発覚してあえなく取り潰されていた。突然のことであり、改ざんがあったことさえ知らぬ大半の家臣らは召し放ちを受けて呆然とするしかない。

当時、西海道にあった慶四郎の耳に東国の小大名が改易になったと届くことはなく、知って急ぎ戻った時には徳川家重の側近大岡忠光が新たな領主となって一年が過ぎていた。新規召し抱えや知行割は終了し、父が殺されてから世話になっていた旧知行地の豪農の許に居座り続けては迷惑になると、慶四郎の母と妹が行き先も告げずに去ってからも半年近くが過ぎている。仇の死を突き止めたのは、更にその後のことだった。

慶四郎自身、父の仇を討つことに疑問を感じたことはなかった。怒りもあり、復讐を望んでさえいた。修行に明け暮れ、仇を捜して旅に暮らし、夜も夢に見るほど頭から離れることもなかった。だが、全て終わった今となっては心が高揚することも、やり遂げたと誇らしい思いさえなく、本懐を遂げたと胸を張ることさえできない。実際に対決し、討ち果たすことができなかったからでもあるが、まったくの徒労であり、人生を棒に振ったとさえ感じることもあった。

瞑目して深く息を整える慶四郎に、孫左衛門は己の盃を差し出して酒を注いだ。

「平助が確かめてまいったが、やはりにしの母御と妹御は旧知行地にも勝浦の御城下にも戻られてはおらなんだ。だけんが、まだにしの言う心当ての数ヶ所を尋ねたにすぎぬ。他にもあるいはと思われる地がまっとあると母上が申しておられたし、隠居した父上も勝浦で各所に問うてくだされておる。それがしや平助も江戸で心がけておる。煙でもあるまいし、人が二人も消えて無くなるわけはながっぺや。吉原や岡場所の女郎に身を落としたとも限らぬし、あるいはいずこかの家中に仕えておるのやも知れぬ。生きとるなら必ず見つかるっしょ」

「すまん。礼の言葉もない」

深く頭を下げる慶四郎に、孫左衛門も頭を下げた。

「そらおいねえ（よくない）よ。それがしこそ、うっちゃって（放って）おったことを詫びにゃならん。あの改易の際に、いや、にしが仇討の旅に出ている頃から、もっと頻繁に様子を見に行き、心にかけておくべきだったのだわ」

頭を上げ、次いで持ち上げたちろりの軽さに手を叩こうとする孫左衛門に慶四郎は首を振った。

「折角だが、この後、用がある。こちらから頼み事をしておいて悪いのだが、長居はできぬのだ」

駕籠訴を行えば、協力した慶四郎にも処分が及びかねない。ならば己の仇討だけでも決着をつけておきたいと孫左衛門に面会を申し込んだのである。だが、これから良仙と打ち合わせねばならず、駆け込み訴えを行おうとする者たちを長く放っておくわけにもいかなかった。

孫左衛門はちろりは下ろしたが、手を叩くと蕎麦を頼むと階下に声を掛けた。

「ならせめて蕎麦はくわっせぇ。それに、いまひとつ伝えねばならんことがある」

訝る慶四郎に孫左衛門は居住まいを正した。

「それがしはにしを知っておる。今は家中に空きがなく、それがしに人を推挙する力もねえ。だけんが、大岡の殿は寛大で公明正大なお方。なにより上様の覚えめでたく、若年寄から更に御出世なされるはず。それがしとてこのままではおらぬ。必ず働きがいのある役柄に、にしを推挙する。だで、いすい（落ち着かない）だろうが今しばらく辛抱してくれ。自棄にならず、自愛を頼む」

「これはずいぶん誤解されたものだ」

瞳を鋭く細めて慶四郎は孫左衛門を見据えた。

「御忠告はありがたく頂戴する。世話になったことを感謝もしておる。だが、拙者は自棄になどなっておらぬし、仕官を望んでもおらぬ。余計なことをせんでいただこう」

「にしはまだ植村の御家に忠を尽くす所存か」

植村家は大名としては廃絶されたが、二千石の旗本として存続していることは慶四郎も知っていた。

「いや、御家も忠も、仇を捜す旅の間に忘れた。そんなものに振り回され、右往左往すること自体が疎ましくなったのだ。それに仕官すれば母と妹を捜せなくなる。我が身ひとり安泰を求め、見捨てることなどできぬ。なにより今は武士として命がけでやらねばならぬことがあるのでな」

「いや、見捨てるなどと、それがしは決してそのようなつもりで――」

慶四郎は手を挙げて孫左衛門の言葉を遮った。怒りを込めた強い眼差しに、二度まで口を開きかけた孫左衛門も項垂れて唇をかみしめた。

「失礼いたします。天ぷら蕎麦をお持ちしました」

沈黙の中、女中が廊下から声をかけて膳を運んできた。

蕎麦の実を挽いた粉をこねて細く麺状に切り、だしつゆに浸けて食する蕎麦切りが江戸で一般的になったのは元禄以降とごく新しい。だが、広まりだしてからの勢いはすさまじく、蕎麦がき屋やうどん屋は瞬く間に姿を変え、江戸八百八町に蕎麦屋のない町はひとつもないとまで言われていた。

天ぷらも時を同じくして庶民の間に広まった料理である。油で食材を揚げる調理自体は奈良期より伝わっており、室町期には油揚げや飛竜頭などの精進料理が禅宗寺院で食されていたが、揚げ物が庶民にも食されるようになるには荏胡麻や菜種など油の原材料となる植物の栽培がより盛んになるのを待たねばならなかった。

「今日は穴子に芝海老、貝柱でございます。お熱いうちにどうぞ」

「では、これだけいただく」

慶四郎は徳利から器に注いだつゆに、弁柄塗りの桶から挟み上げた蕎麦をどっぷり浸して一息にすすり、即座にむせ返った。

必死に閉ざした口を更に手で塞いで撒き散らすことなく飲み込んだが、濃厚すぎる味わいが口の中に残り続ける。

「うちの汁は味が強いんですよ。つけるのもちょっとでいいんです」

女中が入れた茶を待ち構えたように飲み干してなお、慶四郎は咳き込み続けた。

赤坂の大岡家屋敷から何件もの蕎麦屋を素通りして孫左衛門に連れて来られた田町六丁目は食傷町の別名が付いている。相当にひどい飯を出す店が何件もあったことから悪名のついた町の蕎麦屋にわざわざ連れ込まれたことから、海苔や蒲鉾でさえ一口ずつ確かめ慎重に味わっていたが、激情で昂ったまま急いで食べ終えようとしたために蕎麦への注意が疎かになっていた。

「いや、強いとは食える範疇のものをいう。このつゆは限度を超えておろうが」

「すまん、先に言っておくべきだった。こうして食べるんよ」

むせ返りながら言葉を絞り出す慶四郎の前で、孫左衛門は笑いを噛み殺しながら箸に取った蕎麦の先だけをつゆにつけてすすり上げた。にらみつけた慶四郎も咳が治まった後に真似てすすると、先程とは違って蕎麦の強い薫り、旨味が広がったところにつゆの味が追いかけ、口の中で混ざり合う。

確かにつゆの量さえ間違わなければ味の判別以前に体が拒否反応を示すようなことはなかった。むしろ蕎麦自体が香り高く、つゆの目の覚めるような旨味を加えて濃厚で力強い味わいが鼻に抜ける。

「なるほど。これなら悪くない。いや、いみじだな」

慶四郎は改めてつゆを鼻に近づけて香りをかいだが、大根の絞り汁の辛さではなかった。味噌を水で溶いて漉し出た液体にかつお出汁を加えて更に煮詰めた煮貫とも、紀州湯浅金山寺を中心に上方で盛んに製造されている色は薄いが塩の濃い醬油とも違う。

「いがっぺよ。これが、この店につれてきた理由だっぺ」首を傾げる慶四郎に孫左衛門が言った。

「この店の主は元植村家中の武家奴だでな。醬油も蕎麦も総州の産、かづー（鰹）は勝浦の浜に揚がったものだで」

坂東の川や井戸から汲み上げられる水は灰汁を多く生成しやすい。そのため昆布では味が薄いか苦くなったが、鰹節を湯にくぐらせれば灰汁こそ沢山出るものの、肉を柔らかくする効果も働いて濃く、すっきりとした出汁が取れる。

それもあって坂東では鰹出汁が好まれる様になったが、関西の醬油は昆布出汁の旨味を最大限に引き出すよう調整されているため、鰹出汁と合わせると物足りないか塩辛くなりがちになる。

そのため、鰹出汁に合う醬油を造りだそうと元禄の頃から下総の野田と銚子に紀州の職人を招いて製造が進められ、長きに亘る試行錯誤の末に、より長く熟成させることで自体の味を深めた醬油が完成し、世に出回り始めていた。

どこの家中でも江戸屋敷に詰めるものが国許の味を忘れぬよう特産品や保存の利く食材を送り、夜間外出や買い食いをご法度としている。この店の主は屋敷内にある勝浦の食材を用いて、求めに応じて夜食を作る内に独自の配合を生み出していた。

「では、この蕎麦は勝浦の味か」

「支度金が足らんかったもんでこういう町で店を出すことになったけんど、味は確かだっぺ。それがしも江戸に出仕の際は三日に一度は食いに来るが、にしも江戸に居る時はひいきにしてやってくれや」

続いて箸を入れて勢いよくそばを啜るにつれ、慶四郎の眉間から険が消えていった。桶が二枚目に入ったところで孫左衛門も緊張を解いて尋ねた。

「そういえば、にしが先程話していた武士としてやらねばならぬこととはなんだ。よほどの大事と見えるが、良ければ教えてくれねえか。それがしは赤心からにしの力になりたいんだで」

「わかった。他ならぬ孫左ゆえ、信用して打ち明けよう」

ひとつ息をついて慶四郎は声を潜めた。

「実は明日、筆頭老中の登城駕籠に駆け込み訴えを仕掛けるのだ」

今度は孫左衛門が激しくむせかえる。

慶四郎は笑みを口の端に湛えて蕎麦をすすった。


「村方衆は登城見物の体で、道の脇で控えていておくんなせえ」

翌朝、宿を出た六人の村方衆に、良仙は清書し終えたばかりの訴状をそれぞれ手渡して手順を再確認した。

「後は行列の中ほどの駕籠に向かって、お願い申し上げますとひたすら駆け寄るのみでさ。ただし、今日は貞吉さんが出る番だ。訴状は皆さんにお渡ししましたが、何があろうと見届けるだけ。自分の出番の日までは決して動かねえこと。よござんすね」

良仙はあえて言わなかったがこの後、貞吉は駕籠の護衛に斬られる見込みが高く、明日以降はまた次の者が死ぬことになる。何人死なねばならないかは見当もつかないが、万が一に受け取ってもらえたとしても、正規の手順に外れた越訴はやはり死罪である。

それでも村方衆は一様に頷き、貞吉の肩に左右から手を置いた。

「訴状を受け取っていただけることを願いやしょう。奥津の旦那は村方衆の傍らにあって、免許状をお願いしやす」

「心得た」

慶四郎は頷いたが、惣次郎が江戸に来ていることは良仙にも伝えていなかった。江戸まで捕まらず斬られることもなく辿り着けたことは僥倖ではあったが、訴状に願主として名を記していない以上、惣次郎が共に訴え出たとしても加わることはできない。それでも顛末を見届けたいと、あるいは関でじっとしておれずに江戸まで抜け駆けしてきた気持ちは慶四郎にも理解できた。

「では、御一同参りやしょうか」

良仙の言葉に頷き、八人は歩き始めた。だが、しばらくは昨日参詣した目黒不動の賑わいや店の品ぞろえの豊かさを驚きを込めて話していた村方衆も、日本橋が近づくにつれ口数が少なくなっていった。

「良い天気だな」

「まったくでさ。富士のお山も雪をかぶってきれいなもんで」

いつしか慶四郎と良仙が話を振ってみても、村方衆は頷きを返すことさえできなくなっていた。関を出立した際の決意は嘘ではなかったにせよ、大手町に入る頃には護符を握りしめて念仏や真言を唱える者があり、腹を押さえて数十歩ごとに用を足そうとする者もある。今日訴え出るはずの貞吉にいたっては、熱病にでも浮かされているかのように歩きながら震えが止まらなくなっていた。

「日延べにしたほうがようございやせんかね」

歩きながら小声で尋ねる良仙に、慶四郎は首を振った。

「今日やらねば、明日は宿からさえ出られぬだろう。決意を揺るがせぬよう、とにかく定めたとおりにすることだ。必要とあらば後ろから蹴り飛ばしてでもな」

余裕をもって出立したはずだが、見定めておいた位置に到着する頃には五つの太鼓は間近に迫っていた。

幕閣、特に老中ともなれば駕籠も供ぞろえの衣装も、華美で重厚なものである。見栄以上に格を示すためであり、就任以降は毎月千両以上かかるといわれる費用の内の少なからぬ金額が、威容を整えるために遣われている。それだけに大名の登城は良い観物であり、道幅も広くとられた御徒屯所前は桟敷とばかりに見物人が多数待ち構えていた。慶四郎らは予定した位置よりも大手門寄りに待機せざるをえなかった。

「駕籠が来たら、お願いでございますと走るだけだ。よいな」

慶四郎の言葉に貞吉は震えが止まらぬままに頷く。程なくして登城を促す太鼓が城内から鳴り響いた。

「門を出ました。紋所は丸に片喰、これから来る行列は間違いなく酒井様でさ。貞吉さん、出番ですよ」

一走り上屋敷門前まで確認に行っていた良仙が告げるが、訴状に重ねて護符を両手に握りしめて震える貞吉は前しか見ていない。あるいは前すら見ていないのか、目を見開いたままひたすらに真言を繰り返し続けた。

「道あけーい」

「寄れ、寄れーい」

先触の声に集まった見物人の列が揺れた。少しでもよく見ようと前に出る者と先触に咎められて下がる者との間でうねりが生じ、慶四郎らは更に道の脇へと押しやられる。

「おんころころせんだまとうぎそわか、おんころころせんだまとうぎそわか……」

だが、一心に真言を唱える貞吉には人々の動きが見えていなかった。横合いから突き飛ばされ、倒れ伏したまま起き上がれない。

「なにやってんでさ、ほら、起きて」

良仙やほかの村方衆が引き起こそうとするが、貞吉は膝を抱えるように震えるばかりで動けなくなっていた。

そして先触が御徒屯所前を足早に駆けながら姿を現した。

一大事が起きた際に行列が急げば、何事か起こったことが庶民の目にも一目瞭然となる。そのため老中の登城駕籠は常日頃から飛び駕籠と呼ばれる勢いで駆け抜けていく。供は五十人。二列に並ぶので行列はさほど長くなく、列の中央にある駕籠の姿もすぐに現れた。

「駕籠でさ、ほら、来ましたぜ。起きてくだせえよ」

良仙は貞吉の丸めた背中を手荒く叩いたが、反応はない。そして他の村方衆もいつのまにか土下座していた。

江戸市中では大名行列といえど将軍か御三家の行列の、それも駕籠に対してのみ土下座を要求されるだけだが、郡上では行列の先触から最後尾が通り過ぎるまで、額を地面に押し付けて決して顔を上げてはならないと命じられている。もはや貞吉を走らせるどころではなかった。

「時を稼ぐ。貞吉を、いや誰でもいい、何としても走らせろ」

良仙に叫ぶと、慶四郎は行列を追い抜く勢いで走った。先触より前に出た時にはもはや大手門は目の前であり、内堀手前側の番小屋の門番がしかめた顔のほくろまでが見える。

制止の声を無視して、慶四郎は大路の中央に進み出た。先触が更に近づき、道を開けよとの声も形だけの決まり文句ではなく厳しいものに変わる。だが、慶四郎は両膝を折って路上に座し、腹前に結わえていた下緒を外した。刀を鞘ぐるみ、あえてゆっくりと抜き出して右脇に据えると、声だけでなく身振り手振りで退かそうとする先触には目もくれず、駕籠だけを見据えて両拳を膝前に突く。

「お頼み申す」

慶四郎の登場にざわめきたった群衆は、突然の大音声に静まり返った。先触が足を留め、駕籠も行列全体が留まる。

武家には駆け込んできた武士を、理非を問わずに受け入れねばならないという暗黙の了解がある。たとえ盗みを働き朋輩を斬って逐電した極悪人であってもかばわねばならず、むしろたやすく引き渡せば男と見込んで頼って来たものをすげなく見捨てたと諷され、見くびられることになる。名誉を重んじる武家、とりわけ徳川四天王酒井忠次の嫡系にして筆頭老中を務める酒井家にとっては、最もないがしろにできないことだった。

駕籠から声が掛かり、脇に控えていた用人が歩き出した。先触れを追い越し、慶四郎の前で立ち留まった。

「そこもとは何者か。筆頭老中酒井左衛門尉の行列と知ってのことか」

水を打ったように静まり返った一帯に、用人の声と喉が鳴る音だけが聞こえていた。最初からいた見物人も、騒ぎを聞きつけて駆けつけた野次馬たちも息を潜めて慶四郎を見つめている。

慶四郎は無言のまま、深く頭を下げた。

「お願いしますだ」

突如、沿道から郡上の村方衆が飛び出した。

貞吉が、そして五人も訴状を手に口々に叫びながら駆け、次々に駕籠に向かっていた。

慶四郎に気を取られていた用人や護衛らは即座に駕籠を取り囲んで刀の柄に手をかけたが、相手が刃物を持たぬ農夫と気付いたか、腕を払って叩き伏せた。だが、何度蹴られても張り倒されても、貞吉らは訴状を掲げて駆け込むのをやめない。泣き叫びながら幾度となく駕籠へ向かい続けた。

「お願いしますだ、お願いしますだ」

「我ら美濃郡上の農夫でございます」群衆の内から惣次郎の大音声が響いた。「領主金森頼錦の悪政により飢え死にせんばかりに苦しんでおります。どうぞ御慈悲をもって、訴えをお聞き届けくださいませ」

あるいはその声が聞こえたのか、これ以上の遅滞を避けようとしたのか、留まったままの駕籠の窓がわずかに開いた。駕籠近くに控えて油断なく目を配っていた用人が片膝突いて一礼し、六人の村方衆に向き直った。

「殿の仰せである。訴えあらば、聞き届けようぞ」

もはや妨げられることのなくなった六人の村方衆はおずおずと駕籠前に並んだ。平伏し、震える両手で高く差し出した六通の訴状を用人は受け取り、再び駕籠の側に伺候して駕籠の中へと差し入れる。そして一礼すると立ち上がり、再び村方衆に向き直った。

「その方らの訴状、酒井左衛門尉がしかと受け取った。吟味の上、返答を申し渡す。その方らは当屋敷にて待つべし」

群衆の間から歓声があがった。

何事が起こっているのかわからぬままに見ていた江戸の町人たちにも、村方衆が必死に訴えようとしているのは伝わったのだろう。無事に受け取ってもらえたことを喜び、そして受け入れた酒井忠寄を称賛して芝居の一幕であるかのように声を掛ける。

やがて隊列と威容を整えた酒井忠寄の行列は、割れんばかりの喝采の中を再び進み始めた。

「お前から渡してやれ」

村方衆が飛び出すや群衆の中に紛れた慶四郎は、全身を打ち震わせて喜びを噛みしめる惣次郎に免許状を差し出した。

惣次郎は振り返るなり息を呑んだ。まっすぐに慶四郎の瞳を見つめて唇を震わせながら何事か言いかけ、だが言葉が出て来ぬままに、こみ上げた涙に引かれるように深く頭を下げる。

やがて涙を拭った双眸に誇りと感謝を浮かべて惣次郎は免許状を受け取り、もう一度、慶四郎に深く頭を下げた。そして用人に伴われて屋敷に向かう六人の村方衆を追って駆けていった。

その背中が見えなくなるまで見送った慶四郎は、群衆から離れて堀の方へと歩いた。

「本懐を遂げる、か」

慶四郎の目には先程の惣次郎の笑顔が焼きついていた。葬儀に乗り込み、蹴倒した寝棺からこぼれ出た仇敵の髷を切り取った時、慶四郎自身がどんな顔をしていたかはわからないが、惣次郎のような顔でなかったことは確かだった。

もはや習い性のように指を差し入れた懐には免許状の感触はなく、十年以上持ち続けた仇討免状もすでに無い。最後に残った仇の遺髪を取り出した慶四郎は、堀に向かって高くなげうった。

「これで軽くなった」

ひとつ息を吐き、袖を払って踵を返した慶四郎は、次の行列を見物しようと集まる群衆を割って歩き出した。

四

「姉さん、今日は蛤があるのかい。いいねえ、春だね。そいじゃ、おっきいのを五つばかり焼いてくんな。飯は菜飯かい、嬉しいじゃねえか。それから豆腐をあったかいので、今夜のお勧めはあらかねかい、いいね。ただ頼むから酒はきっちり飛ばしてくれよ。なんせあっしは――」

「奈良漬けの匂いだけで酔っぱらう、だったな」

煮売屋の板間に上がり込みながら注文する良仙は横合いから掛けられた声に眉を寄せて振り返り、途端にひっくり返った。

「奥津の旦那」

声を裏返して叫ぶ良仙に、慶四郎は小さく盃を掲げた。

宝暦七（一七五七）年三月。神田橋前の駕籠訴から一年半の歳月が過ぎていた。

あの日、出仕から戻った酒井忠寄はその日の内に訴えを聞き入れ、江戸町奉行依田政次に調査を命じたと村方衆に告げた。六人は依田に全てを語り、もはや思い残すことはないと処刑を待ったが、牢屋敷に送られるでもなく酒井忠寄の屋敷から宿預かりとなって留め置かれ続ける。一方、金森家屋敷に閉じ込められていた村方衆は解放され、美濃郡代官青木次郎九郎とともに町奉行所に召喚されて吟味が始まった。

「あの後、随分捜したんですよ。でも旦那はどこかに行っちまって、宿にもあっしの品川の家にも姿をお見せにならねえ。旦那の事情は惣次郎さんからも伺いやしたが、それでも一言も無しにいなくなるなんて、ひどいじゃありやせんか。これまでいったい、どこで何をしてらしたんです」

「そうむくれるな。拙者にもやるべきことがある。この一年は総州、それから植村本家の大和高取に出向いていた。なにより、役目はもう終わったと思ったのだ、あの時はな。だが、江戸に戻ってみれば、こんな戯れ歌が流行っていると聞く。『よし悪しの酒井様とぞ思ひしに御駕籠そうそう御裁許もなし』とな」

江戸町奉行は五十万人とも百万とも数えられる人々が千六百もの町に住まう江戸町人地の行政、司法、警察を管轄する。激務ゆえに南北の奉行所が一月交代で務めるが、それぞれ与力同心は百六十六人しかいない。

本業をおろそかにして郡上の一件だけに集中できるわけではなく、郡上在住の関係者は呼び出すだけでも時間がかかる。更に美濃郡代官青木次郎九郎は村方衆の証言を突きつけられても一切を否認していた。吟味は暗礁に乗り上げ、いたずらに長期化していると噂になっていた。

「いや、いくら旦那でも、そりゃあんまりだ」

慶四郎が口にした狂歌に良仙は鼻息荒く顔を振り、膨れ面のまま運ばれてきた蛤に向き直った。蛤を小型の七輪に載せ炭火で焼いただけながら、蛤自体が旨味の塊である。ただ、貝殻が開いた瞬間に食わねば舌ざわりも旨味も半減するため、良仙は蛤が口を開くや右手に構えた銚子産の味の濃い醤油を一差しし、左手で貝殻の端を摘んで引き寄せては前歯で身だけをかじり取った。

「堪らねえな、こりゃ」

江戸の町を流れる川が海水と交じり合う栄養豊富な湾で獲れる魚介は新鮮で味わい深い。蛤の身は肉厚で噛むほどに旨味が溢れ出るが、熱せられた貝は続けざまに口を開いていく。ひたすらに顎を動かしながら、良仙の目は次の貝を追って忙しく左右に動いた。

「数日前、浪人どもに襲われた。どうやら拙者は金森家から、命を奪うべき敵と認められたらしい」

良仙は醤油の狙いを外した。

「御無事、でしたんで」

「まあなんとかかな」

腹立ちも忘れて振り返った良仙に慶四郎は足を叩いて見せた。そして酒蒸しにした蛤の貝を指で挟んで平鍋から持ち上げると、煮汁も身も溢れ出る旨味も余さず口に流し込む。潮汁にも似た程よい塩の風味と酒の醸し出す深い味わいが蛤の旨味を更に引き立てた。

良仙も思わずつばを飲み込んだが、焼蛤を全て食すると続けて運ばれてきたあらかね豆腐に箸を伸ばした。豆腐を鉄なべで煎って水分を飛ばし、酒や醤油、塩で味付けた上で粉山椒を振った料理である。調理の温度によって豆腐は味も舌触りも様々に変化するが、水分を飛ばして熱すると豆本来の味わいが更に濃厚に凝縮され醍醐のごとくに舌の上で溶ける。そして粒立った塩と舌を刺す粉山椒の刺激がぶつかり合い、芳潤な味わいが長く口の中で続いた。

「江戸は豊かな別天地だな」

慶四郎は呟くように言った。

「あらゆる港、あらゆる街道を通って菜や大根、酒や茶までもが運び込まれ、この世にある全てが集まる。さすがは将軍のお膝元、というべきか。なにより皆が当たり前のように米の飯を食っている。地震や水害、飢饉の爪痕は諸国に残って、復興どころか後片付けさえ未だままならぬところも多いというに」

「それは、確かに江戸は恵まれていると思いやす」

豆腐と慶四郎の言葉とを幾度も嚙み締めて飲み込み、良仙も口を開いた。

「腹いっぱい食えるってことは幸せで、それが当たり前じゃねえってこともわかっておりやす。ですが、江戸だってけっこう大変だったんですぜ。米の値が跳ね上がって打ちこわしやら買い占め禁止やらで昨年の夏なんて大騒ぎでした。秋に豊作だったもんで落ち着いただけのことで、この先は一体どうなるやら」

「そうだな、許せ。そうか、拙者が襲われたのも、米騒動で中断していた吟味が再開され、また動き出したからやもしれぬな」

「そういや、あっしも思い当たる節がありやす。三日ほどになりやすか隣のおそめ婆さんがうちの前で突き飛ばされて、腰を痛めちまったんでさ。ただ突き飛ばして逃げた男っていうのが最近うちの周りをうろうろしていて、よく見かけていた男だそうで。どうも二本差の禿散らかした鼠みたいな男だったとか」

「聞いたよ。以来毎日往診に行っているそうだな」

慶四郎の杯の中に、かつて惣次郎の後を付けて良仙の家を暴いた灰色の羽織の男の後姿が浮かんだ。

「この店で飯を食っているとも、おそめ婆どのに教えてもらったことだ。確かに良い店だな」

一息に杯を呑み干すと、慶四郎は運ばれてきた筍に箸を伸ばした。

皮のまま焼いて小口に切った一片を、慶四郎はまずそのまま口に運んだ。炭火で焼き上げた香ばしさが鼻に心地よく、自らの水分で蒸し上がった程よい弾力が歯を楽しませる。そして春に大きく伸びようとする活力が震えるほどの旨味となって舌から全身に伝わった。

「いみじだな」

二口目は木の芽とともに辛子味噌で、三口目は刺身のように濃い醬油を合わせたが筍は負けていない。まったく性格の異なる強い味付けを、むしろ搦め捕るようにしっかりと受け止めた上でしなやかな歯ごたえを返す。慶四郎の口許から響く新雪を踏みしめるような音の連続に、鼻をひくつかせていた良仙は我慢しきれずに大きく身震いした。

「ちょ、旦那、そいつは筍ですかい。時節はずれ、いや初物も初物、江戸一番の初物だ。姉さん、筍があるならあっしにも――」

「筍はこちらのお武家様の持ち込みなんです。ごめんなさいね」

菜飯を運んできた女中はどんぶりと小皿を置いて微笑んだ。良仙は大きく肩を落として自らが頼んだ菜飯を土塊のように眺めたが、脇添えの小皿に視線を移すや口も目も飛び出さんばかりにして顔ごと近づける。

「初物をひとりで食うと罰が当たるそうなのでな」

「ありがとうございやす」

良仙は両手を合わせて慶四郎を拝んだ。

小皿の上には大根の漬物ではなく、筍の先端部分の薄切りが白く輝いていた。これから伸びようとする最も柔らかく、最も味が凝縮した、一本の筍からほんのわずかしか取れない部位である。

一切れを菜飯の上に載せると、良仙は頬も鼻も膨らませて飯ごとかぶりついた。薄切りをほんの一枚、それも大口一杯分の菜飯と一緒に頬張っても筍の香りと旨味は負けるどころか溢れ出してやまない。

続けて箸を伸ばす良仙は一嚙みごとに緩み切って溶け落ちそうな顔を左右に揺らして、言葉にならない声を漏らし続けた。

やがて存分に筍を堪能した良仙は煮売屋を出て、改めて慶四郎に頭を下げた。

「ご馳走さまでございました。でも、どうして旦那が筍なんざお持ち込みで」

「大きな穴を掘らねばならなかったのでな」

良仙は慌てて口と膨らんだ腹とを押さえた。ひとしきり激しくむせ返った後に、冷たさの残る春の夜気を幾度も大きく吸い込む。

「筍は穴を掘らせてもらった寺の和尚からいただいたものだ。案ずるな」

「もう、お人が悪いですよ。さいでしたか。それなら筍に罪穢れはねえ、まったく別の話だ」

胸をなでおろす良仙の呟きが、十六夜の月が空と水面から照らす堀川沿いに柔らかな風に乗って慶四郎に届く。夜風は丁子の香りと刃の気配をも運んできた。

「どうやら、ここにも大穴が必要なようだ」

「そりゃ、いったいどういうわけで……」

慶四郎は目を瞬かせる良仙の前へと大きく踏み出た。

前と後、どちらも道を塞ぐように二人ずつが迫り来たが、前の方がより近い。そして慶四郎が気付いたと悟ったか、さらに足早に駆け込んで間合を詰める。月光に浮かび上がった輪郭はいずれも太く厚く、抜き放たれた刃と殺気を放つ目が白い光を放った。

「ひぃっ」

「良仙、伏せていろ」

喉を詰めたような悲鳴を漏らす良仙の前へ踏み出した慶四郎よりも、前方堀側の刺客が一歩先んじた。左足で大地を蹴って大きく踏み込むや、月光を返して大上段から刃を振り下ろす。

鋭い風鳴とともに叩きつけられた切先を、慶四郎は半歩下がってよけた。勢いあまって地面にまでめり込んだ刃を刺客が引き抜くより早く、踏み込みざまに脇差を抜き打ちに振り下ろして小手を断ち斬る。

間を置かず胸めがけて右から突き出された切先を目の端に捉え、慶四郎は首を傾けながら片膝突いて体を低く沈めた。耳のすぐ脇を抜けさせると脇差で刺客の脛を断ち払い、倒れた胸を地面に突き留めるほどに深く刺し貫く。続いて立ち上がりざまに高く抜き上げた太刀を、無くした腕を抱えて前のめりに呻く刺客の首筋に打ち下ろした。

そして二人の刺客の生死を確認することなく、慶四郎は後方へ走った。短く鋭い刃鳴に柳の枝がそよぎ、木の皮が弾け飛ぶ。三人目の刺客が良仙を襲っていた。短刀さえ持ちあわせていない良仙は柳の大木に背中を預け、屈み転がって刃を避けていた。

「町人を脅して喜ぶ下種め、汚し」

吐き捨てた慶四郎は改めて湧泉に軸を据えて腰を沈める。八相の構えをとって間合を詰めると、三人目の刺客は口の端を笑う形に歪め、草履をゆっくりと片足ずつ脱ぎ捨てた。

そして刺客は刀を上段に構えた。腕にも肩にも力がまるで入っておらず、ひとりでに動いたかのような滑らかさで刀が頭上に止まる。刃筋や柄頭はもちろん腰も、つま先までもが慶四郎の正中線にまっすぐに相対していた。

「惜しいな」

姿勢を見れば技量は知れるとは、慶四郎の師が幾度となく口にした言葉である。姿勢はあらゆる動作の前駆状態であり、合理的かつ適切な姿勢は次の動作の発動を早め、精度を高める。これより行う一連の動作全てを理解した上で、逆算して最適な状態を組み立てるだけの知力と重ねた鍛錬の賜物であり、すでに斬った二人とは段違いの技量なのは間違いない。これほどの相手とは慶四郎も片手で数えられるほどしか相対したことがなく、真剣で仕合うとなれば初めてのことだった。

「確かに良い腕だ。兵衛《ひょうえ》の買いかぶりではなさそうだが、それだけにこのような場所で斬らねばならぬとは惜しいことよ」

軽い挑発に、だが、慶四郎は侮蔑を表情に出して小さく首を振った。

「惜しいのは拙者の方だ。人間の屑を相手に秘剣を抜かねばならぬとはな」

「何だと」

慶四郎は呼吸を整えて重心を一段低く落とし、構えを青眼に移した。続けて切先を刺客の左目につけたまま柄を握る両手を顔の右脇に引き上げ、半身になって左足を踏み出す。そして矢の如く一直線に刺客を狙う刀身に沿って左手指を這わせ、物打に添わせた。

天を向いた刃の上を十六夜の冴えた月光が渡る。

「秘剣映月、参る」

右手と姿形、刀身の傾きは霞の型に近い。上段からの攻撃を擦り上げ、返す刀で斬り伏せる形である。だが、刀を振る際に主となる左手は前に突き出され、まるで弓を構えるかのように、あるいは死者への片手拝みのように刀身と直角に添えられていた。

そして無造作なほどに大きく慶四郎は歩を詰めた。

立ち合いの間合に入り込んでも止まることなく、そのまま切先で刺し貫くかのように更に半歩を進める。このように一方的に寄られるのは初めてなのか、刺客は足下の砂を鳴らして、大きく跳び退いた。だが、瞬時に表情が侮蔑、困惑、怒りを目まぐるしく映して朱に染まる。

「ヤアアアァッ」

刺客は絶叫上げて跳び退いた以上に大きく踏み込み、慶四郎を真二つにする勢いで大上段からまっすぐに刃を振り下ろした。

瞬時に慶四郎は右手首を返した。額のすぐ上で横向きに変化した刃がぶつかって火花を散らし、そのまま押し斬ろうとする刺客の刃は嚙み合うでも跳ねるでもなく、慶四郎が掲げた刀身の曲線に沿って斜めに滑り落ちる。

「エイッ」

再度、慶四郎の手首が翻った。柄頭が前を向くと同時に左手が柄を握り、小さく振り下ろす。刃が前のめりに体勢を崩した刺客の肩口を斬り割り、ぐらり、と刺客が膝から崩れ落ちた。

「ひ、ひえっ」

四人目の刺客、と見えた男が悲鳴を上げた。遠巻きに見ていた鼠に似た顔の長細い吊目の男は羽織を翻して数歩で闇に消えた。

「金森頼錦に伝えよ」慶四郎は傲然と言い放った。「拙者は郡上へ参る。首を洗って待っておれとな」

「郡上へ参る、か」

天を仰いで倒れた刺客が血を吐きながら口の端を吊り上げた。

「ならば城下の旅籠生駒屋を訪ねてみよ。兵衛が歓迎してくれようぞ」

「何故に教える」

刺客はもはや答えなかった。瞳の光が消え失せたのを見届け、血振りした刃を懐紙と指とできつくぬぐって鞘に納めた慶四郎は深く大きく、息をついた。

「良仙、無事か」

「……なんとか」

刺客の刃を避けるために柳の根本に抱き着き、堀の上にぶら下がっていた良仙が震える声で答えた。

「助かりやした」

慶四郎に引き上げられ、幾度も呼吸を繰り返した末に良仙は大きく首を振った。

「それにしても惣次郎さんから旦那のことはいろいろ伺っておりやしたが、こんなにお強いとは思いやせんでした。三人を相手にして一振りでひとり、二振りで二人、電光影裏春風を斬るってやつだ。なにより、最後の秘剣なんざ鳥肌ものでしたぜ」

「あれか。あれは、あの場で思いついた出放題だ」

慶四郎は肩をすくめて首を振った。

「そもそも人間、手足の数も動きもそうは変わらぬのだ。必勝不敗の秘剣など存在せぬ」

「出放題だなんて、まさか、そんな。お人が悪い。戯言はなし、ですぜ」

にこりともせず眉を寄せる慶四郎に良仙の唇が青ざめたままひきつる。そして今更ながらに両膝の震えにこらえきれず尻からへたり込んだ。

脇差を回収して戻った慶四郎は良仙の腕を摑んで引き起こし、肩に担ぐようにして再び歩き始めた。

「もし、お前が銘刀を持っておったら、先程の浪人に勝てたか」

「まさか、とんでもねえ」

歩きながら大きく首を振る良仙に慶四郎は言葉を続けた。

「そうだ。刀の優劣は技量の優劣の前では意味をなさぬ。では技量が同等ならば勝負を決めるものは何か。それは心の練度だ。あの刺客はお前をいたぶり、拙者の侮りに激高した。心にゆるみがあったからだ。ならばこそ秘剣などという小癪な出放題をまともに受け取った。更にわずかでも引いてしまったことを恥じ、怒り、ならばおかしな構えごと斬り割らんと頭に血を上らせて真っ向から打ってきた。太刀筋さえ読めれば、いかに振りが鋭くとも受け流すのは容易い」

「そ、そんなもんですかい」

顔をひきつらせたまま良仙は首を傾げたが、抱え直された拍子に触れた慶四郎の左袖は縦に鋭く裂けていた。意図したように上段から振り下ろさせ、僅かに傾けて構えた刀身の反りの曲線に沿って流してはいたが、それでも重く鋭い刺客の刃に押し込まれたのだろう。あるいは掲げた切先がわずかでも高く上がっていれば刃は交錯して嚙み合い、逆に切先が下に落ちすぎていれば滑り落ちた刃が慶四郎の左肩か腕を斬り飛ばしていたに違いない。構えた位置が手前にすぎれば、刺客の刀の勢いに押し込まれて慶四郎の額に己の刀の鍔がめり込んでいたはずである。

だが、ここしかないという角度や位置に慶四郎が構えることができたのは偶然やまぐれではない。膨大な時間を費やして稽古し、差し上げる手の位置、握りの強さを会得したからである。なにより敵の刃が頭に迫る一瞬のことである。その命がけの危うさに良仙は大きく身震いした。

「ほんと大したお人ですよ。江戸に剣術道場は数多いが、これほどの腕の持ち主はそうはいやしねえ。あの時だってそうだ、酒井様の行列の前に出て本当に時をつくってしまわれた。怖いもの知らずとか、度胸がいいなんてもんじゃねえ。本当に恐れ入りやす」

「お前こそ」抱え直して慶四郎は言った。「亀よりも硬く丸まっていた貞吉をよく飛び出させたものだ。あの時は聞きそびれたが、どうやったのだ」

「あれは医師なら誰でも持ってる、ちょいときつい気付け薬を嗅がせただけでさ。それよりも旦那、本当に郡上に行かれるんで」

慶四郎は前方の闇を見据えた。

「拙者は長く人の命を狙ってきたのでな。命を狙われるのは性に合わん」

良仙は慶四郎の横顔を凝視した。物言いは激しいが、怒りさえ燃え尽きたように瞳は深く沈んで光を返さず、虚空に向けられている。良仙は何事か言いかけたが、結局俯いて口を噤んだ。

「頼みがある」

代わって慶四郎が沈黙を破った。

「郡上吟味の動向を探ってくれ。敵の狙いがわかれば有利になる」

「では、あっしは郡上にご一緒できないので」

「お前を死なせては往診を待つおそめ婆どのに申し訳ないからな。それに奴らの狙いはどうやら拙者だけのようだ。幾人も地獄に叩き込んできたから、恨まれるのも無理はないが」

慶四郎の頬が深い皺を刻んで歪んだ。すでに町奉行所での吟味が始まっている以上、良仙の出る幕はない。そして住居を知られている以上、殺すつもりだったのならこれまでにも機会はいくらでもあったはずと理解し、良仙は深く頭を下げた。

「わかりやした。あっしの持っている伝手の全部を使って調べてみまさあ。何かわかり次第、貞吉さんに走ってもらいやす」

酒井忠寄の駕籠に訴えた六人の内、貞吉だけは自身の田畑を持たぬ零細農夫だからと解放されていた。身の自由と安全を得た安堵と、同様に命を懸けたにもかかわらず仲間から外された屈辱と怒りに引き裂かれてしばらくは身を持て余していたが、やがて気持ちを切り替えて関と江戸との連絡役として定期的に往復するようになっていた。

「前にも言ったが、これは戦だ」

良仙を抱える慶四郎の腕に力が入った。

「金森頼錦に心底断念させて隠居に追い込むか、あるいは金森家を潰すまで終わるまい。吟味の行方が勝敗を左右する。頼んだぞ」

五

中山道を西に進み、慶四郎は再び郡上の地を訪れた。

初めて訪れた晩秋の際と同様、周囲の山々は白く雪を頂いていたが、麓には色彩が溢れていた。草木に新芽が萌え、川は空を映してどこまでも青い。そして街道脇や川べり、山の端のいたるところに花が咲いていた。眩い黄色の芥子菜油菜、雪にまがうほど白い辛夷《こぶし》や木瓜《ぼけ》、木蓮や菫の鮮やかな紫が緑葉の間で揺れる。

なにより目を引いたのは桜だった。

郡上八幡城南東麓、吉田川対岸の愛宕神社の周囲には数百と植えられた白や薄紅の山桜が見渡す限りに咲き誇っていた。旅の途中、至る所で桜を見てきた慶四郎も、零れんばかりに咲き誇る桜の美しさに愛宕神社に足を踏み入れた。

「朝日に匂う山桜花、か。いみじだな」

山から吹き抜ける風は冬の名残を帯びていたが、花びらを散らす厳しさはなく、艶やかに楚々とした花びらが慶四郎の頭上で静かに揺れる。行く手に目を向ければ丘の斜面に咲いた桜が雲か霞のようにたなびき、一面を春色に染めていた。

だが、通り過ぎていく子供たちの声に、仲睦まじい家族の姿を見る度に慶四郎の胸が痛みを覚えた。かつて父母や妹と共に過ごした勝浦での日々が、脳裏にとりとめもなく浮かんで消える。懐かしい声が耳朶に響くのに、どれほど見回しても、捜し求める人の姿はどこにも見当たらなかった。

「未練だな」

大きく首を振って息をつくと、長い冬の終わりを祝うかのように花よりもなお顔をほころばせながら歩く人々の間を、慶四郎は足早に歩いた。

刺客が名を挙げた生駒屋はすぐに見つかった。屋根看板を大きく目立つ位置に掲げ、太い柱を惜しげもなく遣って間口を広く作った大店である。

愛宕神社から橋を渡って北へ、職人町を抜けた市街の端にあって、船着場にも馬喰の溜まり場にも近い。商人を始め遠来の多様な者たちが往来しており、薄汚れた浪人が出入りしたとしても目立たぬ地にあった。

ただ、しばらく眺めていても、鼠顔の男はもちろん血の匂いを漂わせた浪人が出入りしている様子も無ければ、荒らげた声も聞こえてこなかった。水を撒いたり掃除をする丁稚らの動きはきびきびとして表情にも暗さや警戒は見えず、地味な着物に前掛けを細いしごき帯で締めた女中らも出入りの菜売に裏口で愚痴をこぼすでもない。

「ええ、人相の悪いご浪人衆なら長いこと大勢お泊りでしたよ」

女中を呼び留めて尋ねると、丸髷と四角い顔を大きく揺らして女中は頷いた。

「多いときで二十人くらい、少ないと五人くらいな日もありましたかね。顔ぶれも日替わりで、何度も見るのもいれば、二度と見なかった方もありましたか」

「兵衛という名に聞き覚えはないか」

「あります、ありますとも」

女中は途端に渋柿でもかじったように顔の造作を中心に集めて肩を震わせた。

「一番威張っていた奴で、何かあればすぐ怒鳴るんですよ。茶が糞ぬるい、飯が糞まずい、お前の顔も糞まずいって、もう言いたい放題で」

「なんでも糞か」

「ええ、だからあたしらはそいつのことを糞兵衛って呼んでました」

不意に糞がとの叫びと共に中秋の晩に鬼岩でぶつけられた強烈な殺気が慶四郎の脳裏に蘇った。あるいは最後に闇に消えた男が、糞兵衛なのかもしれない。

女中の言うように荒くれ浪人を束ねていたならば、実力が伴わなければ務まらない。江戸で襲ってきた刺客と同等、あるいはそれ以上の腕前なのだろう。

「それに何が嫌って」

女中は口に飛び込んだ虫でも吐き出すかのように早口に言葉を続けた。

「口汚いだけじゃなくて、ひたっすらに呑み続けるんですよ。それこそ宵の口から丑三つ時、時には朝まで。騒いだり、暴れたり、あたしらに酌しろとか、お尻を触ったりはしないし、むしろ他のご浪人衆が声を荒らげると、うるさいって黙らせたり、呑み方はきれいでしたよ。でもね、目刺か焼いた油揚を肴にして、ひとりで黙ってちびちび、延々と呑んだ挙げ句に、あたしらが寝ててもお構いなしで、もう一本って呼ぶんです。もう火を落としてしまいましたって断っても、燗もいらんって。一度、皮肉のつもりで言ったことがあるんです。お酒、お強いんですねって。そしたら酔えぬだけだ、ですって。そんな人もいるんですね」

「ああ、いるな」

驚きを表に出さぬよう全身の力を使って慶四郎は小さく頷いた。

「それで一番恐ろしかったのが、珍しく早くつぶれた日にちろりやら皿やら片付けようとしたらぱっと起きて、刀引き寄せてにらみつけられたことがあったんです。あたしゃ斬られると思って後ろ向きにひっくり返ったもんで、抱えていた皿から何から割っちまいましたよ。そしたら糞兵衛の奴、目を熾の埋火みたいに暗く光らせた幽霊みたいな顔をして、驚かすな、ですよ。死ぬほど魂消たのはあたしの方だっていうのに。いや、あれは人殺しの凶状持ちに違いないですね。どちらにしてもまともな人間じゃ……ない……」

不意に女中は顔色を変えて後ずさった。

「どうかしたか」

「だって、その目、同じ……」

慶四郎は大きく咳払いして、首を振った。

「勘違いするな。確かに拙者も浪人。糞兵衛らと同類かもしれんが、一味などではない。今、奴らがここにいるかを知りたいだけだ」

慶四郎の口調や表情か、あるいは懐から出してそのまま投げ渡した財布が疑いを解いたのか、自らに言い聞かせるように何事か呟いた女中は小粒銀を一枚取ると落ち着きを取り戻した様子で首を振った。

「今はいないですよ。年の瀬に他のご浪人衆と一緒にふいといなくなりました。江戸へ行くような、また来るようなことも言ってましたが、それきりまったく音沙汰なしですね」

「江戸だと」

疑念と後悔が苦く、慶四郎の喉を流れ落ちた。

「では、糞兵衛らに会いに来た者はなかったか。金森家の役人か、他の武士で。あるいは名前を出したのを聞いていたりはしなかったか」

「さて、どうだったでしょ」

女中は考え込んだ末に、首を振った。

「糞兵衛も他のご浪人衆も入れ替わり立ち替わりでしたからね。名前はいろいろ出てましたけど、それが誰かまでは。でも、金森様のお役人の方々が会いに来たなんてことは一度もなかったですよ。しょっぴいてくれないかと願ってたくらいでしたから」

「左様か」

慶四郎は唇を引き結んで深く息を吐いた。

刺客の言葉に乗って生駒屋に来たのも、あえて中山道を通ったのも、罠と承知で、むしろ罠ごと踏み破って片付けるつもりだったからだが、罠も無く、糞兵衛はおろか浪人らが皆不在であれば手がかりを失ったことになる。生駒屋をしばらく観察して予測していたことではあったが、郡上にまで来たことは徒労に終わったのかも知れず、あるいはまんまと江戸から遠ざけられたのかも知れなかった。

だが、江戸では吟味の最中であり、村方衆の証人を斬らずとも人目につくこと自体が糞兵衛らにとって不利益となるはずである。本当に江戸にいるのなら、別の目的があるのかもしれない。

思考を巡らせていたために、慶四郎は騒ぎに気付くのが遅れた。視線を上げると女中が不安げに左右を見回しており、太鼓や竹法螺、地鳴りのような響きが間近に近づきつつある。大通りを見やると転がるようにして脇に寄り、身を泳がせて南へと急ぎ走る者が幾人もあった。

「大変だ」

天秤棒を胸に抱えた菜売が叫びながら駆け込んだ。

「村方衆が千も二千もやって来るぜ。こいつは一騒動ありそうだ」

「なんてこった。太平次さんのことがあってから、こんなことになるんじゃないかって、あたしゃ気を揉んでたんだよ。とりあえず、中へ入って。お武家様も、早く。さあ」

慶四郎は菜売とともに裏口から店内に引き込まれた。奉公人総出で戸口を締め、大戸を下ろし、心張り棒までかけた暗い店内で誰もが息を潜めた。

「一体何事だ」

「村方衆が抗議しに来たんですよ」

慶四郎の問いに、菜売がささやき声で答えた。

「だが、郡上の村方衆は大半が寝てしまったと聞いたが」

「お詳しいですね。でもそれは駕籠訴前の話で」

菜売は声を潜めたままま くし立てた。

「駕籠訴の後、美濃郡代様は江戸に呼び出されるわ、越訴した願主たちが処罰されねえとなれば、誰が見てもご公儀は村方びいきでございましょう。そしたら、わしらは承知者でございと斜に構えて嗤ってた連中が詫びを入れて抗議側についたってわけで。今は金森様と張り合うどころか、凌ぐような勢いになっておりますよ」

「なるほどな」

慶四郎は小さく呟いて頷いた。

江戸では吟味が進んでおらず手詰まりと見られていたが、郡上の村方からすればすぐに処罰されなかった事自体が優位の証となる。今もって結果が出ていない以上、勝訴もありうると希望を抱くのも当然と言えた。

「では太平次とは村方か」

「いや、太平次の阿兄《あにい》は町方ですね」

金森頼錦は城下の商工業者にも冥加金を度々課して町方にも毛嫌いされており、その急先鋒が太平次である。魚屋の太平次は客が来ると村方衆に同心するかと問い、同心すると答えれば大喜びで奮発し、しないと答えれば手前に売る魚はねえと長包丁ちらつかせて凄んだ。

これが遠くの出来事ならちょっとした話題で済んでいただろうが、城下町目貫通りで全身の彫り物を見せびらかすように肌脱ぎで行商する名物男である。よほどに目障りだったのか、旅の商人を家に泊める届け出に不備があったとの、言いがかりのような罪状で先日投獄されたばかりだった。

「思いの外、追い込まれているようだな」

慶四郎は顎を撫でて頷いた。いかに大名、領主といえど領民を投獄するにはそれなりの大義名分が必要である。金森頼錦は以前から反対する村方を拘束入牢させるなど高圧的に対処していたが、ほしいままに拘束したと公儀に知られれば問題となる。まして江戸で吟味が行われている最中であれば、公儀への挑発とも解されかねない。

なにより村方衆が大挙して押し寄せて来たならば、見せしめにも警告にもならず、むしろ火に油を注いだことになる。

「もう、無茶苦茶ですよ」女中が溜め込んだ思いと共に大きく息をついた。「こんなことが続いちゃ、旅の人だって怖がって近寄らなくなる。商売あがったりだ。ほんとにもう忌々しい、お上も村方衆もいい加減にしてもらいたいもんだ」

「おや、お前さんは村方衆が悪いってのかい」

「そんなことは言ってませんよ」女中は口を挟んだ下男に向き直った。「お店は冥加金だのなんだの搾り取られてあたしらの給金だって滞ってるんだ。足を踏んでる方が悪いに決まってる。でも、やりようってもんがあるでしょうに」

「村方衆は引いたら死んじまわあな。やりようなんざ気にかけてる場合じゃねえべ」

「いるんだよ、物わかりの良い体で大きな悪事を見逃して、弱い方の言い方やら態度やらをあげつらう人が。一体どれだけひどい目にあったら、目が覚めるのかね」

「何言ってんのさ、あたしはただ――」

「静かにおし、お店が打ち壊しにあったらどうすんだい」

「二階を借りるぞ」

声を潜めながらも言い争う店の者らに言い捨てて、慶四郎は階段を上った。

厚い大木戸を通しても響いていた声は、部屋の障子窓を開けるや、のけぞるほどに大きく押寄せた。菜売の言うほどの数はいないように見えたが、それでも通りの北側は延々と村方衆で埋まっており、太鼓の響きに合わせて太平次を返せ、悪政を許すなと繰り返し声を揃えて行進してくる。沿道の他の店は生駒屋のように大戸を下ろしていたが、二階からは見物しながら声援を送る者もあった。

村方衆の先頭には惣次郎の姿があった。堂々たる体軀は精悍さを増し、見上げるような貫禄さえついている。そして村方衆は生駒屋を過ぎたところで立ち止まった。惣次郎の合図とともに太鼓が止まり、街路を埋めた村方衆が水を打ったように静まり返る。門の外で訪いし、惣次郎と幾人かが筋向いの大きな屋敷に入っていった。

「ありゃ町名主の家ですわ」

慶四郎に続いて上がってきた菜売が言った。

多くの家中は公儀の法に準拠しており、釈放を願うには当人の親族だけでなく、後見人として住まう家の大家や町名主が同行して出向くことが求められる。惣次郎は町名主に働きかけに来たのだろう。

静寂の中、二階の慶四郎からは声までは聞き取れないものの交渉の様子はよく見えた。惣次郎は頭を下げて願い出ていたが、老齢の町名主は皺だらけの顔を真っ赤にして首を横に振っている。これほどの人数が門の外に集まりながらなおも承諾しないとは豪胆なのか、よほどに腹を立てているのかはわからないが、苛立たしげに杖の先を足元に幾度も打ちつけていた。

不意に拒絶を示すように大きく横に振った杖の先が惣次郎の腕を打った。意図した打撃か偶然かは慶四郎にもわからなかったが、惣次郎の脇に控えていた若い村方衆が撃発し町名主に襲いかかった。杖を奪うや、そのまま鍬でも振るうように町名主を打ち据える。

鈍い打撃音と短く激しい悲鳴を聞いて路上の村方衆がざわつきだしたが、すぐに惣次郎が間に入って若い村方衆を引き離した。頭を下げて辞去すると、大通りに出て皆に村に戻るように命じる。交渉が不首尾に終わったことが不満なのか村方衆は渋ってはいたが、重ねて惣次郎に命じられると太鼓も掛け声もないままに来た道を引き返して行った。

「まっとうなやり方を貫くか。惣次郎らしいな」

慶四郎は呟きとともに笑みをもらしたが、まるで聞こえでもしたかのように惣次郎が不意に生駒屋を見上げた。視線が合うや惣次郎は目を瞠り、慶四郎に向かって幾度も頭を下げる。

「お武家様とは、お知り合いなんですか」

「腐れ縁でな」

驚く菜売の傍らを抜けて慶四郎は階下へ降りた。村方が引き返したことを告げて大戸を開けさせると、埃の舞い立つ大通りに足を踏み出した。

「お久しぶりでございます」

惣次郎は瞳を潤ませ、深く頭を下げた。


近隣で酒肴を買い求め、惣次郎は慶四郎を川辺に誘った。大ぶりな石に慶四郎を座らせて酒を注ぎ、手際よく火を熾すと串に刺した岩魚を焼き始める。

そしてあの日、駕籠訴が行われて免許状を願主らに渡すと、その足で江戸を発ったと語り始めた。

関へ馳せ戻って仔細を伝えると、郡上へ広めることは他の者達に任せたが、押込にされているなつとまきの安否を確認したい思いが膨れ上がって抑えようがない。国境と村々の番小屋を避ける方策を練り、あるいは強引に押し破ろうかとさえ思い詰めたところで、江戸屋敷から解放されて関に戻った願主らが、惣次郎の捕縛命令も取り消されたと告げた。

半信半疑ながらも、帰りたい気持ちはすでに淵と積もっている。皆とともに郡上へ戻り、境の番所では逃げるか、戦うかと息を潜めていたが、他の者達と共に止められることさえなく通されると惣次郎は川沿いを駆けに駆けた。そして、やはり解放された妻と妹との再会を果たす。

やがて時満ちて、なつは元気な女の子を産んだ。

「おきよ、と名付けましただ」

焼け具合を確かめる惣次郎は不意に目を瞬かせ、拳でこすった。

牛込御箪笥町の別邸に囚われていた村方衆は全員解放されたが、その中に清右衛門の姿は無かった。出頭するや惣次郎の行方を厳しく問い詰められ、冷水を浴びせられても割れた竹で打たれても口を開かなかったが、数日と経たぬうちに高熱と衰弱に倒れ、治療も受けられないままに牢死していた。

「清右衛門どんの息子さんが、ある夜、表戸を叩いて、『およし、今帰ったでぇ』と呼ばわる声を聞いたそうです。それでおよし坊が、じんじが帰ってきたと駆け寄って戸を開けたけんども、そこには誰もおらんかったと。しばらくして牢死の報せが入ったそうでございます。どうやらおらの夢枕に立ったのと同じ日のことだったようで」

「そうか」

慶四郎はなみなみと酒を注いだ杯を掲げ、そのまま青空に酒を投じた。放物線を描いて広がった酒が石の上に雫となって広がり、涙のように流れ落ちる。惣次郎は瞳に炎を映して言葉を続けた。

「清右衛門どんは本を沢山読んでおられましたが、出羽国の安藤昌益というお方とは文を交わして弟子のように色々と教わっておったそうです。『王、将、侯、士、僧、上に立て不耕貪食し、天道を盗む。是れ盗の根なり。履を冠にして笠をはく逆言、大罪の極みなり』との一文が壁に張ってありましただ。おらも何冊か借りては読み進めております。おらは『左伝』の『悪を見ること、農夫の務めて草を去るが如くす』と、『國語』の『善に従うは登るが如く、悪に従うは崩るが如し』が好きでございます」

「そして清右衛門の遺志を継ぐか。どうやら、お前は『成人』となったようだな」

首を傾げる惣次郎に慶四郎は言葉を続けた。

「『論語』はまだ読んでおらぬようだな。この場で講釈するのは容易いが、自ら学ぶ喜びを奪うことになる。これから読むといい。憲問篇だ」

申し訳無さそうに頭を下げる惣次郎に慶四郎は話題を変えた。

「だが、村方衆の抗議はうまくいっているようだな」

「ありがたいことでございます」

惣次郎は、だが煙の向こうで重い息を吐いた。

「今だから言えることでございますが、皆、死ぬつもりでおったのです。勝ち目はなくとも、駕籠訴をして六人が死ねば御公儀も何かが起きていると気付いてくれる、気付かねば怨霊となって祟ってやろうというのが本当のところでございました」

「それで得心がいった。指腹であったか」

喧嘩両成敗は武家では古くから行われてきた処罰法である。一方的に喧嘩をふっかけられた側も同様に罰せられる理非を無視した強引な処罰ではあったが、気が荒く、軽くぶつかっただけでも斬り合いに及ぶのが当たり前の時代においては浅慮な行動を思いとどまらせるに有効な策でもあった。

そして太平の世となって文治が進んだ後も喧嘩両成敗の法は残り続けた。地位や権力を笠に着ての搾取や無理強い、いじめが無くなることはなかったからである。

遺恨を晴らさんと刃傷沙汰に及び、相手の死に納得して腹を切ることもあれば、遺書で名指しして自ら先に腹を切ることもある。指腹と呼ばれ、ときには書状と共に切腹に遣った刃を相手方に送り、死を迫った。

乱心として一蹴されたり、家中法度によって禁止されることもあったが、命を奪ったものは命をもって償うべしとの観念が武士にはある。また赤穂浪士による討入が称賛され、浄瑠璃、歌舞伎の演目となって久しく、争いごとの一方のみが死に、もう一方が咎めなしで生きながらえることを道理に合わぬと断じる者は多い。たとえ領民相手であっても金森家が厳しい非難を受けるであろうことは予想に難くなかった。

「ならば、お前は片岡源五右衛門の役どころであったのだな」

「でございましょうか」惣次郎は苦笑を浮かべた。「まあ、そうならなんだことに安堵しておりますが、ともあれ、あの頃は心底思い詰めておったのでございます」

だが、まったく思いもよらぬことに誰ひとり死ぬことなく訴状が受け取られて吟味が始まった。そのうちに願主五人は宿預かりに変わり、江戸での生活費を工面し、送金する手筈を整えねばならなくなった。

戸惑い、迷うよりもまず、降って湧いたような変化に対応すべく忙殺されたが、駕籠訴の成功を知った郡上の村方の反応の大きさ激しさは惣次郎らの想像を超えていた。江戸から戻った願主らの家には村方が連日列をなして話を聞きたがり、これまで静観していた者や脱盟していた者さえ参加を申し出る。

そして後ろめたさか、あるいは強硬な弾圧で抑えつけられていたために反発や敵意が更に深まったのか村方衆は過剰なまでに熱心に動き、日々の抗議活動はこれまでないほどに発展した。上之保筋では番小屋の武家奴を追い出したばかりか、吟味の役人を村に入れず、年貢の不納さえ成し遂げる。遂には寄せてきた足軽さえも追い返していた。

「米俵が土間に山と積まれているなんぞ、これまでは年貢を納めるまでのほんの数日のことでございました。それが今は朝になってもまだあるし、陽が沈んでもまだある。おらたちが作った米を、おらたちが日々食うことが、これほど嬉しいことだとは思いもよりませんでした。お武家様方は年貢は殿のため、国のために遣われると言いんさりますが、お武家様方の顔を見ずとも、何もしてくれなくても、おらたちは何も困らねえ。年貢とは結局、お武家様方が楽して暮らすためのものだと思い知りましただ」

収穫の少ない郡上の村方にとって米とは年貢として納めるものであり、自分たちが食べるのは麦や粟などの雑穀ばかりである。税を納めないと決めた者でも米に手を出すことには抵抗を感じていたが、一度炊いて食べてしまえば自分たちが作った米をどうしてこれまで食べられなかったのかと怒りが更に募った。

もちろん江戸の願主らの宿代や関の連絡所の維持などに充てるため、一揆に参加する者は運営費を出さねばならなかったが、年貢に比べればたかが知れている。そして何のためにどれだけが遣われているかが明らかであり、自分たちの生活を良くするために遣われていると実感できた。なにより参加者数が大勢となったが故にひとり当たりの拠出額を減らすことができ、田畑の耕作のために交代で抗議から離れることさえできるようになっていた。

「良いこと尽くめで順調のようだが、その割に浮かぬ様子だな」

「なかなか良いことばかり、とはいかぬもので」

惣次郎は枝を折って焚べた。火が爆ぜる中、額や口許に深い皺を刻んだまま深く息をついた。

「多くの村方衆が我が身のことだと熱心に考え、取り組んでくれるのは良いことでございます。ただ、どうにも熱心になりすぎる者が出てきまして」

これまでも村方衆は抵抗を諦めた者を寝者と呼んでいたが攻撃したことはなかった。それが今では挨拶しない、口をきかない、村の祭りや行事にも参加させないなど日常生活にも対立が及んでいた。とりわけ過激な者は意味も目的も知ろうとせずに貧しさが引き起こす不満を晴らそうと暴れ、寝者とされた者の家に集団で押しかけて持て成しや詫び証文を強要したり、乱暴することさえもある。惣次郎らのやり方を手ぬるいと批判する者も増えてきていた。

「何のために、誰のためにしていることなのか。それは誇れることなのか。己の腹の中をじっくり覗き込んで勘考してみろと常々言って聞かせておるのですが、なかなか……」

「先程も町名主に殴りかかった男があったな」

「甚兵衛も話せばわかってくれるのですが、抑えることを知らぬのがどうにも」

惣次郎は大きく首を振って言葉を続けた。

「おらたち村方が米や作物を作るとは季節の巡りに従い、お天道様や雨風雪はどれだけ理不尽でも従うのみだと知ることでございます。それゆえ村方は仕方ねえの一言で諦め、苦難に耐え忍ぶことに馴れておるのです。ところが、一度箍が外れてしまうと利や欲、恐れや腹立ちに任せて、とことんまでやっちまうことも珍しくありません。もっともおらも人のことは言えませんで、とても清右衛門どんのようにはいきません。それもあって学問をしてみようと思い立ったわけで。さあ、焼けましただ。何もできませんが、せめてお食べになってくださいまし」

惣次郎は色よく焼き目のついた岩魚を差し出した。

季節が早いため若く小ぶりながら、その分、身が締まって骨まで嚙み切れるほどに柔らかい。なにより物心ついた頃から小腹がすけば川に入り、獲った魚を焼いてきた惣次郎の火加減は名人芸の域に達している。皮は香ばしく身は口の中でほどけるように柔らかで、塩が一振りされているだけながら嚙むほどに旨味が溢れ出た。

「これは、またなんともいみじだな」

日差しは穏やかで暖かく、むしろ焚火の熱で汗ばむほどだが、時折川を渡って吹き抜ける風が火照った頬に心地良い。長良川の清流も城下の辺りでは川幅広く、何十年何百年と川の流れに磨かれ角の取れた石を包んで、流れる水音が柔らかくまろやかに絶え間なく響く。目を転じれば若葉の中に色とりどりの花がそこかしこに咲き誇り、蝶や蜂が飛び交っていた。

「それから、是非ともこいつを呑んでいただかにゃなりません。あいの骨酒でございますだ」

惣次郎は続けて板に載せた笹船を差し出した。大ぶりの隈笹の緑葉を舟形に編み、火の傍らに置いてなみなみと満たした酒を温めたものである。笹船の中央には焼干にされた鮎が泳ぐような格好で置かれていた。

板ごと受け取った慶四郎は笹船に唇をつけて静かに傾けた。程よく温まった酒には爽やかな笹の香りに加えて一冬かけてじっくりと凝縮された鮎の旨味が溶け出し、滋味と野趣に溢れた極上の汁物となっている。喉を鳴らして呑み込むと口から、喉から、胃から味わいが染み渡って全身に広がり、陶然とした吐息が口からこぼれ出た。

だが、慶四郎は右手指で足下の大石を払い、砂を付けた指を口に運んだ。歯を軋ませる苦い砂粒に盛大にしかめた顔を大きく震わせた。

「お口に合いませんでしたか。あたたすぎましたやろか」

「そうではない。いみじに過ぎるのだ」

想像さえしなかった反応に驚き慌てる惣次郎に慶四郎は答えた。

「武士とは常に節度を保たねばならぬ。昂らず、沈まず、怒らず、惑わず、喜ばず、悲しまず、今この時にも襲いかかる敵に刀を抜き合わせられるよう、常に平静を保って備えねばならぬのだ。もちろん美味いものを口にするのは拙者にとっても喜びだ。だが、いみじとさえ言えぬほど心奪われれば隙となる。ならばこそ己への戒めとして砂で喜びを断ち切った。これは幼い頃から叩き込まれた掟ながら、時には窮屈に思わぬこともないわけではない。とりわけ、このような持て成しを受けてはな」

慶四郎は改めて笹船に向き合い、鮎の骨酒を口に運んだ。隈笹の香りが野放図に溢れ出す旨味を引き締めて心地よい緊張をもたらし、酒漬しになった鮎を一嚙みすれば舌の上でほろりと崩れて凝縮した風味が広がり、吸い込んだ息とともに鼻から喉の奥にまでいっぱいに膨らむ。

十分に覚悟してなお、口に運ぶたび、喉に流し込むたびに体が欲していた。自らの呼気さえ芳しく、眠気すら覚えるほどに緊張がほぐれて、もっともっとと旨味に溺れそうになる。一息に呑み干さぬように手を抑えるには、苦い砂を舐めてなお万鈞を持ち上げるほどに心身を引き締めねばならなかった。

「ここでは、せめておらの前では気を抜いてくだせえ。しっかりと見張っておりますで」

「それはできぬ。いや、悪気がないのはわかっている。親切で勧めてくれているのだとな。だが、それは拙者の性分ではない」

慶四郎は川面に視線を向け、小さく息をついた。

「拙者が父の仇を追っていたことは知っておるな。そちらは決着がついたが、その間に主家は取り潰され、母と妹は行方知れずとなった。今は二人を捜しておる。二人とも勝浦から出たことがなく、親類縁者や知り合いなども多くはないのだが、誰も行方を知らぬ。あるいは拙者を捜して江戸に出たか、上方に向かったかと尋ね歩いておるが、杳として見つからぬ。あるいはもう、この世にはおらぬのかもしれぬ。拙者に仕官の口を用意すると言ってくれた友もある。だが、それを拒絶してでも捜さずにはおれぬのだ」

「血を分けた実の妹と母上様なら当然でございましょう。ご立派だと思いますだ」

「いや、違う。立派なのではない」

慶四郎は大きく首を振った。

「拙者は、他の生き方を知らぬのだ。六つの頃より父の仇を討つため剣術の稽古に明け暮れ、仇を捜して歩き回ってきた。最初の数年は首尾よく仇を討ち果たし、主家に帰参して代々の役目を継ぐと望んだこともあったが、いつしか忠義も人としての当たり前の生き方さえも忘れてしまった。今や家と呼べる場所も家族も無い。残ったのはこの刀だけ。それが拙者だ。拙者はどこかに落ち着くことも、お前のように妻子と共に暮らすこともできぬ。だが、ならばこそ、何処で野垂れ死ぬとしても最後まで武士でありたいと願うのだ」

笹船を傾けて最後の一滴まで呑み干すと、慶四郎は鮎の干物を摘んで口へと運んだ。酒で戻されてなお硬い身を骨ごと嚙み砕き、胃の腑へと納めた。

「だとしてもおらは、奥津様は立派なお方だと思いますだ」

惣次郎は表情を改めて頷き、慶四郎に新たな酒を瓢簞ごと手渡した。

「清右衛門どんが以前言うておりました。『人間、口ではなんとでも言える。だが、やることは噓を吐かねえ』と。奥津様は見ず知らずの五郎八どんの末期の望みを叶えてくださった。思い詰めて死のうとさえしたおなつを諫め、おらを守って江戸へ連れて行ってくださった。駕籠訴の手筈まで整えてくださった。そんなこと、誰がしてくれましょう。どれだけ感謝してもしたりねえほど感謝しておりますだ。今夜はぜひ、おらが家にお泊りくだせえ。それなら斬りかかってくる者もありませんから、せめて酔いつぶれるまで呑んでくださいまし」

「申し出はありがたいが、拙者は郡上に人を斬りに来たのでな」

不意に遠くから惣次郎を呼ぶ声があった。農夫がひとり、城下の方から呼ばわりながら走りきた。

「なんだ、何かあったか」

「すぐに来てくんろ」男は息を切らして言った。「甚兵衛どんがお役人に捕らえられただよ」

顔色を変えて立ち上がる惣次郎に、男は言葉を続けた。

「甚兵衛どんは何もしてねえ。縄のれんで酒呑んでただけだ。ちょっと声は大きかったけんど、暴れたり、金払いを渋ったわけでもねえ。呑んでただけで突然お縄にされただよ。名主に乱暴を働くとは不届千万だって」

「あの名主が訴えでたか。わかった、とにかく奉行所に掛け合いに行くべ」

先に家で待つよう告げ、惣次郎は他の村方衆とともに奉行所へと走った。慶四郎は酒を全て呑み干して草鞋を蹴り上げた。落ちた草鞋は二転して裏向きに城下を向く。慶四郎は惣次郎らが向かった先へ、城下へと向かった。

郡上八幡城は戦国の威風を残した山城であり、平素の政は麓に置かれた政庁で行われている。奉行所はその並びにあったが、その更に手前、城下でもっとも人々が行き交う橋のたもとに人だかりができていた。

「おい、ありゃ太平次さんだぜ」

「気の毒に、いったい何をしたっていうんだ」

六尺棒を構えた役人の視線を恐れてか人々は声を潜め、置かれたものをちらと見やると、視線を伏せてすぐに立ち去っていく。慶四郎の前もすぐに開いて、人々が見たものを間近で目の当たりにした。

首がふたつ並んでいた。

喉元まで刺青の入った首は上向き加減に首を伸ばして最後までにらむように瞳を見開いたまま据えられており、もうひとつは泣き叫んで身をよじったのか、斬り口が乱れ表情も歪んでいる。いずれも斬られたばかりらしく赤黒い血がなおも滴り落ちているものを、南にある穀見野刑場ではなく、人通りの多い橋のたもとに台を設えて晒しものにしていた。

慶四郎は傍らに立てられた高札に向き直った。江戸の小塚原刑場や東海道の脇にも重罪人の首は頻繁に並ぶが、盗みにせよ殺しにせよ、罪状は事細かに書かれるのが常である。だが、眼の前の高札には太平次、甚兵衛の名と、世を騒がせたる罪、とだけしかない。逆らえば殺すとの強硬な意思が余白に見て取れた。

「甚兵衛」

慶四郎が脇を見やると奉行所から戻ってきた惣次郎がわなないていた。

「何故でございますだ。何故打首にされねばならんのです。いったい、どんな罪科があって——

——」

惣次郎に付き従う村方衆が口々に問いかけ、詰め寄るが役人は薄ら笑いを浮かべて六尺棒を大きく払った。

「答えるまでもない。かの者たちの罪は、お前たちがよく知っておるはずだ」

「金森頼錦に伝えよ」

進み出た慶四郎はふたつの首を片拝みにして役人に向き直った。

「いずれ貴様は今日この日のことを必ず悔恨を込めて思い出すとな。異議あらば奥津慶四郎まで言いに来い。しばらくはこの郡上におる。それにしても政に携わる者が法をないがしろにしてほしいままに民を害するとは、この上なく汚し」


その夜、慶四郎は惣次郎の家に泊まった。かねてから命を狙われ、役人に啖呵を切ったことで近くにいるだけで危険だと繰り返し説明しても惣次郎はまったく聞き入れない。

「おらは大恩ある人を野原や他の家に寝泊まりさせたくねえだけのこと。なんなら奥津様の腹に拳骨を一発食らわして、酒ぶっかけて運んでもようございますよ」

「これはまた嫌われたものだな」

慶四郎は苦笑したが、滞在するならば寝場所が必要になり、抗議の中心である上之保筋からは以前見かけた村ごとの番小屋の武家奴さえ追い出されている。慶四郎は粘り強く誘い続ける惣次郎の言葉に従うことにした。

鶴来村の建て直された家へ迎え入れると、惣次郎は改めて慶四郎を家族に引き合わせた。

「これは奥津様。まあ、ようきちょくんなさいました」

子を産み、妻として母として忙しくしているはずだが、なつは未だ嫁いだ頃と変わらず若々しく、むしろしっとりと肉付きがよくなって女ぶりが上がっていた。小さな搔い巻きにくるまれた娘のきよは、なつ譲りの大きく澄んだ瞳をじっと慶四郎に向けてくる。

「以前はおらそっくりだと、見る人みんなが言うたものですが」

惣次郎は憮然としたが、口調にも視線にも情愛が溢れ出てやまない。娘の頰をつつく顔は、昼間とは別人のように穏やかになっていた。

「まずはささをめしませ」

慶四郎が囲炉裏の上座に座るのを待たずして酒の膳が運ばれ、その向こうから幼い娘が笑顔をみせていた。

「まきでございます。ようおんさりまして（よくおいでくださいました）」

丁寧に手を突いて頭を下げたまきは顔を上げると、以前と同じようにつくしの佃煮、刻んで炊いた蕗の味噌和え、こごみの和え物と膳に並んだ料理をひとつずつ解説を始めた。

慶四郎は順に箸をつけたが、どの料理も小指の先ほど含んだだけで土と緑の香りが口いっぱいに広がる。何より以前に無かった塩味が味を際立たせ、春の山野草にしかない歯触りと濃厚な味わいが嚙みしめるほどに胸を吹き抜けた。

「岩魚が焼けるまでの間、これも食べてみてくりょうし。ねずしでございます」

白い塊の載った小皿をなつが運んできた。一見、白和えのようだが、より細かくすり潰されているのか大根や人参に絡みつくように白く覆っており、口に運ぶ前から強い酸味が立ち昇る。一嚙みすると目の覚めるような薫りと酸味が舌を突き抜けたが、嚙むほどに甘酒にも似た甘みが追いかけてきた。

「豆腐ではのうて麴で漬け込んだ飯で和えたものでございます。それからそちらは杓《しゃく》、山人参とも言うておりますだ」

椀物をよそいに行ったまきに代わって、酒を注ぎながらの惣次郎の説明に慶四郎も箸を動かした。

「いみじだな。酒がすすむ」

おひたしにされた杓は確かに人参の葉に似て根も色白の人参のようだが、芹の緑風が漂う。まきの運んできた大豆をすりつぶし入れたじんだ汁の具も杓であり、湯気とともに涼やかな薫りが高く立ち昇った。芹と人参を同時に食しているかのような味わいは、長い寒雪に耐えて芽吹き、春の日差しを浴びて伸びゆく景色を思い起こさせた。

「郡上そのものの味だな」

呟きを酒で流し込む慶四郎に重ねて酌みながら惣次郎は頭を下げた。

「何の用意もできんで、申し訳ないことです。明日はまた腕によりをかけて美味しいものを用意しますで」

「いや、なによりの馳走だ」

丁寧に袴も頭も取られて濃い目の味で煮つけられたつくしをすすれば酒が進み、蕗やこごみを口にすれば爽やかな苦みが酒の火照りをさました。

「おら、もっとささをもってくる」

まきは台所から勝手口へと駆けだしたが、扉が弾け開く音に続けて短い悲鳴、素焼きの徳利の割れる音が連鎖した。屋内に逃れようとするまきに人影がふたつ迫る。残照に赤く、振りかざした刃が浮かび上がった。

「待ちやがれ」

まきを摑もうと伸びた男の腕を、土間へ飛び降りた慶四郎が抜き打ちに斬り落とした。さらに踏み込むことも、引くこともできぬ場でつま先を軸に身を翻し、左手で刀の峰を押すようにして頸を落とすと、まきを背中にかばいながら二人目に切先を向ける。

二人目の男は勝手口に留まって視線を忙しく動かしていたが、すぐさま表口からも扉を蹴る音が響いた。押し入る直前にまきに見つけられて、同時に押し入る算段が狂ったのだろう。心張り棒が効いて破れぬものの、更に勢いを増した鈍い音が二度三度と土間に響く。

慶四郎は大きく踏み込んで二人目の男の喉を諸手突きに貫いた。まきを惣次郎に任せると胴を足蹴にし、刀を引き抜いた反動で表口へ跳ぶ。

そして蹴り破られた戸板をかわして下から刃をすくい上げた。踏み入ってきた右足を脛から切断し、均衡を失ってつんのめった男の胸に踵を打ち込んで踏み倒す。慶四郎は戸口の内から睥睨した。

戸の外には続いて乗り込もうとする三人の男が半円形に揃って待ち構えていた。いずれもが抜刀し、彼我の間合はすでに刀の内にある。

「死ねっ」

三方から突き入れられた刃を慶四郎は横に転がってかわした。そして残った戸板を押し滑らせて外へ跳び出る。すかさず大きく払った刃は、戸に挟まれた刀を引き抜くのに手間取る三人の男の胴を続けざまに断ち斬った。

「誰に命じられた」

戸口の内に戻った慶四郎は失った脛を両手で押さえて転がる男を見下ろした。男は歯を食いしばって痛みに耐えていたが、慶四郎が左肩を切先で貫くとこらえきれずに口を開いた。

「用人の、お、大野修理様だ」

「甚兵衛の打首を命じたのも大野様だか」

駆け寄った惣次郎の問いに男は血に染まった眼光を向けた。

「村方風情がいい気になるなよ。大人しく年貢を納めておれば命までは奪られなかったものを」

「子供のいる家を夜盗同然に襲って大言とは、汚し」

慶四郎は男の胸に切先を突き入れた。心臓を貫かれた男の口が開いたまま言葉を止める。

「拙者は死を招く。こうなるから招き入れるなと言うたのだがな」

「そんなことがあらすか。いえ、奥津様がおろうとおるまいと、おらは襲われておりましただ」

惣次郎は震えながらも首を振った。

「今、おらやおなつたちの命があるのは奥津様のおかげ。死を招くなどとんでもねえ、護り神でございます」

「それは買いかぶりすぎだな」慶四郎は首を振った。「だが、お前たちが無事でなによりだ」

右手で胸の守袋を握り締め、惣次郎は左手で震えるなつとまきとを抱き寄せる。母の胸に抱かれたきよは、唾を飛ばして何言かを笑顔で訴えていた。

それ以上何も言葉は出てこなかったが、血振りして刀を納める慶四郎の胸には、久しく感じていなかった温かな思いがにじんでいた。

夜の内に惣次郎の呼びかけで急遽の寄合が招集され、各村の警備は更に強化された。かつて武家奴が詰めていた番所に村方衆が詰めて出入りを監視し、日が暮れてからも見回りを欠かさぬよう通達が回る。

だが、警戒を強めているのは金森家側も同様だった。夜闇を縫って慶四郎は再び城下に出たが、家臣の住まう地域には見張りが立ち、奥まった位置にある大野修理の屋敷には近づくことさえできない。それでも数日かけて惣次郎が江戸から戻った願主や町方の協力者に聞いて回ると、大野修理は駕籠訴後に江戸詰から抜擢されたとわかった。それ以前は江戸屋敷で捕らえられた村方衆の吟味と取りまとめを任されていたらしい。

「よほどに村方衆と縁があるようだな。逆縁かもしれんが」

郡上の蕎麦は江戸の蕎麦とはまた違った野趣がある。慶四郎がこの数日行きつけになった生駒屋近くの蕎麦屋でひとり呟きながら昼飯を取ろうとすると背後を馬が駆け抜けた。乗り手は人々を鞭と怒声で蹴散らし、政庁にまで乗り入れる。そして慶四郎が蕎麦を食べ終わるより早く、陣笠と胴丸で武装し長槍を抱えた一団が門から隊伍を整えて現れた。

慶四郎は銭を置き、北へと向かう足軽の一団の後を追った。そして惣次郎の住まう鶴来村を過ぎ、おなつの実家のある中津屋村も過ぎて更に北へと進む。事情を聴こうにも番所に詰めているはずの村方衆の姿はなく、どの村も静まり返っていた。

北に向かうにつれて山が迫り、厚さを増す黒雲の向こうから春雷が響く。だが、身を揺るがす重低音は天からだけでなく地からも響いていた。この先に大勢が、とてつもない数が集まっているのだと直感して慶四郎は大きく蛇行する川と街道に沿って曲がった。

その先の狭い村に村方衆がいた。

御領との境の封鎖も、町名主の家へ乗り込む集団も見ていたが、今回、慶四郎の眼前に集まっている村方衆は更に多い。狭い村地には収まり切れず、奥の一本杉がそびえる野原から手前の河原にまで溢れ出し、集まった男も女も手に手に鋤鍬や丸木棒を持っている。そして、どの顔にも怒りが浮かんでいた。

足軽らも数千にのぼる村方衆を前に離れた位置で足を留めた。槍の鞘こそ外したものの、二十人程度で乗り込むつもりはさすがにないらしい。慶四郎は足軽の一団に気付かれぬよう山道に入って迂回したが、ここにも村方衆が溢れていた。顔を見合わせた途端に緊張が走ったが、慶四郎のことを見知っていたのか、丁重に村へと案内される。村の中ほどには惣次郎と、かつて関の連絡所で言葉を交わしたことのある年かさの男が並んで立っていた。

「何事だ」

「捕物でございますだ」慶四郎の問いに、萩村の三郎左衛門と紹介された年かさの男が頭を下げた。「わしが家に盗人が入り込んだのでございますじゃ」

抗議に参加する村方衆にも生活がある。とりわけ春は山菜採りだけでなく、田起こし畝立て水路の泥すくいなどやらねばならぬことが山積みで忙しい。番から外れた日には弁当持参で日の出から日暮れまで働き続けるのだが、その日、田に着いてから煙草を忘れたことに気付いた三郎左衛門は、取りに戻って盗人と鉢合わせした。大声上げて隣家に逃げ込み、素早く駆け付けた村の者たちと共に盗人を自宅に閉じ込めると、とにかく一大事との応援要請を各村に回す。そして集まれる者全て集まった結果が三千人だった。

「小盗人ひとり捕まえるには、大仰に過ぎたやもしれませんな」

冷静を取り戻した三郎左衛門も、今となっては苦笑するしかない。

「だが、盗人がどうやって上之保筋に入り込んだ」

萩村は半ば独立状態となって久しい上之保筋の、最も北にある村である。他の村々を越えてこなければ入り込むことはできないが、一本しかない道はもちろん、山も川も回状で更に警戒を増しており、城下から入り込む隙はないはずだった。

「他所の者ではないのです」

慶四郎の問に三郎左衛門は大きく息を吐いた。

「賊は同じ村の久右衛門でございますじゃ」

三郎左衛門は免許状を勝ち取る以前からの村方の指導者のひとりであり、政庁に狙われぬよう表立った動きは控えてきたが、正体を知る者が無いわけではない。惣次郎がそうであり、また江戸に訴え出て捕らえられた者も皆知っていた。

その中に同じく萩村に住まう久右衛門がいた。承知者を自称し、かねてから政庁との対立の早期かつ穏便な終了を望んでいた久右衛門は江戸で解放された際に、検見法を断念する代わりに年貢率を二分五厘増にするとの政庁からの提案を託された。現実的な痛み分けだと久右衛門は引き受けたが、共に江戸から戻った者にも賛成する者は少なく、郡上に戻って説いて回っても賛同は広がらない。何より三郎左衛門が最も痛烈に批判したことから、衆議は拒絶と決まった。

以来、久右衛門は村方衆の動きから離れて積極的に敵対するようになり、強硬な対立を好まない者たちを引き入れて寝者間の繋がりを強化していた。

「考え方や話の合う合わぬはあって当たり前。だども、偏屈な二股膏薬ではありましたが久右衛門とは童の頃より顔つきあわせて共に遊び、悪さもし、好いた女子を巡って張り合った仲でございます。それがかように憎み罵り合い、あげくに盗みに入られるなど情けなく、ほんにお恥ずかしいことでございますじゃ」

「だが、久右衛門ひとりの仕業でもあるまい」

「いえ、忍び込んだのは久右衛門ひとりでございますが」

「ならば、何故に足軽らが城下から出張ってきた。どうやって盗みが失敗したことを知った」慶四郎は待機し続ける足軽らを示して言葉を続けた。「久右衛門の盗みが失敗したことを城下に報せた者がおる。あるいは先日、惣次郎宅を浪人らが襲ったのも、手引きした者があったのやもしれぬ。過剰に襲われれば、報復はさらに過剰になる道理。どうやら郡上の村内での対立は、聞いていたよりも深刻のようだな」

「それは……いえ、まことにおっしゃるとおりでございますじゃ」

胸を突かれたように三郎左衛門は皺を深く刻んで眉根を寄せたが、不意に大きく身を震わせた。慶四郎も風を巻いて首筋に流れ込む冷気に空を見上げると、北から流れてきた黒雲が頭上に重く垂れ込めていた。だが、雨の気配と共に轟く雷鳴を凌ぐほどに大きく、三郎左衛門の家の戸を内側から叩く音が響いた。

「寝者とのこと、郡上の者で決着させねばなりますまい」三郎左衛門は首を振って言った。「されど今は、ごんごろさま（雷）がやってくる前に久右衛門を片付けてしまいましょう。こうなってしまっては郡奉行配下のお役人に引き渡すのが妥当でございましょうな」

「だども、それでは三郎左衛門どんの名が政庁に知られちまう。どたーけめ、今からでもこっそり連れ出して始末しちまえばええ」

腕を摑む惣次郎に三郎左衛門は首を振った。

「いや、わしの名前なんぞ、久右衛門が寝返った時に知られてしもうたはずじゃ。いつまでも隠し果たせられるものではないし、村のもん同士が殺し合うのも見とうない。お役人がわしを捕らえるというなら捕らえればええんじゃ。後のことは惣次郎どんに任せる。帳面は沓脱ぎの下じゃで、いざらかし（どかし）てもってってとくれ」

帳面とは抗議に参加する者の名を村ごとに記した名簿である。政庁に知られてはならない秘中の秘であり、指導者の中でも帳元と呼ばれる者だけが保管していた。

雨は降り始めるや急速に勢いを増した。

三郎左衛門が手を上げてひとつ頷くと、取り囲んでいた村方衆が四方から雨戸を次々に取り外して中に入り込む。そして十数えるのを待たずにふんどしひとつにひん剝かれて荒縄で縛られた久右衛門が、雨しぶきを上げる泥の中に放り出された。

「郡奉行配下の方々でいらっしゃいますだか。盗人めはこれ、このとおりでございます」

雨に打たれながら、三郎左衛門は足軽らの許へと赴いて荒縄ごと久右衛門を引き渡した。

「あとはいかようにもお調べを」

「いや、これでは不十分である」

だが、足軽の長は笠から白く雨粒飛ばして首を振った。

「盗人が身に着けていたもの、所持していたものがあるはず。全てを引き渡すべし」

ならばと三郎左衛門は引き剝がした衣類と共に携えていた匕首を重ねて渡したが、足軽の長はなおも首を横に振った。

「盗人が盗もうとしたものがあるはず。それも持ち帰り吟味する。早々に差し出せ」

雨音を圧して響く言葉に村方衆は色めき立った。

「お言葉ではごぜえますけんど」三郎左衛門はあくまで辞を卑くして言った。「盗人が何を盗もうとしたかは存じませぬが、それが銭であれ、煙管であれ、それはわしの物でございます。盗人の物は盗人の物、わしの物はわしの物。明々白々たることを、あえて複雑にしんさることはありますまい」

「何が明々白々かは政庁が吟味の上で定める。それともお上に楯突くか」

「帳面が、帳面があるはずでございますだ」猿ぐつわを外された久右衛門が叫んだ。「家の中にはございませんでしたが、必ずや三郎左衛門が持っているはず」

「よし、ならば沓脱ぎや手水鉢、木の根に至るまで全て掘り返せ。納屋も隣家も手加減するでないぞ」

足軽の長は腰の刀を引き抜き、槍が一斉に三郎左衛門に向けられた。鋭い刃が雷光を返して、殊更に禍々しく輝く。

「これほどまでにお願いしても、お許しいただけませぬか」

「くどい」

その言葉がきっかけとなった。もともと一大事に備えて集まった村方衆である。政庁の正式な使者であっても真正面から抗戦することにためらいはない。豪雨の中、足下の石を拾うや、三郎左衛門に迫る足軽に向けて次々にぶつけ始めた。

たかが石ながら、大人が本気で投げる石である。陣笠や胴丸越しであっても衝撃は防げず、むき出しの腕や足に当たれば打ち身や骨折さえ免れない。なにより足軽衆は完全に取り囲まれており、二十対三千の差は威圧感を肌で感じられるほどに大きい。

恐慌に駆られたか、足軽らはてんでばらばらの方向に向かって駆け出し、槍を突き出した。鋭い穂先に襲われて村方衆は立ち向かうどころか、あっけなく逃げ崩れる。だが、左右の村方衆が安全な位置から石を投げ続けた。まるで一個の生き物であるかのように、村方衆は逃げると同時に攻撃を重ねた。

「出水だぞ」

突如、川上から叫びが発せられた。

下流では悠々たる大河となる長良川も萩村の辺りでは急蛇行を繰り返して川幅もごく狭い。北のより上流域の降雨が急激で大量だったのか清流は瞬時に濁流となり、水位を急激に増して逆巻いた。

郡上に暮らす村方衆は出水の恐ろしさを何より知っている。叫び声を耳にするや石を投げ出し、足軽らも置き去りにして斜面を駆け上がった。

慶四郎も高台まで駆け上がってから振り返ると、長良川は見る間に姿を変えていた。濁流が川底をえぐって芦原をなぎ倒し、岸辺を浸食して街道までも呑み込んでいく。そして足軽や久右衛門の姿も見えなくなっていた。濁流に呑まれるところを見た者はなく、出水に乗じて撤退したと思われた。

だが、ほんの短い間の小競り合いながら、槍で突かれた者、斬られた者が豪雨の中、次々と戸板に乗せられて三郎左衛門の家へと運び込まれた。

「なんと無法な」

惣次郎は肩を震わせ拳をきつく握り締めた。

村方は鎌や鍬などを持ち合わせてはいるものの、刀や槍に対しては逃げるしかない。死者こそなかったものの怪我人は数十を数えていた。

「許さねえ」

刹那、全天を白く灼き、轟音上げて雷が村はずれの一本杉を直撃した。

葉を茂らせた立木ながら瞬時に水分が蒸発したのか、杉は根本から先端まで、幹も枝も燃え上がり、屹立したまま天に冲せんばかりに炎を噴き上げる。漆黒に渦巻く雲の中を雷光が奔る激しい豪雨の中にあっても火勢は弱まることなく、むしろ闇さえ焼き尽くすかのように渦を巻いて燃え盛った。

「民を殺そうとする領主はもはや領主でねえ、敵だ」

炎を宿した瞳を煌々と輝かせ、雷鳴よりも、業火よりも更に大きな声で惣次郎は天に向かって吼えた。

「許さねえ。この仕打ち、絶対に許さねえぞ」


雷雨の中、政庁への抗議行動への参加を促す回状が郡上を駆け巡った。

翌日には千を越える人数が上之保筋から繰り出して政庁を囲んだが、慶四郎は惣次郎とともに三郎左衛門の家の客となっていた。他にも数名、関の連絡所で以前に見かけた顔が揃っていた。

「惣次郎どんが箱訴すると言うんじゃ」

三郎左衛門はむしろ淡々とした口調で語った。

政庁への抗議行動について話を詰めるのかと思い込んでいた一同は、虚を突かれて惣次郎の顔を見やった。

「金森様のやりよう、もはや一線を越えた。おらは理も法もねえ非道を江戸の将軍様に訴えてえ。金森頼錦を一日でも長く居座らせれば、甚兵衛のように難癖付けられて殺される者が増えるばかりだ」

熱を込めて惣次郎は語ったが、応える声は無い。一同は目を瞬かせ、首を傾げるばかりだった。

「じゃが駕籠訴の吟味が途中じゃというのに、重ねて箱訴してよいものじゃろうか」

「そうじゃ。吟味三年という。ここは腰を据えて――」

「もう、そんな悠長なことを言うとる場合じゃねえ」

惣次郎の激した言葉に一同は黙り込んだ。萩村での衝突に居合わせた者ばかりである。惣次郎の言葉に反対する者はなかったが、咳払いが連続し、視線が横から後ろから慶四郎に向けられる。

やがて慶四郎は口を開いた。

「見込みは五分五分だろうな」

老中酒井忠寄の指示のもと町奉行依田政次が吟味を続けているところに、更に箱訴を起こせば将軍は二重の訴えと見做しかねない。事態が悪化して緊急の判断が必要と好意的に受け取ってくれればよいが、催促と見られて心証を害するおそれもある。

「吟味が決め手を欠き、順調に進んではおらんのは確かだ。だが、箱訴によって悪くすれば吟味自体の打ち切りも起こりうる。最悪の場合、金森頼錦はお咎めなく、村方衆は全てを失いかねん」

「最善の場合は、どうなるのです」

「そうよな」慶四郎は良仙の姿を捜し、そして首を振って答えた。「将軍家は一片の通達で大名家を潰すことができる。金森家とて例外ではない。理由が必要だ。金森家の存続が公儀にとって不利益となる明確な理由と、その証がな」

お気に入りの家臣に加増するのに手頃な所領の持ち主であるから、とは言葉にしなかったが、慶四郎は苦々しげに口を歪めた。

「領民をほしいままに殺し、傷つけるのでは理由とはなりえませんかな」

「村方の考える明確な非と、公儀の考える明確な非は同じではない」

三郎左衛門の問いに、慶四郎は首を振った。

「公儀は大名家に領内の治安を維持する役目と処罰する権限を与えておる。よって金森頼錦は殺された者、傷つけられた者は平穏と秩序を乱す賊徒であり、治安維持のための法に則った処罰であったと主張するだろう。昨日の騒動も無辜の者への配慮を最大限に行った限定された行動だったとな。あるいは足軽らの行動に一部行き過ぎがあったと責任を矮小化して認め、幾人かに腹切らせて済ませるやもしれぬ。恥知らずは平気で嘘を吐くものだが、その嘘を暴くのは簡単なことではない。吟味は長くなり、水掛け論となっては村方が不利となる」

「嘘の吐き得でございますか」

三郎左衛門のため息とともに漏れた言葉に村方衆は顔を互いに見合わせた。江戸で捕らえられていた者も多く居合わせており、どの顔も険しく首を振った。

「だがな、わしは賛成なんじゃ」

三郎左衛門が続けて大きく息をついた。

「この争いは激しく、そして長くなりすぎた。昨日の小競り合いでは死人こそ出んかったものの、次はどうなるかわからん。いや、わしが憂いているのは同じ村の者同士で憎みあい、口もきかねえことよ。もちろん、江戸に願主を送り出す前から、村方でもひとりひとり考えは違った。承知者だの寝者だのが出るのも当然、わかりあえなくとも仕方ねえと、わしも思うておった。じゃがよ」

居合わせた村方衆をひとりずつ見やって三郎左衛門は言葉を続けた。

「じゃが昨日、奥津様が村の中の対立が深刻じゃと言いんさった。わしははたと気付いたんじゃ。次の田植えを皆で一緒にできるか、祭りで前のように踊れるか、とな。皆、どうだね」

全員が自らに問い、答えを得るに十分な間を置いて三郎左衛門は更に言葉を続けた。

「これまでずっと村方は何をするにも皆で助け合ってきた。そうせねば生きていけぬからだ。年貢は確かに村方の死活問題。だが、憎しみはどんな賢い者、善良な者をも狂わせ、孫子の代にまで禍根を残す。わしらはそのために、もっと大切なものを無くそうとしておるように思えてならねえ。それに、わしはもう疲れてしもうた。早く終わりにしたいんじゃ」

最近は反目していたとはいえ同じ村の、生まれてから毎日顔を突き合わせてきた久右衛門に盗みに入られたことがよほどにこたえたのか、三郎左衛門の皺はひとつ息をつくごとに深まっていった。

「箱訴は金森様を滅ぼす天神様の雷になるかもしれん。だが、早まった悪手かもしれん。これで全てを失うことになるかもしれん。だから、皆の存念を聞かしてくんろ。皆、目を瞑って、箱訴に賛成か反対か、手を挙げてくれ。奥津様、ご面倒をおかけしますが、数えてやってくだせえまし」

「心得た」

慶四郎は瞑目を促し、静かに賛成、反対を問うた。

「衆議は決した」

やがて慶四郎は言った。

「全員一致だ。箱訴を行う。この戦を終わらせよう」

六

翌日、惣次郎と慶四郎は郡上を出立した。三郎左衛門らの指揮のもとに郡上政庁への大規模な抗議が行われる中、東の木曾に抜ける山道を抜け、大回りに中山道に出る。陽動が成功したのかもはや待ち構える浪人もなく十日ほどで江戸に到着すると、早速に良仙の家へと向かった。

「そりゃまた、思い切りましたね」

しばらくは腕を組んだまま顎を胸に埋めていた良仙だったが、惣次郎が郡上の現状を語るにつれ目を閉じ、音立てて奥歯を嚙み締めた。

「やりやしょう」

良仙は頷き、音高く膝を叩いた。

「ええ、やりやしょう。吟味の真っ最中に罪もねえ村方衆を捕まえて殺すなんざ、まるっきりどうかしてまさ。それにあっしが書いた訴状が天下の将軍様に読まれるなんざ公事師の誉れ。いいですとも、将軍様をあっしの筆一本で動かしてみせましょうってんだ」

改めて惣次郎から郡上の聞き取りを始めた良仙は、個々の事象を紙に書きつけては壁に貼りつけていった。見る間に壁一面が埋まり、隣の面にまで貼られていく。

「前に訴状を書いた時よりも関わる人が増えて複雑になって、追いきれなくなりやしたんでね。罪とも言えねえ罪でろくにお調べもなく打首にされたのが太平次さんと甚兵衛さん。萩村で怪我したのが三十五名ですね」

聞き取った全てを書き出すと良仙は出来事を順に並べ直した。そしてまた別の壁に金森頼錦、その義父で老中の本多正珍、養子に入った弟の義父であり寺社奉行から若年寄に昇進したばかりの本多忠央《ただなか》等の名を記した紙を同じように貼りつけていく。

「あっしも江戸にいて何もしなかったわけじゃない。幕閣の事情ってやつにも探りをいれてみたんですよ。今の幕閣は増税派と倹約派で割れてるんでさ」

公儀が遣う金を増やすには入る金を増やすか、出る金を減らすしか無い。先代将軍の吉宗が財政再建のために掲げた二柱であって根本的に相反するものではないが、収入を増やそうとする増税派は倹約は効果が薄いとして批判し、支出を抑えようとする倹約派は増税は生産意欲の減退と一揆を招くとして非難した。

「あっしに言わせりゃ、倹約も増税もどっちかだけじゃ駄目だし、やりすぎはなおいけねえ。倹約が行き過ぎて江戸の町は火の消えたようになっちまったし、税を取りすぎて一揆打ちこわしがあちこちで起こってる。それに削っちゃいけないところまで削っちまって、すっかり行き詰まっちまってるのが、どっちもわかっちゃいねえ。それでもどっちか選ぶんなら、あっしは倹約を選びますね。倹約は将軍様からあっしら庶民まで皆が知恵を絞ってやるもんだが、増税はお上は何も考えずに庶民が苦しむだけだ。俺は払わんが、お前らは払えなんてまともなもんが言うことじゃねえ」

「それで」

「それで、そう」

慶四郎に促された良仙は咳払いして、朱筆を取った。

「吟味を行っている老中酒井忠寄様と町奉行依田政次様は倹約派。一方、老中本多正珍様、若年寄本多忠央様は増税派なんでさ」

良仙は増税派に朱筆で印をつけていった。美濃郡代青木次郎九郎、その上司勘定奉行大橋親義、役人の働きぶりを監視する大目付曲淵英元に印がつき、続いて貼られた名の殆どに朱印が記されていく。

「それが郡上政庁の非道を訴えるのに関係あるんですか。人が死んでるんだ。今、こうしている間にも捕らえられて死んでいるかもしれねえ。今すぐ、殺すのをやめろ。それ以上に何を訴えるんですか」

「怒らねえで聞いてくだせえよ」

良仙は惣次郎に向き直ると、ひとつ間を置いて言った。

「箱訴をお読みなさるのは江戸から出たことのねえ将軍様だ。そこに縁も所縁もねえ遠くの土地で村方衆がまともな裁きも受けずに殺されました、酷い目にあってます、そう書いたとしても、酷い話だな、で済まされちまいまさ。惣次郎さん、奥州ではこの三月余りで何千人も死に、今この時も飢えと寒さに震えているって聞いて、どう思われやす。掛け値なし本当の事なんだが、腹が立ちやすかい」

惣次郎は息を詰まらせたまま首を振る。良仙は言葉を続けた。

「将軍様は小便がやたら近え上に、ろれつが回らなくて御側の者でさえ何言ってるかわからねえって話だが、蹴鞠や酒宴にうつつを抜かしてるわけでもねえ。御政道はちゃんとしてるし、天下に目を光らせておいでだ。郡上の惨状にもきっとお心を動かされるに違いねえ。でも、もっと気にかけているものを用意してやれば喰いつきがよくなる。鰻と山椒みたいなもんで、合わさることでもっと美味くなるんでさ。それにね」

ひとつ間を置いて良仙は言葉を続けた。

「あっしは以前、美濃郡代様が金森様領内の庄屋に検見法受け入れを迫ったことを問題だと言いやしたが、どうやら問題はもっと深く大きかったんでさ。郡上の町方、村方から吸い上げられた年貢が、江戸でばら撒かれているとしたら、どうです」

「郡上の年貢が、江戸で……」

呑み込めずに首を傾げる惣次郎の傍らで、慶四郎が大きく頷いた。

「裏金、いや賄賂か」

江戸時代を通じて腐敗は常態化していた。諸大名の江戸常勤の家臣は公儀役人を接待して面倒な普請が回ってこないよう諂うことが仕事であり、商人らも三の賄賂で十の儲けが出るのなら得とばかりに事あるごとに金を貢ぐ。その根底には貨幣経済の健全な発展によって物価が上昇する一方で、武家の給付米が変わることなく、抑えられていることがあった。

吉宗は足高の制を定めて役職ごとに補塡を行ったが十分ではなく、若年寄、老中らは領地からの年貢収入があっても支出が拡大し、俸禄米を受け取る奉行配下の同心など小禄の者は懸命に働いてなお食べる分の米を切り詰め、更に内職を行わねばならないほど困窮していた。

一方、豊かな商人や金貸は頻繁な火事に対応すべく防火性の高い土蔵を築いて蓄えを貯め続けた。市井から銭や銀が足らなくなって劣化した悪貨が蔓延し、更に公儀が通貨の切り下げを行って価値が下落、それでも物の価格が上昇する悪循環にある。

そのような状況で高潔に倫理を保つのは困難である。役人の子はにぎにぎを能く覚えと諷されるように、差し出されたものは拒まず、見返りに便宜を図ることがむしろ当然となっていた。それでもこの四月にも幾度目かの幕閣要人への贈収賄を禁じる触れが出ており、発覚すれば厳しく処罰されることに変わりはない。

「以前、旦那がおっしゃったことが引っかかってやしてね、入った年貢を郡上で遣ってねえんならどこで遣っているのかと。それで銭の流れを調べてみたんです。まず大工の棟梁に金森様の屋敷の修繕普請のことを聞くと、かなり値切られたとぼやいておりやした。出入りの商人も立派な襖絵やら作事やらはなかったと言っておりやす。もちろん、郡上で堤防造成や植林や甘藷の苗を大量に買い付けて植えさせる、なんてこともやってねえ。借りた銭を札差なんぞにまとめて返したのかと思いやしたが、あっしが何件か当たってみた限りじゃ、どうやらそうでもねえ」

良仙はひとつ息をつき、瞳を細めて言葉を続けた。

「郡上の民から搾り取り、家臣の禄やら諸々の支払いを渋りに渋って貯めた銭を何に遣っているのか。残るのは賄賂しかねえ。そこで老中本多正珍様の辺りを探ってみたら、これが噂が立つほど羽振りがよいそうなんで。どうやら、かなりの金を各所に撒いているようですぜ」

慶四郎も頷いて金森頼錦から繋がりのある名前に目を向けた。

「老中本多正珍からすれば金森頼錦は義理の息子。人情からしても己に類が及ぶことを思っても動かざるをえまい。だが、無償でもないということか。本多正珍の党派の者は多く、老中からの餅代氷代とあらば断らぬだろうしな。半分を懐に納め、残りを下の役職の者に渡していくだけでも沈黙を守らせる効果はある。自派の勢力を増すことに繋がるなら尚更だ」

「さいでさ」良仙も頷き、貼り付けた名を見やった。「もちろん増税派だから、本多正珍様と繋がりがあるから賄賂を受けたってわけじゃございません。ですが、そのつもりでいた方がようございましょうね」

「大岡忠光はどちらだ。越前守の子息ではなく、小姓上がりの側用人の方だ」

慶四郎が不意に挙げた名に良仙は首を傾げた。

「その方は何とも言えやせんね。ただ領内の老人に金を与えたとか、飢饉対策に領内に栗や梅を植えさせたとか聞こえてきやすし、将軍家の御意向最優先の方のようですので、不正には手を染めていなさそうですが――」

不意に派手な水音とけたたましい叫び声が路地に響いた。

「出やがったな、ちきしょうめ」

良仙は筆を耳に挟むや手に唾し、擂粉木を持って飛び出した。慶四郎も後について出たがすでに長屋から争う気配は失せていた。

「ほんとすばしこい奴だよ」

腰が曲がって足取りもおぼつかない老女が良仙を前にして盛んに柄杓を振り回した。

「鼠野郎め、今度見かけたら絶対獲っ捕まえてやる」

「またあの男か」

「どうも三日とあけずに来てるみたいで、おそめ婆さんが張り切ってやして」

良仙は苦笑を浮かべたが、すぐに表情を改めた。長屋に入る前に追い払われたらしく慶四郎と惣次郎が来ていることまでは知られてはないようだが、箱訴の邪魔をされては面倒なことになりかねない。

「しかし、これじゃ飯も食いに行けやしねえ」

良仙は腹に手を当てた。すでに空は茜がかって、下弦の月が白く輝いていた。

「狭えところで申し訳ありやせんが、蕎麦でも取りやしょう。腹が減っては戦はできぬ、だ」

「それで江戸はどうだ。吟味に進展はあったのか」

久々の江戸の蕎麦だが、ゆっくり味わう余裕は無い。早々にせいろを空にして慶四郎は話を戻した。惣次郎は洗い物がてら外の空気を吸いにと出た。

「まず、お耳に入れておきたいことがありやす。郡上一揆が江戸で噂になってるんでさ」

駕籠訴は江戸庶民の間で長く話題となったが、公儀は情報統制を敷いて背景情報を知るものは少ない。気になりながらも知るすべはなかったが、講釈師の馬場文耕は密かに調査を進めた。

講釈とは『太平記』などの軍談を語って聞かせる講談から元禄期に派生した舌耕文芸である。『仮名手本忠臣蔵』などが言い訳程度ながら人名を変え、室町の頃の話に置き換えて語るのとは違い、起きて間もない市政の出来事をそのままに面白おかしく語る。奇談珍説怪談猥談覗き趣味的噂話など下世話な内容も多く含まれたが、馬場文耕はもっぱら大名家のお家騒動や幕閣役人の行状を題材とした。出羽五ヶ所における飢饉被害や秋田佐竹家の銀札発行に絡む疑惑を調査して語り、内容を書籍にまとめると貸本に載せて情報を共有する。そして次の題材に選んだのが郡上一揆だった。

「よく奉行所が見逃しているものだな」

抑圧する政は庶民から豊かさと知識を奪う。江戸公儀も御多分に漏れず批判する者を弾圧していた。

「表立って語るわけじゃありやせん。場所は毎回変わり、告知は直前突然に。聞きに来るのは前もって知らされた口の堅い連中ばかり。まあ、おかる勘平を語るのかと看板見てふらっと木戸銭払った連中が聞いてびっくり、なんてこともあるみたいですが。それに有徳院様を褒め称えるんだそうです。有徳院様は素晴らしかった、主君の鑑だ。然るに、有徳院様がご存命なら今の有り様を何と仰られることかって。そう言われたら与力同心の御歴々といえども文句は言えませせんや」

「確かにな」

苦笑する慶四郎に良仙は言葉を続けた。

「それで馬場という講釈師は郡上の村方に話を聞いたり、あっしの書いた訴状の写しまで手に入れたらしいんでさ。どうやら奉行所にも伝手があるようで。あっしは聞きに行けてねえんですが、毎回満員御礼らしいですぜ」

情報を求めるのは人間の基本的な欲求であり、悪事を働く者が栄達してのさばることを望む者は少ない。道義心を礎として不正を糾弾する講釈師が庶民の代弁者となっていることは納得できたが、同時に馬場文耕ひとりの仕事ではないことも慶四郎は理解していた。講釈師に場を提供する興行師や貸本屋、そして読者らの協力なくしてはなしえないことである。

日本全国から江戸に集まった大名諸家の家士にとって、情報収集もまた役目の内である。一揆への対応、殖産興業、家中の不祥事や取り締まりなど他家で行われている事業や出来事への関心は高く、情報の代償には己が持つ情報で支払うことが求められる。そして斡旋する者の下に集まった情報は書籍にまとめられて貸本で、あるいは講釈師の口を通じて拡散した。

宝暦期に至ると生きた学問としての知識や情報を重んじる者たちが武家町人を問わず緩やかに繋がり、層を形成するようになっていた。あるいは町奉行配下の者にも賛同者があるのかも知れず、いずれにせよ、郡上と金森家の苛政に関心が集まる事自体が吟味への圧力となるはずだった。

「それで肝心の吟味の方なんですが、町奉行の依田様は謹厳実直、上役相手でも諫言を憚らねえ一本筋の通ったお人柄だ。公事の相談に来る人には一月待ってでも北町の依田様の当番になってから訴えなせえと言うくらいにあっしは買ってる。出納帳を突き合わせて、美濃郡代青木次郎九郎様が宝暦元年に千三百両の年貢不納をやらかしていたと突き止めなさったのはさすがとしか言いようがねえ。ところが、その他は一進一退、というか、八方塞がりのようなんで」

蕎麦湯で喉を潤し、良仙は深く息をついた。

美濃郡代青木次郎九郎は年貢不納の事実を認めたものの、あくまで手違いであり、十年賦で納めることに勘定奉行とも話がついていると証言する。肝心の郡上の庄屋を呼び集めた件についても、あくまで自身の一存で行ったとの証言を変えることはなく、覆すに足る証言を他の者からも今もって引き出せていなかった。

これが盗賊相手であれば石を抱かせるなど尋問の方法は幾らでもあるが、現職美濃郡代にして有徳院からよろしき御代官として褒められた役人相手に強硬な手段はとれない。

更に青木の上司である勘定奉行大橋親義や役人の働きぶりを監視する大目付曲淵英元らは、早々に青木次郎九郎に非なしと証言しており、職務遂行の妨げになると、もはや呼び出しをかけることさえ憚られるようになっていた。

「依田様はよくやっておいでと思いやすよ。ただ、いかんせん結果が出てねえ。それにあっしが親しくしてる公事方の御歴々の口がどうにも重いんでさ。どうも依田様御本人を追い落とそうとする動きが進んでいるようで、中にはこんなひどい手合いもある始末なんで」

良仙は棚から数枚の紙を取り出して慶四郎に手渡した。

瓦版である。四季の行事や名物などから、地震や火災、事件事故などを深編笠で顔を隠した読売と呼ばれる者たちが辻に立って読み上げ、木版刷りで絵や文を書きつけた紙を数文で売るものだが、地震の直後に被害状況やお救い小屋の位置を記すような有益で確かな情報もあれば、怪異を扱った娯楽性を前面に押し出したもの、噂や醜聞を誇張して書くもの、根拠の無い嘘を書き連ねるものさえ珍しくはない。

慶四郎が受け取ったものには依田政次が郡上詮議のために町奉行の仕事をおろそかにしていると糾弾するもの、働き詰めの依田政次は身を休めるべきだと勧めるもの、更には依田政次が賄賂で悪所通いをしていると誹謗するものまでがあった。

「あっしはこれを読んだときにゃ、もう腹立たしいやら悔しいやらで読売の奴に摑みかかっちまいやしてね、深編笠を引っぺがして、こんな嘘並べ立てる性根の腐った輩はどんな顔してるのか拝んでやりやした。そしたらあっしを訴えるって脅してきやがったんで、やれよって言ってやりやしたさ。出るとこ出ようじゃねえか。今月は依田様の番だ。依田様の前でこいつを読み上げてみやがれってね。そしたらすごすご逃げてきやしたよ。ざまぁみやがれってんだ」

「だが、時を同じくして、か」

慶四郎は呟くように言い、壁に貼られた幾多の名をにらんで言葉を続けた。

「郡上の詮議は依田殿の本来の役目ではない。ならば依田殿に悪評を浴びせ、職を辞すよう追い込めば沙汰やみになるやもしれん」

幕閣は庶民の評判で任命や罷免を受けるものではないが、影響がまったく無いわけではない。

まして町奉行は庶民の生活にまつわる事柄を管轄し、公事などで直接に対面することもある。武士、とりわけ公儀の役人は命よりも面子を重んじており、悪評が広まれば町奉行として本来の役目外であったとしても気に病み、真面目で善良な役人ほど職を辞することはこれまでにも幾度も起きていた。

「ですが、読売は町民でしたぜ。どうして町人が町人のためを思ってくださるお奉行様を……」

言いかけた良仙は両の拳を固めて己の頭を叩いた。

「銭のために決まってるじゃねえか。そうだ、そうに違いねえ。銭のために嘘を吐き、誤魔化し、隠す輩をこれまでごまんと見てきたじゃねえか、ちきしょうめ。裏金から読売に小銭を握らせて酷いことを書かせて煽る奴がお武家様の中にいるに違い――」

良仙は慶四郎を見やって言葉を止めたが、慶四郎は首を振った。

「『瓜田に履を納れず、李下に冠を正さず』と『古楽府君子行』にある。武士ならば、なにより政に関わる者ならばなおのこと不正は行ってはならぬ。疑いを招くことも、いや嘘のひとつでもあらば即座に腹を切らねばならぬ。ならばこそ政に携わり、膨大な銭を扱うことを許されておるのだ。だが悲しいかな、実際はそうではない。役人幕閣にも嘘と不正がまかり通り、武士の風上にも置けぬ佞臣奸臣がいたるところに蔓延っておる。まことに汚し」

「そう言っていただけると助かりやす。それと、ここだけの話にしてくだせえよ」

良仙は戸口を見やって惣次郎がまだ戻っていないことを確認して言った。

「あっしは訴状を書く上で、敵方の立場心情になってみることをよくやりやす。そうすると、金森頼錦様の気持ちがわからなくもないんでさ。奥津の旦那、大名が出世する方法をご存知ですかい」

「大名が出世、だと」

慶四郎は瞬きを繰り返し、鸚鵡返しに問うた。大名の上には将軍家しかいない。新田開墾や殖産を興して石高や現金収入を増やすことはあっても、代々の領地を受け継ぎ、治めて、また次代に受け渡すのみである。

「それが、ひとつだけ方法があるんで。幕閣での出世というやつでさ」

奏者番として務めを認められれば、その先に奉行、若年寄、老中と幕閣として出世することが見込まれる。それに伴って更なる加増や大国への転封は十分に起こりえた。

本来、公儀での要職は松平一門か譜代家のみと定められていたが、家を重んじた江戸時代では婚家の繋がりも重視された。徳川家の姫が嫁いだ先が御一門格として別格に扱われるように、岳父の家格に準じると見なされる。先祖が関ヶ原以降に徳川に帰順したという、どうにも変えようのない枠の中にあった金森頼錦が奏者番に就任できたのもそのためだった。

「奥方が亡くなられて久しい金森頼錦様が妾を置いても再婚しねえのは、本多様の娘婿であり続けるためでしょうね。江戸で出世すりゃ職禄は貰えるし、父祖の地である飛騨か、もっと実入りの良い所領に転封されるかもしれねえ。一生うだつの上がらねえ田舎の貧乏領主でいることを思えば、欲を出したとしても責められませんや。金森家にしてみりゃ郡上に来てわずか二代。愛着も薄いですしね」

「そのために郡上の村方町方を容赦なく、搾り取れるだけ搾り取る、か」

幕閣奉公も軍役の代わりであって基本的に自弁である。奏者番は決断を迫られる重職ではないが、将軍や諸大名と接するのにみすぼらしい格好ではいられず、知己が増えれば交際も増える。支出ばかりが格段に増え、数万石程度の大名ではすぐに手許不如意となった。銭が尽きた奏者番は辞任するか、大商人や札差から借りて乗り切るか、あるいは所領から更に銭を吸い上げるかしかない。

「もちろんやっていることは決して褒められることじゃねえ。それは確かだ。でも、文人肌で頭のいいお人だっていうし、もし豊かな大名家にでも生まれてたら、意外と名君と慕われていたかもしれやせんぜ」

「順境にあっては誰しも善人でいられる」

慶四郎は視線を落として低く呟いた。良仙は何事か言いかけて結局呑み込み、取り上げた土瓶の手応えのなさに立ち上がったが、ふと周りを見回した。

「そういや惣次郎さん、洗い物にしちゃ長くはありやせんか」

慶四郎は刀を摑んで立ち上がった。自分には理解できない話だからと気を遣っているのだとしても、良仙の家は目をつけられており、糞兵衛の手の者が辺りをうろついていることも十分に考えられる。

突然、木戸が大きく音を立てて締まり、同時に鼠が踏みつぶされるような凄まじい叫び声が夜の長屋に響き渡った。

飛び出した慶四郎は閉ざした長屋の戸の前に大木のごとく立ちはだかる惣次郎を見た。両手を広げて男と正面からにらみ合っている。対峙する男の腰には刀があった。

「惣次郎、逃げろ」

慶四郎は叫びながら走ったが、男は遠く間合の外にある。そして惣次郎は逃げず、むしろ体ごと摑みかかるかのように男に正面から突き進んだ。

男は柄にかけた右手を前に滑らせる。鯉口から現れた刃が闇夜に煌めいた。

だが、抜けきる前に男の動きが突如止まった。惣次郎に向けて目いっぱい腕を伸ばしているものの、切先は鞘に納まったまま内側を削るばかりで動かない。ならばと鞘を割らんばかりに右手を振って上下させ、それでも足らずに前のめりに体を傾けて右腕で刀を引き抜こうとするが、それでも切先は鞘の外に出ようとしない。

その隙に惣次郎が男の胸元に飛び込んだ。両手で男の右手ごと柄を鞘へと押し戻し、勢いそのままに額を男の鼻柱に打ちつけた。

「あぎゃぎゃぎゃ」

鼻を押さえて転げまわる男に惣次郎は更にのしかかろうとしたが、慶四郎が一挙動で抜いた刃が二人の動きを止めた。首筋に押し当てられた切先の冷たい感触に、男は涙をこぼしながら悲鳴を抑え込んだ。

「でかした。だが、もしまともな武士が相手だったら、斬られていたのはお前だったぞ」

「おらにできることは、これくらいなんで」

良仙が手際よく男を後ろ手に縛る傍らで惣次郎は呟いた。かつてこの男につけられ、良仙の家を突き止められたことに内心忸怩たる思いがあったのだろう。息を荒らげ、大きく肩を揺らしていたが、男をにらみつける視線には炎が揺らめいていた。

慶四郎は木戸の外を覗いて男に連れが無いことを確認して振り返ったが、いつの間にか長屋の細路地には人が溢れていた。大人も子供も、寝ていた者も起き出してきており、孫娘に抱えられたおそめ婆さんが縛られ転がった男の頭を柄杓で小突き回していた。

「無礼者」

足をばたつかせて男は甲高い声で叫んだ。

「身どもは武士ぞ。武士を縄で縛るとは何事か、今すぐ解け」

「へ、二本差が怖くて江戸で町民をやってられるかよ。それに刀の抜き方も知らねぇお武家様なんざ聞いたことがねぇ。鼠野郎め、どうせ本物のお武家様じゃねぇんだろ。どこの芝居小屋からくすねてきやがった」

男の持つ刀は鞘からして常寸の二尺三寸五分（約七十センチメートル）であり、小柄で腕が短かければなおのこと腰に帯びた状態から右手一本で抜ききれるものではない。ならばこそ右手で抜くと同時に左手で鞘を後方に引くのだが、それができなかったということは男は剣術修行をしたことはもちろん、これまで刀を抜いたこともないのだろう。

長屋の者たちが罵声を浴びせる中、惣次郎は借り受けた紙燭を男の顔に近づけてしげしげと見やった。

「こいつはただの鼠じゃねえ。黒鼠だ」惣次郎は膝を打った。「間違いねえ。勘定奉行様御声掛かりの黒崎佐一右衛門だ」

数年前、金森頼錦が検見法を言い出す以前に、黒崎佐一右衛門は検地役人として郡上に現れた。百姓困窮の訴えに憐憫をもって実情を知るためとして村々を回ったが、ことあるごとに身どもは勘定奉行様の御声掛かりぞと繰り返し、落差にした両刀が抜け落ちるほどにそっくり返って歩くさまは金串に刺さった鼠に似て滑稽でさえある。それでも検地となると縄張りは精緻を極め、開墾中の土地や山間の隠し田畑までもことごとく嗅ぎ出して調べ上げた。かつて検地を受けた後に密かに広げた田畑さえ見逃さず、黒崎は元村方に違いないと囁かれるほど村方の心理に通じていた。

だが、黒崎の検地をもとに検見法採用の通達が言い渡され、承服できない村方が城下で声を上げると黒崎は姿をくらました。村方は強訴の際に黒崎の追放をも要求したが、免許状が書かれる前に逃亡したとされ、郡上で黒崎を見かけた者は以降ひとりとして現れなかった。

「何処へ逃げたかと捜していたが、江戸に巣くっていたか。未だにおらたちに仇なすとは本当にふてえ黒鼠め。おまはんには言いてえことがごまんとあるだよ」

惣次郎は一言ごとに大きく肩を揺さぶったが、黒崎は頭を大きく揺らされてもなお唾を吐いて鼻を鳴らした。

「たわごともたいがいにせよ。そもそも身どもに何の罪があって縛りつける。言っておくが、身どもの行き先は多くの者が存じておる。刻限までに無事に戻らねば泣きを見るのはそちらの方ぞ」

「罪だって。よく言うよ、あんたがお祖母ちゃんを突き飛ばしてけがさせたんじゃないか」

おそめ婆さんの孫娘も啖呵を切って柄杓を振るう。長屋の者たちは笑ったが、良仙は顔をしかめて唸った。

「でも旦那、確かに黒崎の言うとおりだ。これだけじゃ縄をかけておけねえ」

黒崎は盗みを働いたわけでも、人を殺したわけでもない。まして武士階級に属している。こそこそ忍び込んで様子をうかがっていたとしても罪には問えず、おそめ婆さんの腰に打ち身をつくったくらいでは番屋に連行することはできても、金森家か勘定奉行の配下の者が受け取りに来たら罪にも問えず引き渡すしかない。

だが、慶四郎は良仙の家に走るや、取って戻った腰瓢簞の栓を抜いて半分を黒崎の口の中へ流し込み、もう半分を頭から浴びせた。

「良仙と惣次郎とでこの男を番屋に連れて行ってくれ。家主と町名主を同行させてゆっくりとな。拙者は町奉行の役宅に走る。この男がただの見張りでなく惣次郎の言う通りの男ならば、この男の存在自体が金森頼錦と勘定奉行大橋親義の間に繫がりのある証左となる」

「そうか、違いねえ。そのとおりでさ」

慶四郎の言葉に良仙は音高く両手を打ち鳴らした。

金森頼錦と美濃郡代青木次郎九郎は所領が隣接する以外の繫がりがなかったが、勘定奉行大橋親義との関わりがあれば話は変わる。勘定奉行大橋親義は郡代青木次郎九郎の直属の上司であり、善良な能吏であった青木次郎九郎が断りきれなかったのも、年貢不納を大目に見てもらった上司からの要請であったからだとすれば筋が通る。

そして勘定奉行大橋親義が金森頼錦と青木次郎九郎をつなぐために関与していたと町奉行が知れば、吟味が大きく進展することもありえた。

だが、そのためには生き証人である黒崎の身柄を、町奉行依田政次が確保せねばならない。

「わかりやした。お気をつけて」

大きく頷いた良仙は木戸を開け放って深く頭を下げた。

慶四郎は夜の街を走った。江戸の市中には木戸があって暮六つと共に通行を遮断すると定められていたが、泰平が続いて高輪の大木戸など締め切るのをやめて久しい。まして東海道は夜旅をする者、夜遊びする者も多く、道はどこまでもまっすぐに通じていた。

邪魔となるものはなかった。旅人も少なく、大引けとなるにはまだ早い。だが、普段ならばしつこいほどに絡みついて来る駕籠かきも馬方も見かけなかった。酒で喉の渇きを癒そうにも腰瓢箪は空にしたばかりで、蕎麦屋の屋台さえ出ていない。

「野暮な夜だな」

ぼやきながらも高輪を過ぎ、泉岳寺門前を慶四郎は駆け抜けた。町奉行依田政次は北町奉行所に属して役宅も奉行所内にある。数寄屋橋門から御曲輪内に入ると南町奉行所の前を抜けて、更に走った。

「会いたかったぜ、糞男」

声の主を確かめる前に慶四郎は後ろに跳んだ。それでも切先をかわしきれず、袖が横に裂ける。

「俺に会いに糞郡上まで行っていたそうだな。悪かったなあ、俺は入れ替わりで糞江戸に来ててよ」

「糞兵衛か」

「こいつは随分なご挨拶だな」

南町奉行所と北町奉行所のちょうど中間あたり、大名小路と呼ばれる一角の松平三河守屋敷と松平能登守屋敷に挟まれた路地に糞兵衛が立ちはだかっていた。すかさず三人が慶四郎の背後に回り、更にその後ろを梯子を横にし、もう片方の手に松明を掲げた者たちが道を塞ぐ。

「俺も糞郡上に行きたかったんだが、糞雇い主めが糞江戸から動くなって言いやがる。まあ、遅かれ早かれまた会えるとは思っていたがね。あの糞鼠の帰りが遅れたんで、網を張ってみれば案の定、だ。糞鼠の正体を知ったなら、走る先は糞北町奉行所しかないからな」

糞兵衛は腰瓢箪を呷り、声を立てずに嗤った。

良仙と惣次郎が家主と町名主の家を回って同行を促した上で黒崎を番屋に連れて行けば、番人は地元の十手持ちに連絡を取っておそめ婆さんの被害状況を確認して調べを行う。黒崎の雇い主らが即座に動いたとしても、身柄の引き渡しは更にその後になる。

慶四郎が黒崎に酒を呑ませたのは証言を遅らせて翌日以降に持ち越させるためであり、一方で町奉行所がすぐにも応じてくれれば、先行する見込みは大いにあった。

慶四郎が生きて奉行所に到達すれば、である。

御曲輪内の大名の屋敷前には門番の立っている家もあり、辻番所もそこかしこにあるものの、暮六つ以降は外出を禁じる大名家がほとんどであり、昼の内から人通りの少ない空白地もまた多数存在する。北町奉行役宅の門に近い方をとあえて裏の細い道に入ったことが裏目に出ていた。

「本当に野暮な夜だな」

慶四郎が刀を抜くや再び糞兵衛の右手が光を放った。横薙ぎの一閃を慶四郎は後ろへ跳んで避けたが、着地際の無防備な背中に後ろの男が袈裟に斬りかかる。斜めに薙ぐ軌跡を避けるには壁に背をぶつける程に跳び退くか、地面に転がるしかない。

だが、慶四郎は右つま先を軸に身を翻した。振り返りざま左手で逆手のままに抜き放った脇差で落ちかかる刃を受け、片手持ちの太刀を横薙ぎに胴に叩き込む。

そして半ば断ち割られた胴を抱えるように男が崩れ落ちるや、慶四郎は手の内を返して二刀の切先を奥へ向けた。並んで上段に構えた二人ともが気圧されたように足下の砂を鳴らして退くと、慶四郎は体をひらいて右手の太刀を糞兵衛に突きつける。

「二刀遣いか。糞面白れえ」

「面白くなるのはこれからだ」

太刀の切先を天に、脇差を胸前で横に寝かせて十字に交差させ、慶四郎は糞兵衛との間合を詰めた。糞兵衛の横薙ぎの一閃を左手首を捩じって脇差で受け逸らすと同時に、右手の太刀で斬りかかる。糞兵衛は跳び退いてかわしたが、引き遅れた左手から血が噴き上がった。

多数の敵への対応、そして攻防の速さが二刀の長所である。狙いすました一撃を一刀で受け、敵が切先を引くより速く、もう一方の刃が斬りつける。

　甲冑を着けての戦であれば隙間を突く一撃の鋭さ正確さ、あるいは重さが重要になるが、絹や木綿の袷では片手斬りがかすってさえ傷を防ぎえない。痛みは押し隠すことはできても、袖を染めて広がる鮮血を止める手立てはなかった。

「糞が」

　唾を飛ばして上段から糞兵衛が打ちかかった。二之太刀を顧みない強烈な一撃が風を裂く。だが、慶四郎は両腕を前に突き出し、交差させた二刀の鎬で糞兵衛の刀を挟んだ。そのまま力に逆らうことなく刀ごと両腕を脇へと引き落とし、前のめりによろける糞兵衛の鼻筋に額を叩きつける。

　背後からの殺気にすぐさま慶四郎は振り返った。後方から二人が同時に斬りかかってきたが、先に倒れた男が道を塞いでひとりだけが飛び出す形になっている。慶四郎は頭上からの一撃を太刀で受け流して左手の脇差を真っすぐに繰り出した。狙い外さず水月を貫くや、二人目の刃を半身になってかわしざまに小手を断ち落とす。

　そして慶四郎は壁に寄りかかって鼻を押さえる糞兵衛の傍らを通り過ぎた。押し寄せる竹梯子を真っ向から両断し、松明を持つ者たちを蹴り散らしてまっすぐに駆け抜ける。

「勝負は預ける。今は一刻を争うのでな」

「逃げるか、糞が」

　慶四郎は答えず、振り向きもしなかった。ひたすら奉行所へと駆け続けた。

「では、これより詮議を行う」

奉行依田政次の声に惣次郎は白洲の端で頭を下げた。

慶四郎の訴えを受けた依田政次は即座に同心を派遣し、朝を待たずして黒崎佐一右衛門の身柄を町奉行の職権をもって確保した。黒崎のことは依田も把握しており召喚対象として郡上に通達していたものの、行方不明との返答を受けていたという。

そして同道を求められた惣次郎は北町奉行所に到着するや証人として聴取を受け、塩むすびふたつを食べるだけの短な休息を得た後、早朝の白洲に呼ばれていた。

「まず、金森家中猪子庄九郎殿の詮議を行う。猪子殿」

奉行の依田政次は板縁の端に座る金森家家臣に声を掛けた。詮議される対象であっても、武士は白洲ではなく板縁に座る。わずかに頭を下げる背中を惣次郎は白洲の端からにらみつけた。

「猪子殿は郡上にて村方支配方の役目にあって、気良村甚兵衛他多数の村方に手鎖を打ったと聞き及ぶが、いかなる科であったのか」

「失念いたしました」

言い淀むことも、悪びれることさえなく猪子は言い放った。

「失念したならば、帳面の書付を確認なされよ。よく読んで答えるがよい」

「帳面はございませぬ」

さも当然とばかりに猪子は答え、小さく頭を下げた。

「左様か」

奉行の合図とともに、下男が白洲から縄を飛ばした。狙いあやまたず掛かった縄が首を締め上げ、猪子は声さえあげられずにもがきながら白洲に引きずり下ろされる。すかさず数人の下男が駆け寄って、手足をきつく縛り上げた。

「役人たるもの、いかな些細な出来事も記録しておかねばならぬ。まして手鎖をかけるような重大事は後日詰問を受けるものとして備えるが当然。なにより前回の詮議でも同様に答え、ならば取り寄せよと命じたはず。それを今もって帳面を用意しておらぬとは不遜にして詮議を軽んずること甚だしい。記憶は無い、記録も無いでは決して済まされぬぞ。帳面が届くまで揚り屋で頭を冷やしておれ」

驚く惣次郎の眼前で下男らは用意の山駕籠に驚き喚く猪子を押し込み、通用口から運び出した。

「では次の詮議に移る。証人、郡上鶴来村の惣次郎、出ませい」

進み出た惣次郎は、数段高い奥に座す奉行らに深く頭を下げた。

「続いて、黒崎佐一右衛門殿、参られよ」

惣次郎は、続く奉行の言葉と衣擦れの気配に我知らず顔を上げた。奉行所の下男が背後から惣次郎を押さえるが、肉を押しつぶす痛みにも屈することなく新たに板縁に座った男の顔を凝視し続ける。黒崎佐一右衛門が板縁に座り、薄笑いを浮かべて惣次郎を見下ろしていた。

「惣次郎、黒崎佐一右衛門殿が金森家用人として雇われ、郡上の検地を行ったとの吟味方への申立、しかと相違ないか」

「あい、ございません」

惣次郎は深く頭を下げて声を張り上げた。

「では、黒崎殿。相違ござらぬか」

「相違ございませぬ。確かに一時、金森家の用人としてお仕えしておりました。身どもはこれまで七つほどの御家中にて検地を行い、その全てにおいて実入りを増やしてまいりました。今太閤と呼ぶ者があるほどの検地名人ゆえ、勘定奉行大橋親義に目をかけていただいておりまする」

「聞かれたことにのみ、端的に答えられよ」

依田の苦言に黒崎は頭を下げたが、吟味に居合わせた与力同心の面々は目を瞠って感嘆の息を漏らした。

江戸開闢からおよそ百五十年が過ぎ、御家人旗本から大名家まで武家の多くは借金漬けの破綻状態にあった。財政を担う家臣も大半が世襲で経済経営を学んだわけではなく、家伝のやり方で効果が出なければどうすることもできない。そのため発明家また蘭学者として名高い平賀源内や二宮尊徳など、経営の才に長け手腕の確かな者を顧問や用人として一時的に雇い、財政再建を任せることが行われるようになっていた。

「それも全部、おら達村方からもっと搾り取るためじゃねえか」

「控えんか」

下男が六尺棒で背後から叩き伏せたが、それでも惣次郎は歯を食いしばって顔を上げ、黒崎と与力同心らに向かって吼えた。

「お奉行様、黒鼠は勘定奉行様の御声掛かり。貧苦にあえぐ民の窮状を調べると村に入り込み、検地が終わるや検見法が金森様より言い渡されたのでございます。何が何でも年貢を取り立てて え金森様は岳父の老中本多正珍様に頼み込み、勘定奉行大橋様から黒鼠に命が下ったに違いありません。そして今も金森様の命でおらの行方を捜して、嗅ぎ回ってやがる。ちきしょう、みんなぐるだってのに」

「惣次郎、勝手な発言はならぬ」依田は厳しく言ったが、同じ厳しさを黒崎にも向けた。「さりとて、本多正珍様と金森頼錦殿は縁戚であり、大橋殿が橋渡しとなって青木次郎九郎殿に命令を伝えたと考えれば筋が通る。これは重大な告発である。黒崎殿、金森家に雇われたは大橋殿の口添えあってのことか」

「もちろんでございます」

依田の問いに黒崎は大仰なほどに恭しく答えた。

「身どもは大橋様より扶持を頂いておりますれば、身どもを雇わんとすれば、まず大橋様にお話を通していただくのが筋というもの。金森様も他のお旗本らと同じようにどこからか噂を聞きつけられ、お頼みになられたのでございましょう。金森家は公儀と親しく、重要な関わりのある大名家。まして奏者番と勘定奉行でありますれば、城内で顔を合わせることもございましょう、身どもを招きたいと話が進んだとて不思議はございません。依田様とて奏者番の方とはお話しなさることもおありと考えますが如何。それしきの関わりをもって談合と決めつけるは暴論。いや、証拠なければ告発ではなく、誣告でございましょうぞ」

黒崎は悪びれることもなく、ひとつ間をおいて全員の顔を見やった。

「一方、身どもには証拠がございます。これなる惣次郎他、郡上の村方どもの隠田を検地帳に全て記載しておりますれば」

隠田の響きに、吟味方の険しい視線が惣次郎に一斉に向けられた。

「隠田ではございません」惣次郎は首を振った。「新田開墾は以前から、金森様も推奨されております。増えた分は次の検地でお調べになればわかること。畝を広げるたびに逐一お伺いを立てたならば、村方がひっきりなしに列を作って、お武家様方にも煩雑なだけでございます。それとも、村方が豊かになりたいと願うことは罪でございましょうか。豊かになって、うまいものが食いてえ。妹にきれいな着物を着せてやりてえ。妻や家族と雨漏りも隙間風もない家に住みてえと、夜明け前から日が沈むまで働くことは間違いでございましょうか」

「政は金がかかるものでございます」

黒崎は振り返った吟味方の面々が頷くのを見て続けて口を開いた。

「村方が豊かになるとは、武家の取り分が減ること。村方の収穫が増えたのなら年貢を増やすは当然でございましょう。村方を甘やかさば博打やよからぬことに遣うは必定であり、足らぬ程度に取り上げてこそ、懸命に働こうというもの。それに身どもは現状の正しき値を測っただけでございます。誰に頼まれたかなど関係ございません。そもそも検見法は御公儀でも採用されている、正当な方法。一方、隠田は罪。密告者には一年分の年貢を褒美とし、没収した家屋敷も授けると法は定めてございます。法は守らせねば秩序が成り立ちませせぬ」

「では、さしたる罪も無き者を、詮議もせずに斬首するは法に適っておりましょうか。盗みに入られた村方の持ち物を奪って秩序が成り立ちましょうや」

惣次郎は喉から血を吐くように声を張り上げた。

「法とは誰を守り、誰を罰するためのものでございますか。悪の芽を摘み、善に従わせるためのものではねえのですか。どうか、今、この時にも殺されているやもしれぬ郡上の民をお守りくだせえ。お願いでございますだ」

「それは身どもは与り知らぬこと」

黒崎は肩をすくめた。

「郡上を離れた後のことまで身どものせいにされてはたまったものではありませぬ。話のついでで申さば、今、この惣次郎ら郡上上之保筋の村方は年貢を納めず、己らで好き勝手に食い、銭に換えておると聞きますぞ。また従順で勤勉な村方を、この者らが寝者と呼んで迫害しているとも聞き及んでおります。金森様は悪逆な一部の村方から良民を守ろうとしておるだけでございます。ですが、此度の審議は身どもが郡上にあって検地を行ったことに関するものと伺っております。お奉行様におかれましては職務の範囲を逸脱した申し立てはお取り上げなされませぬよう、お願い申し上げます」

「……黒崎殿の申されるとおりである」

冬の白山から吹き下ろす風よりも冷たい視線が惣次郎に向けられる中、依田は苦渋を呑み込んで惣次郎に向き直った。

「此度の詮議は六人の願主により提起された青木次郎九郎殿の越権並びに宝暦五年までの金森家仕置を詮議するためのものである。惣次郎は聞かれたことのみ答えるよう、控えおくように」

身の内の芯が折れたかのように頭を下げる惣次郎を見下ろし、黒崎の口の端が吊上がった。


「どうなりやすかねえ」

「さてな」

良仙の幾度目かの問いに慶四郎は同じ答えを返した。

長屋の前の通りを勤めを終えた者たちが帰り、戸口の前で魚を焼く匂いと音が漂い始めていた。

「帰りが遅いのは、よく話を聞いてもらえてるってことだ。きっと良い結果になりまさあね」

「公事師が言うならそうなのだろうな」

「いや、実のところ、あっしもここまで大きな公事に関わるのは初めてでして」

結局、一睡もできなかった良仙は差し込む夕日に照らされた鬢を掻いて大きくあくびした。

「ただ、惣次郎さんが最近の郡上での金森家の悪行を奉行に訴えたとしても、依田様はお困りになられるかもしれやせんね。惣次郎さんにはひと繋がりの事柄でも、この数日来の金森家の所業は大目付様の職分かと」

「そうだな」

「そもそも依田様がお調べになられているのは、老中酒井様から頼まれたからでさ」良仙は頷く慶四郎を見やって言葉を続けた。「つまり盗賊の捕縛のような本来のお役目じゃねえから、話を聞き取ることはできても相手に突っぱねられたら職権が及ばずどうすることもできねえ。それに町奉行の方が上席とはいえ、勘定奉行は家来でもござんせん。敵に回すにはそれなりの証拠と覚悟がいりやす」

そして勘定奉行大橋親義の背後には幕閣の中枢たる若年寄本多忠央、老中本多正珍がいる。依田政次、そして酒井忠寄にしても明白な証拠と刺し違える覚悟無くしてはどうにもできないことだった。

「もし、その覚悟が無いとしたら、どうなる」

慶四郎の問いに良仙はひとつ息をつくと首を振りながら答えた。

「さいでござんすね。郡代には屹度叱り置き、金森頼錦様にもお咎めがあるにせよ、軽いもので済むんじゃないでしょうかね。惣次郎さんは納得できねえでしょうが」

「ただ今、戻りましただ」

戸を開けた惣次郎の顔は夕景を背にして闇に沈んでいた。そのまま、甕に向かうとぬるい水を柄杓で何度も呷っていたが、不意に水の中に頭を突っ込んで身を震わせながら思い切り叫び声を上げた。やがて呼吸の限界で顔を上げた惣次郎は雫を滴らせながら甕の縁を握りしめる両手を震わせた。

「どうして誰もわかってくれねえんだ。こうしてる間にも郡上じゃ誰かが殺されてるかもしれねえ。今すぐ、暴虐を止めなきゃならねえのに」

「どうやら、それができるのはこの国にひとりだけのようだ」慶四郎は言った。「良仙、訴状を書き上げてくれ。惣次郎、箱訴を行うぞ」

二日の後、朝日とともに三人は出立した。

日本橋に向けて歩くのは、もう幾度目かにもなる。来慣れた道ではあったが、穏やかな日差しの中、芝浜を抜ける潮風がとりわけ心地いい。途中、道の両脇は菜の花が満開に咲き誇って揺れていた。

「改めて申しておきたい。お前は立派な男だ」

不意に慶四郎は立ち留まり、惣次郎に向かって言った。

「郡上の村方をまとめ上げ、劣勢にあっても粘り強く戦い続け、優位となっても嵩にかかること無くやるべきことをやり続けた。お前が声を上げ、村方の矢面に立ち、戦い続けたからこそ箱訴に繋がったのだ。かつて嗤い、また殴って気を失わせたこと、その他諸々の非礼をお詫び申し上げる」

頭を下げる慶四郎に惣次郎は大きく首を振った。

「おやめくだせえ。もう済んだことでございます。それにおらはそんな大した男じゃねえですだ。叱られるかもしれませんが、今だってこんな日に畑に出て鍬を入れたら気持ちよかんべなあって、そんなことばかり頭に浮かんでおるんです」

惣次郎は訴状を胸の守袋に押し当てた。

「土の匂いを吸い込みながら畑を起こして、くたびれた頃におなつが茶を運んでくる。漬物かじって一休みした後にゃ、おきよを代わりばんこで背負いながら種蒔きだ。おらが畝立てして、おまきが種蒔いて、おなつが土かぶせる。おまきは手が達者で、いつもあんや早う早うって急かすんです。おらはいつも歌を唄って誤魔化すんで」

私ゃ郡上の　山奥そだち　主と馬曳く　糸も引く
馬は三才　馬方二十才　着けたつづらの　品のよさ
なんと若い衆よ　頼みがござる　今宵一夜は　夜明けまで
からむ朝顔　ふり切りかねて　身をばまかせた　垣の竹

「するとおなつが頬っぺた膨らませて、唄って返すんでさ」

わしの心と向かいの山は　他にきはないまつばかり
様が様なら　私じゃとても　かわる私じゃ　ないわいな
花は咲いても　わしゃ山吹の　ほんに実になる　人はない
切れてしまえば　ばらばら扇子　風の便りも更にない

「郡上の助六も形無しだな」
口喧嘩というには他愛のないやりとりに慶四郎も良仙も笑った。

「怒らせたままじゃいられねえんで、おらはこう唄うんでさ」

咲いた桜に　なぜ駒つなぐ　駒がいさめば　花が散る
思うことさえ　言われぬ口で　嘘が吐かれる　はずがない
愛宕三月　桜で曇る　曇る桜に　人が酔う
愛宕山から　春風吹けば　花の郡上は　ちらちらと

菜の花畑の向こうには遠く富士の峰が霞んで見える。だが、惣次郎の目には白山と郡上愛宕神社の桜が、そしておなつやおまき、おきよの姿が見えているのだろう。穏やかに笑みを浮かべながらも、瞳には涙がにじんでいた。

「案ずるな」

再び郡上から出る日も惣次郎の別れは素っ気なく、旅立ちというには簡単すぎる別れだったことを思い出し、慶四郎は惣次郎の肩を叩いた。

「おなつどのらは郡上の村方皆が守ってくれておる。田畑とて村の者が手伝ってくれよう。お前も刈り入れには帰れるはずぞ」

「そうそう、誰がこんなめちゃくちゃに植えたんだってぼやきながら、刈るんですぜ」

良仙も努めて明るい声を出して惣次郎の腰を叩いた。

前の駕籠訴の成功を吉例として目黒不動尊に心願成就を祈った後に、三人は奉行所に隣接する評定所へと向かった。警戒して日中、人通りの多い道を選んだためか糞兵衛らの襲撃もないままに無事に到着する。

六尺棒を構えた門番の前に進み出ると、惣次郎は訴状を箱に入れた。

そして箱に向かい深く、深く頭を下げた。

七

箱は月に三日の間、評定所前に設置される。

翌日には複数の見張りが付き従い、受け渡しの度に別の人間が入れ替わり監視する中を江戸城内将軍の間へと運ばれる。

箱の鍵は将軍が肌身離さず持っている守袋の中にしかなく、将軍がただひとりで開き、閲覧する。住所氏名の記載が必須のために書く側も真剣であり、読むにも時間がかかる。ほぼ一日を費やして読んだ上で、将軍は訴えをふたつに分ける。却下するものと、取り上げるものとである。その後、御側御用取次を呼び、個々の案件についての追加調査を命じ、更に検討を重ねて必要な処分が下される。

惣次郎の訴えは取り上げられ、評定所での吟味が命じられた。

「それも五手掛ですぜ」

役人から口頭で伝えられ、書状で幾度も確認してもなお興奮の収まらぬ良仙は口から泡を飛ばして叫んだ。

「こいつはただ事じゃねえ。村方衆の訴えで五手掛だなんて聞いたこともねえ。まさに前代未聞でさ」

評定所は専用の建物こそ用意されているが、複数の管轄にまたがる訴訟、または特に重要とされた問題が発生した際にのみ開設される機関である。通常は町奉行、勘定奉行、寺社奉行の三者が協議して結果を老中に提出するが、五手掛とは更に目付、大目付までもが加わる最も格式の高い詮議であった。

「奥津の旦那の手紙も効いたようですね」

今にも躍りだしそうな良仙に慶四郎も小さく頷いた。

慶四郎は良仙が壁に仕上げた関係者関連図を一枚紙に写し、相互の関わりなど概略を書き加えた上で幼馴染の大沢孫左衛門に託していた。孫左衛門が仕える大岡忠光は家重の側用人であり、寒いから羽織をとってくれとさえ周囲の者が聞き分けられない家重の言葉を唯一理解できる存在として重用されていた。

数日して酒肴を持ってきた孫左衛門は礼だとしか言わなかったが、家重が吟味する上でも大岡忠光は大きな役割を果たしたはずだった。

そして異例ずくめの詮議の指揮は、御側御用取次の田沼意次に委ねられた。

「有徳院様が紀州から連れてきた旗本の御子息でさ。またうと（正直者）で発明人（新奇考案に優れた利発者）だと、お上の覚え目出度いとか」

小姓上がりの御側御用取次のひとりだが、この件を裁くために位負けせぬよう知行を倍増され大名に取り立てられたともっぱらの噂である。将軍家重の信頼、そして意気込みの大きさが感じられた。

「いや、田沼様は只者じゃねえとみましたね」

良仙は熱に浮かされたように更にまくし立てた。

「早々に惣次郎さんを呼び寄せて話を聞かれただけじゃねえ。五手掛の中に勘定奉行大橋親義様、大目付曲淵英元様を入れずに同役の他の方を入れなさった。それだけでもうあらましを摑んでることがわかるってもんでさ。でも、しくじったな。もう少し待って貞吉さんにこのことも伝えてもらえばよかった」

貞吉はなおも専属の飛脚のように江戸と関とを往復しているが、箱訴が認められたとの速報を持って江戸を出たところだった。

「ならば、拙者が参ろう」

「旦那がですかい」

「ああ」慶四郎はたすき掛けして頷いた。「大詰めだ。拙者にも決着を付けねばならぬ相手がおるのでな」

慶四郎は宿場ごとに駕籠を乗り継いで、これまでにない速さで関に入った。そして人数を集めて郡上城下に入る。金森家早飛脚によって五手掛詮議が始まったことはすでに伝わっており、多くの村方をはじめ黒崎佐一右衛門、大野修理ら用人はもちろん領主金森頼錦にまで出頭命令が下っている。郡上は天地がひっくり返ったような騒ぎの中にあった。

慶四郎は村方衆に計画を言い含めて自らは関に戻ったが、合図は二日と経たぬうちに届いた。出立した慶四郎は西へ向かい、長良川の川岸に立った。

小船は一見、何事も無いように長良川に竿さして流れてきた。旅装の武家、そしてその家臣達という様相である。慶四郎は同行する村方衆を芦原に潜ませたまま川べりに近づき、大きく手を振った。船頭はすぐに合図に気付いて、緩やかに船を川べりへ寄せた。

「船頭、船を戻せ。乗合船ではないぞ」

慶四郎にも聞こえるほど大きな声で乗客は怒鳴ったが船頭はまったく聞かず、それどころか刀を抜けば船を即座にひっくり返すと脅してみせる。そして船はゆっくりと慶四郎の眼前で浅瀬に乗り上げた。

「糞兵衛に黒鼠、そしてそちらが大野修理殿か。初めてお目にかかる」

歩み出た慶四郎は冷ややかな笑みを浮かべ、船上の乗客に一礼した。

「御公儀よりの出頭命令を無視して川遊び、いや関で降りるつもりが美濃尾張まで行き過ぎましたか。否、もはや言い逃れもできまい。逃げるとは、汚し」

慶四郎が船を停めた場所は郡上領の外であり、美濃と尾張の国境に近い。中山道であれ東海道であれ、江戸へ向かうとは強弁できぬほど西に過ぎていた。

「公儀の手先か。いや、痩せ浪人が、ひとりでのこのこと。身の終わりはお前の方ぞ。斬れ」

大野修理の苛立ちを露にした叫びに、供士二人が船べりを蹴って斬りかかった。だが、慶四郎の両手はすでに大小を抜いている。胸の前で交差させた両腕を気合の声とともに大きく開いて一閃するや、とびかかった二人は空中で絶命して河原に落ちた。

「残るは三人」慶四郎は血振りして三人を見据えた。「次に死にたいのはどいつだ」

視線を受け、糞兵衛が立ち上がる。慶四郎の視線を真っ向から受けて船べりに足をかけたが、不意に鞘を引いて黒崎のみぞおちを突いた。

「何をする」

泡を吹いて悶絶した黒崎の懐から悠々と厚く重い財布を抜き取り、糞兵衛は一挙動で抜いた刃を大野修理の首筋に押し当てた。

「おい、糞船頭、この糞役人どもを縛って放り出せ」

糞兵衛は凄烈な笑みを慶四郎に向けた。

「それから、俺とこの糞男を邪魔の入らぬ場所、そうだな、糞松原まで乗せていってもらおうか。どうだ、乗るか」

向けられる殺気に近づいた村方衆も船頭も怖気を震ったが、慶四郎は頷いた。

「乗ろう」

慶四郎は船に乗り込んだ。

縛り上げた黒崎と大野修理とを芦原で待機していた村方衆に引き渡し、船頭は再び船を川の流れに乗せた。慶四郎と糞兵衛は言葉を発するでもなく、午後の眩い日差しの中、ただ船に揺られて川下へと向かった。

長良川は蛇行しながら南西へと向かい、次第に川幅を広げていく。羽島を過ぎるころには対岸が見えないほどの流れとなったが、やがてほぼ同水量の木曾川、揖斐川と並走し、輪中と呼ばれる中州をいくつも抱く海と間違うほどの滔々たる大河に変じた。

「ここらでいい。泊めろ」

「そりゃできんわ」堤防沿いの松原と並走しながら船頭は首を振った。「薩摩様の堤に足をかけるなんざ恐れ多いこと。あの猿尾の向こうに泊めますけ」

「糞薩摩め」

糞兵衛は川面に唾を飛ばしたが、それ以上強いることはなく堤防をにらみつけた。

堤防補強と消波のために石を詰めた籠を流れに対して斜めに突き出した猿尾と呼ばれる箇所を巧みに避け、船頭は船着き場に船を泊めた。

「しばらく待っておれ」

糞兵衛は言い捨てて船から木橋に足をかけた。

「どちらかが戻って来る」

慶四郎も黙って後に続くと、糞兵衛は当てでもあるかのように真っすぐに進み、やがて長良川と揖斐川を分かつ細い堤の、両側に多数の松が並び植えられた一角で立ち留まった。

「ここは俺には因縁のある場所でな」

嚢兵衛は夕映えを映して黄金色に輝く波に視線を向けたまま言った。

「数年前、俺は直参百五十俵三人扶持、公儀隠密としてここにいた。俺の使命は嚢薩摩の堤防造りの妨害だった」

揖斐、長良、木曾の三川が合流する濃尾平野下流域は約六十五万石を産する日本有数の広大な平野であり、有数の水害多発地帯である。

越前、越中、美濃、飛驒、信濃、尾張、伊勢北部に降った雨の殆どが、三川に流れ込み、最終的に伊勢湾に流れ込む。流水量は膨大であり、ひとたび堤防が切れれば泥水が近隣の家も田畑も押し流し、財産も、家族も、生活の基盤全てを埋めてしまう。堤防の強化と河川整備は流域住民の切なる願いであり、豊臣秀吉、そして徳川家康も修築を行ったものの流域面積があまりに広大なために抜本的な改善とはならなかった。

更に江戸で火事が起こるたびに上流の飛驒木曾の木々が伐り出され、山は一層保水能力を失った。水害の頻度と規模が大幅に増大し、元禄から宝暦の五十三年間に四十回もの洪水が発生する。

家康以降も公儀は諸家に堤防造営を命じたが、牛馬と人力だけでは数年がかりの作業量となる。そして普請の費用は全て担当諸家の負担である。いくつもの大名家が命じられたものの財源不足から途中辞退を申し出て、放棄された堤防は新たな水害で流されて潰える。その繰り返しであった。

だが、宝暦期に指名された薩摩の島津家は屈しなかった。九州の南端にあって美濃とは何の縁も所縁も無いながら、家中の年収を上回る借金をし、家臣に死者を出しても堤防完成へと作事に邁進した。

慌てたのは公儀である。

流域住民の難儀を救うためと謳ってはいたが、終わりのない作事に駆り出して諸大名家に銭を遣わせ、公儀に反抗する力を奪うことが真の目的である。完成されてしまっては優良な大名いじめの材料を失うため、島津家に理不尽な制約を課し、隠密を遣って堤防の破壊や賃上げの扇動などさまざまな妨害を行った。

だが、それでも島津家はやり抜いた。

ついに流域の堤防をより頑丈になるよう猿尾等を設けて整備しただけでなく、揖斐川と長良川の合流を防ぐ長大な堤防を川の中に作り上げた。そしてとこしえに堤防を護り支えることを願って千本の松を植えた。

「そうとも、妨害なんざ糞愚かな役目さ」

松の幹を蹴り飛ばし、糞兵衛は吐き捨てた。

「だが、糞薩摩のような大大名が公儀に弓引けば、この国は戦乱ではるかに大きな損失を被ることになる。公儀の安泰は日本の安泰。糞汚いお役目もこの国の平穏のため。忠義なのだ、奉公なのだと俺たちは己に言い聞かせて糞役目を続けた。だが、糞薩摩が堤防を完成させるやどうだ、糞幕閣どもは掌を返して称賛しやがった。実に結構な出来栄え、音に聞く西湖の堤とてこれほど立派ではありますまい、とな。そして奴らは俺たちを悪者に仕立て上げた。警護の役目を逸脱した妨害の咎によりお役御免だと。糞が」

糞兵衛は暴風のように荒れ狂ったが、不意に大きく息をついた。

「爾来、俺は酒に溺れ、酒代目当てにくだらない糞役目に就いていたわけだが、ふと気付いたのさ。公儀も幕閣も糞なら、奴らだけにいい思いをさせることはない。糞村方どもでも糞老中の駕籠に取りつけたのなら、俺にもできるはずだ。皮肉なことに、お前を江戸で殺し損ねたことで目が覚めたのさ。礼を言うぜ、糞男。だからどうだ、俺と組まないか。これから二人で糞老中どもをひとり残らず叩き斬ってやろうぜ」

「……それも悪くない」

慶四郎はまっすぐに糞兵衛を見据えて頷いた。

「拙者とて老中どもにも、世の仕組にも物申したきことが山ほどある。公儀だ老中だとそっくり返っているが、その実、口を開けば嘘を吐き、責務から逃げ回って利のみを欲する腐った輩ばかりなのだと今回、改めて思い知った。だが、人を斬るのは弱き者を踏みにじるのを止めるためでなくてはならぬ。決して恐怖と混乱をもたらすためではない。拙者は武士。武とは暴を制するものの」

「似た者同士とは、ひと目見てすぐわかったよ」

糞兵衛は天を仰いで大きく笑った。そして改めて慶四郎を見据えた瞳は異様なまでに輝き、唇の端は裂けたように吊り上がっていた。

「だから、どちらかだ。腹の底からわかり合えるか、それとも殺し合うか」

糞兵衛は音もなく刃を抜き放ち、八相に構えた。そして腹の底からの雄叫びを響かせて江風を圧する。

江戸で実際に剣を交え、糞兵衛の技量の見定めはすでについていた。殺気こそ凄まじいが慶四郎を侮ってか不用意なまでに隙が多く、どれほど酒を浴びたのか手許や視線さえ定まらず、足の運びひとつをとっても緊張感に欠けている。無事に奉行所に辿り着くことを最優先にしたからでもあるが、囲みを破って抜けることができたのは彼我の技量に大きな差があったからである。

だが、目の前の糞兵衛は別人のように気力体力が漲っていた。

酒が抜けているのはもちろん、鋭い眼光も刃も慶四郎に据えたまま微動だにしない。あるいは公儀要人を暗殺するという復讐への熱意が技量までも更なる高みに押し上げたのか、構えには一分の隙さえも無い。

わずか一月足らずの間に糞兵衛は完全に別人に、恐るべき敵へと変わっていた。

慶四郎は刃を下段につけた。距離を詰める糞兵衛の足取りに併せて左へ、左へと回り込む。

そして間合に入るや、互いの刃が鋭い軌跡を描いてぶつかり、鎬から火花散らした。押し斬るのではなく、弾いて相手の刃の軌道を逸らそうとする意図も同じ、力も互角。

そして慶四郎の刃の引き際を逃さず、糞兵衛が切り返しに突いて出た。すかさず手の内で切先を返して慶四郎は左小手を狙うが、糞兵衛は鎬で弾いて刃を払う。慶四郎は踏み込んだ右足に力を込めながらも刀を逆らわさせず、むしろ弾かれる勢いを利用して上段から振り下ろした。だが、空を斬る。糞兵衛は一跳びで間合の外に逃れていた。

ふふと笑った糞兵衛は左足を踏み出し、下げた切先を後ろに引いた。

脇構とは前に出た肩を大きく空けて相手に打ち込ませる隙を自ら作る構えである。打ち込んでくる刃を払いのけ、あるいは刃が届くより先に相手を斬り伏せる後の先の構えであり、失敗すれば自らが斬られることになる。生か死か、ふたつにひとつの命がけの構えであった。

慶四郎は呼吸を整えながら、切先を左目につけたまま柄の位置を拳ふたつ分ほど落とした。そして左に回って糞兵衛が自らの体で隠した刀の位置を確かめたい欲求に抗って、逆の右へと回る。

糞兵衛も正面で正対し続けるよう、両足のつま先を細かく動かして慶四郎を追尾した。その傾きが極大に達して左足が傾いた刹那、慶四郎は踏み込んだ。突くようにまっすぐに伸ばしていた切先を手首の返しだけでわずかに左へ回し、膝を折った低い姿勢から糞兵衛の脛を横薙ぎに払う。

打ち払おうにも届きようのない位置への斬撃を、糞兵衛は大きく跳び上がって避けた。そして待ち構えていたように空中で刃を振りかぶる。

「くらえ」

落下で勢いを増した強烈な一撃を、慶四郎は瞬時に引き上げた刀の根元で辛うじて受けた。そして火花散らした糞兵衛の刃は勢い止まらず、切先を傾けた慶四郎の刀身の上を滑る。糞兵衛の体も着地しながら前のめりに崩れた。

すかさず慶四郎は手の内を返した。低く腰を落としたまま弾かれた勢いを利用して切先を後ろへ弾き、足を踏みかえて小さく振り抜く。

だが、体勢を崩しながらも、糞兵衛は咄嗟に左手を掲げた。慶四郎の刃が左小手に入って肉を断ち、骨を断ち、腕を切り落として肩口に入るが、糞兵衛はなおも不安定な体勢から右腕一本で首を狙って刃をすくい上げる。

血しぶきが噴き上がり、二人は間合を取った。

鈍い手ごたえが慶四郎の手に残っていたが、糞兵衛の一撃は慶四郎の左小手を傷つけていた。左腕を犠牲にして致命的な刃を止めた糞兵衛も、夕凪の松原に立ち続けていた。そして皮一枚でぶらさがっていた左手首を自ら切り落とし、右手だけで刃を構える。大量に出血しながらも、慶四郎の心臓をまっすぐに狙う切先は微動だにしない。

「末期の望みはあるか」

「あるかよ」

慶四郎の問いに、怒りと己の血とで満面を朱に染めて糞兵衛が吐き捨てた。

「かようなものは、とうに捨てた。将軍は糞だ。公儀は糞だ。法は糞だ。役目は糞だ。忠義は糞だ」

糞兵衛の呟きは次第に吠え声に変わり、切先を定めたまま肘を引く。慶四郎の動きを見据えて正面に捉えると、体ごとぶつけるかのようにまっすぐに駆け込んできた。

「この世は糞だ。武士は糞だ。俺は糞だ」

間合に入る一歩を糞兵衛は地鳴りを起こすほどに踏み込んだ。

蹴る足、駆ける速度、踏みしめた太腿が生み出した力を強靭な腰に集め、血流で一回りも大きくなったかのような背中を撓めて溜め切った力を右腕に乗せる。鋭い切先が矢の如くに奔った。

「違う」

その一瞬、遅れれば心臓を貫かれ、速く動けば追尾される瞬きよりも短い一瞬に慶四郎は右へ踏み出した。胸を掠めるほどに引きつけた切先をかわしざまに右腕で粪兵衛の胴を薙ぐ。だが、避けながらの右腕一本だけの斬撃の手ごたえは浅い。

慶四郎は身を翻しざまに刃を上段に振りかぶった。粪兵衛もまったく同じ呼吸で上段に振りかぶり、刃を振り下ろす。

踏み込んだ互いの膝頭が重なり、視線と怒声が真っ向からぶつかった。二本の刀が頭上で重なって高く鳴り響き、鎬から火花を撥ね上げ、まっすぐ下向きに奔る。

そして、正中を振り抜いた慶四郎の刃が粪兵衛の頭蓋を断ち割った。

一呼吸遅れて粪兵衛の刃が、次いで右腕が慶四郎の肩の外へ滑り落ちる。両膝が崩れ、粪兵衛はそのまま前のめりに倒れ伏した。

「確かにこの世は粪ばかり、まことに汚し」

夕映えと返り血で赤く染まった慶四郎は切先と顎の先から鮮血を滴らせて、粪兵衛に向かい言った。

「だが、価値あるものは存在する。命を懸けるに値するものは、確かにあるのだ」

八

「巷間ではかような戯れ歌が流行っておるのをご存知か」

田沼意次は江戸城内の間に本多正珍、本多忠央、大橋親義、曲淵英元らを呼びつけ、開口一番に言った。

「『金森に迷うて落ちる大橋の側で青木も次郎九郎する』と。大名、旗本ともあろうものが、庶民の笑いものになろうとは、武士の面汚しも極まれりと言うべきですかな」

一同が口許を引きつらせて不快を示すや、田沼意次は瞳を細めて言葉を続けた。

「では本題に移る。上様より至急問い質すよう命じられました。貴殿らは謀反を起こすおつもりか、と」

「謀反だと……」

呟きが驚きと共に一同の口から漏れる。だが、それ以上の反論が出るより早く、田沼意次は屹度にらみつけて言葉を放った。

『『武家諸法度』に曰く、『縁を以て党をなす。これ姦謀のもとなり』。貴殿らは親族の繋がりにあるものもあり、事実として頻繁に会合を重ねておる。また何を問うても知らぬ存ぜぬ、下の者が勝手にやったことと口裏を併せでもしたかのように申すことが同じである。徒党を組んでおるは明白。家重様への謀反を起こさんとしたに相違あるまい」

「まさか、そのような――」

「では、徒党を組んで何をせんとした。ただ『政を害する』のみとは申すまい」

衝撃から覚めた一同の表情が怒りを帯びた。『晉書』劉頌《りゅうしょう》傳からの引用だと気付いたが、原文は『闇劣《あんれつ》、尸祿《しろく》をもって政を害する』であり、物事の見通しが暗く思慮の劣る者が職責を果たさずに禄をむさぼって政道を害するの意味である。

「言葉を慎め。譜代の我等を愚弄するか。成り上がり者の分際で」

吐き捨てるような呟きが上がった。幾人かが膝に押し付けた扇子がみしり、と音を立てる。

本多一族は徳川家臣団において有力な氏族であり、旗本まで合わせれば五十余の家を擁する。本多正珍は家康の謀臣として知られる本多正信の弟正重の家系で綱吉の時代にも老中を出しており、駿河田中で四万石を領する重鎮である。本多忠央は系統こそ違えどやはり本多一族であり、大橋親義と曲淵英元にしても開闢以来旗本の家柄である。

「はて、どなたが申されたかはわからぬが、いかにも、拙者は成り上がり者でござる」田沼意次はむしろ胸を張って言った。「父は紀州の足軽。有徳院様にお引き立ていただき六百石を賜って旗本となりました。この意次は幕臣としては二代目。貴殿ら御譜代衆とは同じ部屋にあることさえできぬ身分でございます。常なれば」

田沼意次の瞳が再び鋭く光った。

「されど拙者は貴殿らを厳しく吟味いたせと他ならぬ上様の命を受け、万石を賜りましたる身。我が言葉は上様のお言葉と思し召されよ。その上で申し上げる。知っていることを有体に申し述べよとの下知に再三知らぬと答えたこと、まこと後ろ暗いやり方であり、重き御役を相務める身分にあるまじき重々不届の至りなり。また、事前に問いただした際と詮議の席では違ったことを申し、まったく事実でないことを取りこしらえて話したること。並びに吟味になってからも心得違いを押し通し、嘘を吐き続けてきたことは不誠実極まりなく、臣下としてあるまじき心得違いなり。神君を輔弼し奉られた偉大な先祖の御歴々がこの様をなんと叱責しようぞ。恥を知れ」

将軍や先祖の名を出されては、いかな譜代も反論はできない。虎の威を仮る狐めと口にすることもできず、喉を詰まらせたまま、ただ血の上った顔に汗をにじませる一同に田沼意次は更に言葉を放った。

「かつて斉の晏嬰《あんえい》は王の許を辞する時、『骸骨を乞う』と願ったと聞く。また『荀子』に曰く、『誠は君子の守る所にして、政事の本なり』と。主君に仕えるとは己が身を捧げ尽くすことであり、真誠の奉仕こそが信頼の基である。然るにお上への忠義よりも私利私欲を優先するとは謀反に等しく、利欲に駆られ保身しか頭にない者は大局を見ることができず常に道を間違える。事実、国を貧しくし民を困窮させながら過ちを正さず、解くべき大事を先送りしておるが、これで老中、奉行が職責を果たしていると言えようか。非違を検断せずして目付が存する意義はありや。こは国を壊すも同じ大悪なり」

田沼意次は断じると、それぞれを見やって言葉を続けた。

「つらつら顧みるに、これまで貴殿らには信頼を裏切ったことを釈明する機会は幾度でもあった。瀆職の罪を恥じて潔く職を辞する機会も同じくあった。だが、それをあえて為さず恋々と地位にしがみつくは、もはや自らを律し能わずと示しているも同じ。『韓非子』にも『法は貴きに阿《おもね》らず』とある。老中、奉行といえど厳しき処罰を免れることは能わず。貴殿らには吟味に先立ち、蟄居を申しつける。追って沙汰が下るまで、己が罪の重さをとくと思い知れ」

本多正珍らは身を震わせながら、見えざる手に押し潰されるように平伏した。

九

「このような場所でまみえることになろうとはな」

小伝馬町牢屋敷で慶四郎は鉄格子越しに惣次郎と対面した。

郡上から戻ると惣次郎は宿預かりから収監に扱いが変わっており、良仙が親しくする同心らに問い合わせてもまったく事情が摑めない。ようやくに行方が漏れ聞こえ、短時間だけの非公式の面会を許されたのは季節が冬に移ってからのことだった。

御側御用取次役田沼意次の吟味は苛烈を極めた。縛られたまま屋敷に届けられた金森家用人大野修理と黒崎佐一右衛門に石を抱かせて口を割らせると、勘定奉行大橋親義さえも責める。

将軍の権威を背にして幕臣としての席次も年齢も歯牙にもかけない田沼には大橋の人脈も幕閣遊泳術も効果なく、美濃郡代青木次郎九郎に命じたことを白状させられるのに時間はかからなかった。そして大目付曲淵英元と口裏を合わせたこと、当時の寺社奉行本多忠央を通じて老中本多正珍から話を持ちかけられたことまでも認めさせられていた。

そして田沼意次は惣次郎だけでなく駕籠訴の願主、村方三役、萩村での負傷者なども江戸に呼び寄せた。だが、政庁の苛政を問うのではなく村方の組織の概要、帳元の名前、寝者との対立について尋ね、答えねば竹で打ち、水責めに遭わせた。

「田沼様が知りたいのは、おらたち村方がどう抗ったかってことです」

座り直そうとして頭を垂れた惣次郎は伸ばしたままの膝に手を置いた。七日七夜続けての取り調べで白洲の石が食い込んだ足は腫れ上がってもはや曲がらず、痕が青黒く斑になっていた。

「あのじんは依田様のように事実を聞き出して裁定を下そうというんじゃねえ。公儀を恐れねえことを不届だと決めつけて裁定を下した上で、それに合う言葉を言わせているだけだ。もう何人も責めに耐えられずに死にました。おらもここで死ぬでしょう。萩村の、ただ一本だけ野原にあって目立ったがために、雷に打たれて立ったまま燃え尽きちまったあの杉の木みてえに」

金森頼錦と汚職幕閣には明確な非があったが、一方的に村方を勝たせたのでは、今後同じような訴訟が連続しかねない。全国で公正な統治が進むのは良いことではあるが、武家による支配という公儀の根本的な支配原理をも揺るがす恐れがある。

粗暴な主人が理由なく殺しかねないほどの暴力を振るったのだとしても反撃すれば奉公人が死罪となり、夫が浮気した妻と密通相手を殺しても罪に問われぬのに、妻が夫を殺せば引廻しの上、磔ないし獄門となるのが徳川の法である。将軍、領主、名主、父親とその場ごとの家父長を絶対者とし、他の者との身分の序列を厳然として定め、上の者が常に正しく、下の者は必ず従わねばならない。反抗はそれ自体が罪である。

この支配の根底原理を守りつつ、苛政をとる諸大名及び徒党を組んで反抗し訴え出ようとする村方の双方への警告とし、同時に裁定者としての将軍の権威を高めようとする田沼意次の意図が慶四郎にも察せられた。

「公儀の安泰は日本の安泰、か」

己が口にしたのが糞兵衛の言葉だったことに慶四郎は憮然としたが、続けて大きく息をついた。

松原での勝負よりこのかた、糞兵衛が慶四郎の心から離れたことはなかった。最後の立合にて跳躍からの一撃を堀川の刺客に対した時と同じように受け流した際に糞兵衛を崩しきれなかったのは、慶四郎の想定よりも刃が重く鋭かったからである。ために斬りつけが遅れ、左腕で受けられてしまった。あるいは慶四郎が受ける部分がもうわずかでも外れていれば、刀を折られるか弾き飛ばされていたに違いない。

そして同時に、同様に振り下ろしながら慶四郎の刃だけが頭蓋を叩き割ったのは、正中を取りあって激突した刃が糞兵衛は右手一本のために若干斜めに入って弱く、慶四郎は斬られていたとはいえ両手が使えた分だけ勢いが勝り、刀の鎬に沿って弾き飛ばしたからである。

勝敗を、そして生死を分けたのは、ほんの僅かな差でしかなかった。

だが、勝負以外の差もさほど無かったと、認めざるをえなかった。

仇を追い諸国を廻り捜す日々の中、慶四郎に余裕があったことは一度もなかった。修行人手形のおかげで宿代は安く抑えることができたが、食事はほぼ一日一度、酒も呑めず、水で空腹を紛らわすしかなかった日も数知れない。訪れた道場で試合や稽古をすれば過分な餞別を貰うこともあったが、刀を研ぎに回せば僅かしか残らない。着物は夏も冬も着たまま、あらゆる欲望も愉しみもわずかな息抜きさえ無い。何も成せず、何も残らず、ただ寝て起きて仇を捜し続けるだけの日々だった。

道場で同年代の苦労知らずの者が相手になれば必要以上に打ち据えずにはいられず、銭のために目の前を歩く旅人を斬ろうと思ったことさえ幾度もある。実際にせずに済んだのは贅沢や欲望を抑える幼いころからの鍛錬と、初見の道場でも稽古に行けば謝礼や餞別をもらえる修行人制度、なにより運が良かったからに過ぎない。

自棄を起こすなとの孫左衛門からの諭しを否定したが、慶四郎は己が自棄を起こしていることにも気付いていた。仕えるべき主君は無く、帰るべき家は無く、討つべき仇にさえ先に死なれてしまった。武家のしきたりを愚直に守ったがために全てを失い、絶望の底にあって、怒りと苛立ちをぶつけて斬る相手を、あるいは武士らしい最期が得られるならば己の死すら望み、そして仇討やこの世のあらゆる理不尽に対して深い怒りもまた抱えていた。

妹への祝いの品と騙されて、免許状を託されたのはそんな折である。

あるいは慶四郎に残っていた武士らしさとは、伝来の刀と意地でしかなかったのかもしれない。

そして赴いた郡上で惣次郎に出会った。

「そう言えば、『論語』を読みましただ」惣次郎は言った。「だども、おらは平凡な村方の農夫ですだ。『成人』だなんて、とんでもねえことでございます」

「『利を見ては義を思い、危うきを見ては命を授く、久要は平生の言を忘れざる、亦以て成人と為すべし』」

暗誦し、慶四郎は惣次郎をまっすぐに見つめた。

「確かにお前は、萩村で落雷に打たれたあの一本杉なのかもしれぬ。だが、命を限りと燃え上がったあの木は、どれほど明るく嵐の闇を照らしたことか。そして、どれほど多くの人々に灯火を分け与えたことか。いや、お前は『成人』だ。疑うべくもない」

一介の村方が村方のやり方で二万四千石の大名に正面から戦を挑むなど、慶四郎の目からも無謀に過ぎた。まして金森頼錦は武士にあるまじき非道で卑怯な策をも弄して村方を圧殺しようとする。戦は過酷で犠牲は多く大きい。だが、どれほどの悪意と屈辱にさらされようとも惣次郎は怒りを奮い立たせて為すべきことをやり抜き、村方衆を導き続けた。

その手助けをしながら徐々に感じるようになった感銘と敬意が、惣次郎から受け取った一筋の炎こそが、慶四郎と糞兵衛とを分けた違いだった。

江戸へと戻る途中、慶四郎は幾度考えても同じ結論に達した。

惣次郎こそが慶四郎を救ったのだ、と。

だが、感謝を伝えようとした相手は自由を奪われて牢獄にあり、死に瀕していた。大沢孫左衛門を通じて大岡忠光に嘆願したものの解放は叶わず、惣次郎を救い出す手段はもはや慶四郎には無かった。

「奥津様」

荒い息の下、惣次郎は腕だけで這い寄り、牢格子を摑んで顔を押しつけた。

「奥津様は五郎八どんの、そしておなつの頼みを叶えてくださった。今度は、おらの頼みを聞いてくださいませ」

無言で頷く慶四郎に惣次郎は言葉を続けた。

「おらの願いはおなつ、おきよ、おまきと穏やかに健やかに暮らすことでございます。だからおらの代わりに、おらの大事な家族を護っていただきてえ。お願いでございますだ。おらの末期の頼みと思うて、どうか聞き届けてくださいませ」

惣次郎は血と埃に汚れた顔でまっすぐに慶四郎を見つめた。頬は牢苦でやせ衰えていたが瞳には強い意志が灯っていた。

「頼む相手を間違えておるな」

だが、慶四郎は首を横に振った。

「拙者は農夫にはなれぬし、お前の代わりなど尚更なれそうもない。だが、お前の願いは叶うだろう。誰が惣次郎の家族を粗略に扱うというのだ。郡上の村方衆のために己の命を顧みず訴え出て、ついに苛政を覆した男だぞ。郡上の者はお前のことを決して忘れぬ。おなつどの、おまきどの、おきよどのとて同じだ。お前を誇りに思い末永く、強く生きていくだろう。それと、おなつどのの腹には、お前の子がおる。もう産まれる頃だろう。男の子に違いないとおなつどのは話しておった。惣太郎と名付けるそうだ」

「惣次郎の息子が、惣太郎ですかい」

惣次郎は目を瞬かせ、頬をほころばせた。だが、その口の端がわななき、瞳から涙がこぼれ落ちる。格子を握り締め、惣次郎は咽び泣いた。

不意に外から咳払いの音が響いた。刻限との合図に惣次郎は涙を拭い、首から下げた守袋を解いて格子越しに慶四郎に手渡した。

「おらが子供のころ、村に来た仏師さまが刻んでくれたものです。観音様は前世で離れ小島に置き去りにされて、飢え死にしたことがある。だから辛く苦しい目にあっている者を支えてくださるのだと。どうかこれを惣太郎に渡してくださいまし」

「心得た」

慶四郎は託された守袋を懐に収めた。小指ほどの小さな木仏がずしりと重い。

だが、その重さに応える覚悟はできていた。

惣次郎は徒党を組んで領主に逆らった首謀者として打首獄門の判決を下された。腰に獄門と書かれた札を付けられて隣接する刑場に送られ、即座に首を打たれる。その後、塩漬けにされた首は郡上に送られ、他の者たちと並んで穀見野刑場にて晒された。

しばらくして首の受け取りを許されたなつは左右にきよとまきの手をつなぎ、背中に惣太郎を負って政庁に出頭した。罪人の家族として恐れ入れとすごむ奉行を前に、なつは深く頭を下げた。

「御取調べの最中で虚しく死んだ村方も多い中、吟味の行く末まで聞き届けた上に、首を郡上にまで持ってきていただいたことはこの上ない幸せ。なにより塩梅よく本懐を遂げたことを妻として心より嬉しく思います」

「な、な、何を申すか……」

奉行らが啞然として言葉を失う中、なつは白木の箱に納められた惣次郎の首を白布で包み、守袋の上から首に掛けると胸に抱いて一礼した。

「ではこれにて、ご無礼いたします。ごめんなんし」

三人を連れて政庁の外に出たなつは陽光の眩さに目を細めた。季節は廻り、郡上には再び春が訪れていた。

忘れまいぞえ　愛宕の桜　縁を結んだ　花じゃもの
泣いて別れて　松原行けば　松の露やら　涙やら
別れ別れて　歩いておれど　いつか重なる　影法師
西も東も　南もいらぬ　わたしゃあなたの　きたがよい

愛宕神社から川沿いに満開の桜が咲き誇り、唄いながら大路を歩くなつを包み込むように花吹雪が吹き抜ける。

慶四郎はその背中を見送った。

十

老中本多正珍は罷免、逼塞を命じられた。

若年寄本多忠央は罷免改易となり、安芸津山に永預。所領遠江相良には代わって田沼意次が封じられた。

勘定奉行大橋親義は改易、陸奥相馬に永預。

大目付曲淵英元は虚偽の陳述により御役召放、閉門。

美濃郡代青木次郎九郎は御役召放、逼塞。

大野修理と黒崎佐一右衛門は吟味中に牢死。

金森頼錦は公儀役人に筋違いの介入を求めたこと、清右衛門らを牢死させたこと、甚兵衛らへの違法な処刑などを咎められ改易。陸奥盛岡に永預とされ、五年後に同地で死去する。

金森家家臣団は全員が召し放ちとなった。

郡上村方からは四名が獄門、十名が死罪。遠島一名、重追放六名、所払三十三名。他、吟味中に牢死せし者はその数を知らず。

田沼意次は側用人、そして老中へと異例の速さで上り詰めた。政敵が一掃された幕閣にて辣腕をふるい開拓や長崎貿易の推進、株仲間の推奨など米以外の収入を増やす重商的な政策へと転換する。だが、二十年余りにわたって権勢を恣にするも嫡男の暗殺を機に失墜し、所領や家禄までも没収され死去した。

よさこい、さんさ、阿波おどりなど、夏の夜を踊り明かす祭りは数多いが、岐阜県郡上市を中心に開催される郡上おどりと白鳥おどりは、見物人さえ飛び入り参加できる点で稀有な祭りである。これは一揆の後に郡上に封じられた青山幸道が、領民の融和のために推奨したとも言われている。

慶四郎は吹き抜けた風に振り返り、額に手を当てた。桜の花びらが二枚、手の中にある。しばらく見つめた慶四郎は取り出した手ぬぐいに花びらを収め、そっと包みこんだ。

そして、顔を上げて歩き出した。

了

参考資料

【書籍】

『詳説　郡上宝暦義民伝』　白鳥町教育委員会　白鳥町
『鈍訳　濃北宝暦義民録』　杉田理一郎　杉田チヨ子
『歴史探訪　郡上　宝暦騒動』　高橋教雄　梨逸書屋
『郡上おどり』　郡上おどり保存会　郡上おどり保存会創立100周年記念事業実行委員会
『岐阜県の歴史シリーズ（5）　図説郡上の歴史』　吉岡勲監修　郡上史談会編　郷土出版社
『郡上八幡町史　上下』　太田成和編　八幡町役場　臨川書店
『郡上藩宝暦騒動の基礎的研究』　野田直治・鈴木義秋著　郡上史料研究会
『国訴と百姓一揆の研究』　藪田貫　校倉書房
『江戸時代選書6　江戸町奉行』　横倉辰次　雄山閣
『平凡社選書118　江戸の罪と罰』　平松義郎　平凡社

『かたき討ち』　氏家幹人　草思社文庫
『剣術修行の旅日記』　永井義男　朝日新聞出版
『江戸巷談　藤岡屋ばなし』　鈴木棠三　三一書房
『武士の人事評価』　山本博文　KADOKAWA 新人物文庫
『人口から読む日本の歴史』　鬼頭宏　講談社学術文庫
『現代訳　旅行用心集』　桜井正信（監訳）　八坂書房
『平凡社新書675　犬の伊勢参り』　仁科邦男　平凡社
『江戸の町がよくわかる時代小説「江戸名所」事典』　山本眞吾　双葉文庫
『絵でみる江戸の町とくらし図鑑』　善養寺ススム　江戸人文研究会編　廣済堂出版
『日本武道全集・1剣術（一）』　今村嘉雄編者代表　人物往来社
『日本武道全集・2剣術（二）』　今村嘉雄編者代表　人物往来社
『人間はどこまで耐えられるのか』　F・アッシュクロフト　河出書房新社
『私の好きな古里の言葉　飛騨弁美濃弁』　岐阜新聞社　岐阜新聞情報センター
『神田卓朗の岐阜弁笑景 Special』　神田卓朗　サンメッセ株式会社企画出版部
『季節を味わい体が喜ぶ　江戸おかず　12カ月のレシピ』　車浮代　講談社お料理 BOOK
『おいしい江戸ごはん』　江原絢子・近藤惠津子著　永野佳世写真　コモンズ
『完本　大江戸料理帖』　福田浩・松藤庄平　新潮社とんぼの本
『江戸料理読本』　松下幸子　筑摩書房ちくま学芸文庫

『江戸の食空間』　大久保洋子　講談社学術文庫
『日本の食生活全集21　聞き書　岐阜の食事』　「日本の食生活全集　岐阜」編集委員会　農山漁村文化協会
『たべもの起源事典　日本編』　岡田哲　筑摩書房
『論語新釈』　宇野哲人　講談社学術文庫
『大学』　宇野哲人　講談社学術文庫
『国語』　大野峻　明徳出版社　中国古典新書
『韓非子』　西野広祥・市川宏訳　徳間書店
『荀子　上下』　金谷治訳注　岩波文庫
『忘れられた思想家　上下』　E・ハーバート・ノーマン著　大窪愿二訳　岩波書店
『大日本思想全集　第11巻』　上村勝彌編　大日本思想全集刊行会

【ウェブサイト】
「福島みんなのNEWS　四字熟語・故事成語一覧」　八重樫一

【博物館】
郡上八幡楽藝館
古今伝授の里フィールドミュージアム

白山文化博物館

また、『郡上一揆の会』の皆様に郡上言葉指導など取材協力いただきました。心より感謝申し上げます。

その他、多数の資料・史料を参照いたしました。

本書は書き下ろし作品です。

松《まつ》の露《つゆ》　宝暦郡上一揆異聞

二〇二五年二月二十日　印刷
二〇二五年二月二十五日　発行

著者　諏《す》訪《わ》宗《むね》篤《あつ》
発行者　早川浩
発行所　株式会社早川書房
郵便番号　一〇一 - 〇〇四六
東京都千代田区神田多町二ノ二
電話　〇三 - 三二五二 - 三一一一
振替　〇〇一六〇 - 三 - 四七七九九
https://www.hayakawa-online.co.jp
定価はカバーに表示してあります

印刷・製本／三松堂株式会社

ISBN978-4-15-210404-5 C0093